평양에서
걸려온 전화

일러두기

① 북한의 인명과 지명의 경우 북한의 표기법을 따랐습니다. (예: 량강도, 리동혁, 랭면 등)
② 소설 곳곳에 나오는 북한 노래의 일부분, 선언사의 일부분 등은 소설의 흥미와 현장감을 살리기 위한 것일
뿐 다른 의도는 전혀 없음을 알리는 바입니다.

평양에서 걸려온 전화

제1판 1쇄 2019년 11월 25일
제1판 3쇄 2022년 9월 21일

지은이　고호
펴낸이　이경재
책임편집　이수미

펴낸곳　도서출판 델피노
등록　2016년 8월 11일 제2019-000132호
주소　서울시 중구 퇴계로 213, 일흥빌딩 3층
전화　070-8095-2425
팩스　0505-947-5494
이메일　delpinobooks@naver.com
ISBN　979-11-967573-3-5 03810

이 도서의 국립중앙도서관 출판예정도서목록(CIP)은 서지정보유통지원시스템 홈페이지(http://seoji.nl.go.kr)와
국가자료종합목록 구축시스템(http://kolis-net.nl.go.kr)에서 이용하실 수 있습니다. (CIP제어번호 : CIP2019044633)

반세기가 넘도록
만나지 못해 애달픈
모든 이산가족에게 바칩니다.

우레와 같은 폭탄이 떨어지던 날
굉음 속에 엄마 잃고
누이의 고사리손 우습게 놓쳐 버렸다
술에 절은 아버지는 누이를 만난다며
봄볕 좋은 날 서둘러 가시고
홀로 억지로 붙인 이 목숨
이제사 너를 만난다니
구차히 살아온 보람이 아니겠냐
예닐곱 먹던 젖떼기와 헤어지기 전날
마당에서 비석치기 하다 자빠트린 것이
팔십 평생 목에 걸린 가시가 되어
보자마자 이마에 흉터부터 보자 했다
고사리 같던 손은 고목나무가 되고
포동포동하던 젖살은 그 옛날에 빠지고 없어
여기 폭삭 늙어 뵈는 할머니가 내 누이라 하네
유독 매서운 겨울을 지나
애달픈 아리랑 고개를 넘어
이제야 왔구나 이제야 만나는구나
기가 차서 두 손만 썩썩 비빈다
이북은 여그보다 춥담서
오래전에 사둔 장갑 손에 찌워주고
어떻게 핏줄은 낳고 살았는가
낯선 조카들을 보니 주책없이 눈물이 흐른다
헤어지지 맙시다 다신 헤어지지 맙시다
다 늙은 것이 애마냥 옷고름을 적신다
죽지 말고 기다리라고
내년 지 생일날 꼭 다시 보잠서
살아만 있으라고

- 어느 이산가족의 무명 시 -

평양에서
걸려온 전화

델피노

Contents ■······◆

3장 네 이웃을 의심하라

4장 1996년 9월 18일

5장 거자필반

에필로그 352

부록 – 소설 속 북한 용어 358

프롤로그

1996년 9월 14일 새벽.
함경남도 퇴조항 군기지.

처얼썩… 처얼썩….

달은 온데간데없이 사라지고 칠흑 같은 어둠 홀로 짙게 내린 새벽 4시 20분. 거친 바람에 휘몰아치는 파도 소리가 적막한 공기를 메우고 있었다. 이미 살벌하게 서 있는 스무 남짓의 공화국 전사들은 막 세포총회를 마친 다음이었다. 그들이 일반 사병이 아닌 늠름한 군관(장교)들임을 한눈에 알 수 있는 것은 어깻죽지에 박음질 된 견장. 수류탄과 총, 칼, 각종 뾰족한 무기 따위로 가득한 나무 탄통 앞에는 인공기가 바람에 나부끼며 그들을 내려다보고 있었다.

뚜걱뚜걱….

저만치서 다가오는 랭기 가득한 군홧발 소리에 전사들은 온몸의 신경이 바짝 곤두섰다.

"다 모이라우!"

어둠을 뚫고 모습을 드러낸 묵직한 목소리의 주인공.
정찰국장 리동혁.
담뱃불을 지피기 위해 성냥을 '팟!' 하고 켜자 그제야 환하게 전사들의 얼굴이 하나둘 보였다. 살기 가득한 눈빛들. 그들을 에워싼 운명 앞에서 추호의 의심도 없는 결연함이 엿보였다. 리동혁은 일일이 눈을 마주친 후에 턱으로 무언가를 가리켰다. 초급 병사 하나가 사발을 가져와 술을 가득 따랐고, 그것을 받아든 리동혁이 말했다.

"당의 유일사상체계 제1조 제1항! 위대한 김일성 동지의 혁명사상을 받들어 몸 바쳐 투쟁한다!"
"위대한 김일성 동지의 혁명사상을 받들어 몸 바쳐 투쟁한다!"

전사들이 따라 외쳤다. 그다음에 이어진 서약문을 모두 랑독한 후에 리동혁은 한 모금 마시고 말을 이었다.

"인차 동무들은 남조선을 미제로부터 해방시켜 조국 통일을 이룩하는 사명을 가졌다! 당과 조국을 위해 목숨 바쳐 임무를 수행한다문! 우리의 력사는 동무들의 위훈을 결코 잊디 않을 것이다!"

'와~' 하는 함성과 함께 그들은 저마다 사발에 든 막걸리를 한 모금씩 나눠 마셨다. 맨 마지막에 서 있는 대좌가 바닥까지 깨끗이 비웠다. 알싸함이 식도를 축축하게 적시자 미간이 반응했다.

손목에 찬 시계의 시침이 정확히 4시 30분을 가리키자 약속이라도 한 듯 다들 검푸른 바다를 향해 시선을 던졌다. 저 멀리서 어슴푸레한 여명을 뚫고 모습을 드러내는 선체. 순간 호젓한 심사에 소름이 끼쳤다. 등골이 오싹했다. 꿈에서나 나올 법한 시커먼 고래를 닮은 것이 삼킬 것처럼 다가왔다.

"모두 올라타라! 빼앗긴 고국강토에 자유의 불을 지피고 오라우!"

그들을 배웅하는 것은 싸늘한 새벽바람뿐.

선체에 몸을 싣는 거뭇한 전사들의 등에 대고 리동혁이 목이 터지라 외쳤다. 악을 쓰며 질러댔다.

"조선민주주의인민공화국 만세! 만세!"

Пхёньян

Seoul

Пхёньян

1장

평양에서
걸려온 전화

**THE CALL FROM
PYEONGYANG**

Seoul

Пхёньян

Seoul

안보강연

"만약에 빨갱이들이 쳐들어오면 어떡해요??"

"전쟁에서 지면 우리도 김정은 액자 걸어야 해요? 크큭."

"야, 미국이 있는데 무슨 걱정이야? 우리가 이겨."

"난 이민 갈 거야."

다들 배를 잡고 웃더니 기어이 아수라장이 되고 말았다. 지루한 강연에 지쳐 졸던 몇몇 아이들이 영문 모르는 표정을 지었다. 강연이 끝나기까지 남은 시간은 10분. 무려 백만 원짜리 보수를 받은 강연이다. 남은 시간 동안 10만 원어치는 해야 주최 측에 면이 선다.

"왜 다들 북한을 빨갱이라고 부르는 거야? 아는 사람?"

"그냥 태극기에 보면 북한은 빨간색이잖아요. 우리는 파란색이고. 그래서 빨갱이 아니에요?"

다시 한번 웃음바다가 되었다. 일리가 있다는 공감도 터져 나왔고, 놀랍게도 실제로 그렇게 믿는 아이들도 더러 있었다. 영호는 고민에 빠진 듯 애꿎은 안경테만 만지작거렸다. 이런 일이 한두 번이 아니었지만, 평정심을 되찾기까지는 나름의 마인드 컨트롤이 필요했다. 강연을 다니기 시작한 초반에는 그런 앞뒤 생각 없이 던지는 철없는 질문 하나하나에도 비분강개했지만 이젠 차분하게 대응할 차례다.

'빨갱이'

그것이 갖는 어원과 뜻을 모른 채, 그저 북한 사람들을 '빨갱이'라 부르는 현실. 갈증이 났다. 얼마 남지 않은 녹차를 한 모금 마셨다. 다들 영호의 대답을 기다리는 듯 보이지만 실은 당황해하는 모습을 즐긴다고 해야 맞을 것이다. 히죽대는 얼굴들이 꼭 그랬다. 잡담으로 웅성거리는 좌중.

"그럼 질문 하나 간다. 만약 전쟁이 났다?! 그럼 나갈 사람 손!"

서서히 조용해졌다. 희미했던 웃음소리도 차츰 사그라졌다. 서로 눈치만 볼 뿐, 누구 하나 선뜻 손을 드는 이가 없었다. 구석에서 누가 손을 드는가 싶었으나 역시 시시덕대며 장난질을 쳤다. 더 대답을 채근하듯 시간을 줬지만 역시나.

"너희들 6.25 전쟁은 알지? 새벽에 갑자기 전쟁이 난 거."

"네-."

"그때처럼 새벽에 전쟁이 났다 쳐. 그럼 너희들은 도망갈래? 아니면 전장에 나가 싸울래?"

"전쟁 안 날 것 같은데요?!"

"전쟁 나도 미국이 바로 응징해주잖아요!"

아랑곳하지 않고 말을 이었다.

"만약에 말이야. 만약 참전하면? 물론 죽을 수도 있어. 뭐 운이 좋다면 살겠지. 대신 어딘가 불구가 될 거야. 뭐 뼈가 부러진다든지, 다리가 날아간다든지, 눈 한쪽 잃는다든지. 아! 머리가 어떻게 될 수도 있겠구나. 여학생들? 너희들도 마찬가지야. 역사 시간에 배웠다시피 아마 상상 그 이상의 고통을 겪을 수도 있어. 뭐 말 안 해도 알겠지? 그래서 어떡할 거냐고? 나갈 거야 도망갈 거야?"

바로 전에 6.25 전쟁 당시의 참상을 소개한 코너에서 끔찍한 사진들을 본 탓일까? 무거운 침묵이 모두를 압도했다. 몇몇 여학생은 노골적으로 불쾌한 표정을 지었다. 이제야 사태의 심각성을 깨닫는구나 싶은 영호는 역전승을 예감한 듯 다시 침묵을 깨고 이어서 말했다.

"뭘 망설여? 나가 싸워야지, 당연히."

"……?"

모두 일제히 의아해하는 눈치였다. 나가 싸우라니.

영호의 머리 위로 오늘 강연의 주제 [안보와 평화] 플래카드가 여전히 주황빛 조명을 한몸에 받고 있었다.

"어쩌겠어? 선택권은 없잖아? 도망? 갈 수도 있어. 근데 그 옛날 할아버지들은 도망갈 줄 몰라서 싸웠을까? 총 들고 칼 드는 게 좋아서? 아니지. 억지로 나간 사람도 있겠지. 그리고 나라를 지키기 위해 자발적으로 나간 사람도 있겠고. 하지만…. 그렇게 되면 또다시 한반도가 분단의 고통을 겪게 되는 건 정해진 순서겠지? 뭔 회담이다, 뭔

회담이다 해서 자기들끼리 쿵짝이 맞아서 반으로 뚝 나누는 거야. 더 불안한 얘기 하나 해볼까? 전쟁이 끝나도 그게 끝이 아니야. 우리는 남과 북 어디에서 살게 될지 장담할 수 없어. 운이 좋다면 남한이겠지만, 전쟁포로로 붙잡힌다면? 당연히 가족들과 떨어져 살 거야. 엄마 아빠가 죽었는지 살았는지, 죽었으면 어떻게 죽었고, 살았으면 어디서 어떻게 숨이 붙어 있는지도 몰라. 거지가 됐는지 어디 팔려갔는지…."

"……."

학생들의 얼굴에 옅은 그늘이 드리워졌지만, 거기서 탄력을 받아 말했다.

"또, 그놈의 통일 기원하는 노래는 지겹게 불러대며 가슴만 칠 거야. 어쩌겠어? 할 수 있는 게 없는데? 힘만 합치면 세계 최강이 될지도 모르는 이 땅의 자원과 영토와 산림과 무기와 문화재 등등…. 어쩌면 우리가 죽을 때까지 영원히 먼 세상의 일로만 알고 살지도 몰라. 그러면서 한편으로는 언제 다시 터질지 모르는 전쟁에 대한 공포심 때문에 군대 징병제는 무기한 연장될 게 뻔하고. 과연 그뿐일까? 강대국들은 자국의 이익에 따라 남북의 관계를 좌지우지하려 들 테지. 그게 오랜 세월 지속되면 굳은살처럼 박혀 익숙해지는 거야. 결국 통일은 차츰 멀어져 갈 거야. 그리고 세월이 흘러 우리 손주 대에 이르면 그땐 걔들이 웃으면서 장난이나 치겠지. 너희 가족의 죽음, 헤어짐, 너희 몸과 마음에 남은 상흔, 트라우마 뭐 이런 건 아랑곳하지 않고 그냥 돼지니 빨갱이니 농담거리로 전락할 거야. 깔깔대며 웃겠지. 왜? 자기들이 당한 게 아니거든. 남이라고 생각하는 거야. 딴 나라 역사라고 생각하는 거야."

"……."

"지금 너희들처럼 말이야."

이번엔 당근을 줄 차례다.

침묵이 이어지자, 이번엔 어르고 달래는 투로 입을 열었다.

"다시는 헤어져선 안 돼. 그런 비극이 있어선 안 된다고. 서로에게 영문도 모른 채 총부리를 겨누고 스러져가는 일이 다시 반복되어선 안 돼. 그저 온라인 게임에 나오는 총싸움 따위와 비교해선 안 될 만큼 비극적인 거니까. 우리는 전쟁을 반복할 게 아니라, 그로 말미암은 상흔을 지우고 하나가 되기 위해 노력해야 해."

그러면서 연단 맨 좌측으로 성큼성큼 걸어갔다. 그 어느 때보다 확신에 찬 걸음이었다. 학생들의 시선이 일제히 미어캣처럼 그의 움직임대로 쏠렸다. 원형 스탠드에서 태극기를 깃발째 뽑아 든 영호는 무대를 가로지르더니 두어 번 힘차게 휘날렸다. 고요한 공기 속에서 펄럭이는 소리. 그리고 태극기를 한눈에 볼 수 있도록 양손으로 쫙 펼치자 영호의 전신이 그 뒤로 가려져 보이지 않았다. 쫙 펼쳐진 대형 태극기. 한 박자 쉬고 영호가 말했다.

"여기 보이는 태극문양은 남과 북의 나뉨이 아니라 화합을 상징한다. 빨갱이가 아니라 북한이고 남조선 괴뢰국이 아니라 남한. 이 둘을 합쳐 한민족이라고 부른다. 이제 남은 건 이 둘이 한편만 먹으면 된다는 거야! 또다시 총칼을 드는 게 아닌 평화적인 방법으로 말이야! 하나가 되어 미래를 향해 나아가야 한다고! 다들 알겠니?!"

'좋았어. 완벽해.'

짧은 침묵이 흘렀다. 그리고 우레와 같은 박수가 쏟아지는 대신 찢어질 듯한 웃음이 곳곳에서 터져 나왔다. 이윽고 걷잡을 수 없이 커져 버린 웃음소리. 강연장을 가득 메웠다. 또다시 아수라장. 어쩌다 보이는 박수는 참을 수 없는 웃음을 표현한 다른 방식에 불과할 뿐. 심지어 스마트폰 카메라로 연단 위 영호의 모습을 찍는 학생도 더러 보였다.

찰칵.

찰칵.

인터뷰

박 PD를 기다리며 영호는 연신 주변을 살폈다. 아니 눈치를 보고 있다고 해야 적절할 만큼, 남자 홀로 카페에 앉아 있는 것이 여간 어색한 것이 아니었다. 오전에 마친 안보강연 관련 자료들을 뒤적이는 것도 싫증이 날 무렵, "선배!" 하고 익숙한 목소리가 들렸다.

철훈이었다. 서울대 후배이자 '**통준대: 통일을 준비하는 대학생**' 모임에서 각자 회장 부회장을 맡게 된 것이 지금까지 이어진 인연. 손을 흔들며 서둘러 2층 테라스로 뛰어 올라오는 것이 영락없이 신입생 시절 모습 그대로다. 다른 점이 있다면 좀 더 불어난 살집에 계단을 오르며 다소 힘겨워 보이는 얼굴.

"오래 기다렸어요?"

"막 왔어."

"안색이 왜 그래요? 강연은?"

"뭐 그렇지."

"아…. 또 당했구나."

"뭐가 인마."

"이해하세요. 요즘 애들이 뭘 알아요. 짓궂게 굴어도 그냥 넘겨야지 뭐."

"나 아무 말도 안 했다?"

"척하면 척이지. 선배 얼굴 보면 딱 알아요. 그래도 고지식한 성인들보다야 낫지. 재밌고. 안 그래요?"

"너도 참. 그나저나 나와 줘서 고맙다. 내가 한턱 쏴야 하는데 네가 워낙 바빠야지. 얼굴 보기도 힘들어 요샌."

"됐어요. 한턱 쏘기는."

"지난달에 우리 아버지 이사 때도 바쁜데 와주고 고마워서 그렇지."

"고맙긴요. 우리 사이에. 그나저나 보자고 한 이유는?"

대학 시절 언제나 뒤를 쫓아다니며 영호가 하는 것은 모두 따라 하던 놈이, 방송국에 입사한 뒤로는 어쩐지 어른이 되었다고나 할까? 신입 시절에도 일이 힘들다며 매일같이 술 사달라고 불러댄 게 엊그젠데 차츰 꽤 굵직한 프로그램을 맡으면서 어쩐지 풍모도 달라진 것 같았다. 언제고 녹화장에 구경을 갔을 땐 주변 촬영팀을 선두에서 지휘하는 모습이 흡사 장군처럼 비친 적도 있었다. 비단 방송프로가 아니어도 어떤 스토리에 대한 기획능력까지 탁월해 이젠 거꾸로 종종 부탁하는 처지가 되어 버린 영호. 앉기도 전에 용건부터 캐묻는 바람에 예상

보다 빨리 '을'이 되어버린 기분이다.

"그 탈북자 예능 말이야."

"아아, 〈평양 24시〉? 근데 암만 생각해도 프로그램 이름이 무슨 국밥집 간판 같단 말이에요. 할 수만 있다면 바꾸고 싶다니까요."

"네가 기획한 거잖아, 인마."

"내가 하긴요. 나는 지난가을 개편 때 투입됐는데."

"아, 그런가? 〈평양 24시〉 말고 또 있잖아. 저번에 나 잠깐 출연했던."

"〈이제야 만나네요〉!"

"그래. 거기 나오는 탈북자를 좀 인터뷰하고 싶은데. 다리 좀 놔주라."

"누구? 요즘 잘나가는 탈북미녀 윤미향 씨? 미향 씨라면 직접 연락하지, 왜?"

"아니…. 평양 국방종합대학을 나왔다는 김재철이라는 사람 말이야. 난 그 사람은 못 봤잖아."

"아, 그 엘리트 양반? 그 사람은 왜요?"

"엘리트는 확실하지. 북한에서 국방종합대학을 나올 정도면 수재 중의 수재니까…."

"우리나라로 따지면…."

"카이스트?"

"와우!"

박 PD는 형식적으로 입만 뻥긋하는 제스처를 취하더니 앞에 놓인

와플을 한입 가득 베어 물었다. 영 흥미를 보이지 않자 괜히 조급함을 느낀 영호.

"그런데 재학 중에 탈북했다는 걸로 봐서 아무래도 쏠쏠한 정보가 많을 것 같아. 잘만 하면 칼럼에 실을 수도 있고."

"에이⋯. 웬만한 건 다 방송에 나와서 말했잖아요? 고정일 때 입 턴 게 얼만데?"

"더 있을 거야, 분명."

"그랬으면 뭐 국정원에서 이미 캐치했겠죠. 국정원 만만히 보지 마요. 일단 탈북하고 들어오면 A4용지로 100장 분량은 자기 살아온 역사 써내라는 곳이에요, 거기가. 아마 책으로도 한 권씩은 될걸? 안 그래도 뭐 탈북 수기 낸다고 대기 중인 사람만 한 트럭인데요, 뭐. 포화상태라고요."

"모르는 소리. 탈북자들 은근히 숨기는 게 많다고."

"이를테면 뭐요? 설마 핵미사일 공법 같은 대박 정보 기대하는 건 아니죠, 선배? 뭐 그럴 일도 없겠지만⋯. 지금 시국을 생각해요. 북한이 핵 포기하는 대신 대북제재 푼다는 얘기 나오고, 한국 미국 중국 러시아 다 들러붙어서 그 씨름 중인데⋯. 괜히 외부에 새어나가서 좋을 거 없다니까? 카테고리를 좀 바꿔 봐요."

의욕을 잃은 영호. 그러자 박 PD는 잠시 주변을 살피더니, 능글맞은 웃음을 흘리며 찻잔에 입을 가져다 댔다.

"그런 거 말고, 다른 쪽으로 다리를 놔줄 순 있죠, 내가."

"무슨 소리야?"

"선배가 솔깃할 만한 정보를 가져 왔다고요."

"솔깃한 정보?"

"안 그래도 선배한테 먼저 연락하려던 참이었거든요."

"나한테? 무슨 일로?"

박 PD는 대답 대신 자신의 스마트폰을 꺼내더니 영호를 향해 화면을 들어 보였다. 긴 생머리를 한 젊은 여성의 사진이었다. 눈빛이 빛나고 도톰한 입술, 회사 명찰을 차고 사진을 찍은 모습이 영락없이 길에서도 볼 수 있는 평범한 20대 여자였다. 뭐 특징이 있다면 꽤 호감형이라는 점. 요즘 너나 할 거 없이 한다는 '포토샵'을 고려하고서라도 말이다.

그런데? 어쩌라고?

"누구야?"

"요새 말 많은 여자."

"말이 많아?"

"핫하단 거죠."

"설마 소개팅?"

"미쳤수? 이 여자가? 선배 나이를 생각해요. 액면 상 삼촌과 조카야."

만나보지도 않았는데 차인 느낌이다.

"짜식이…. 그럼 뭔데?"

"사실 이 여자가 새터민 동지회 게시판에서 핫하거든."

"에이, 난 또 뭐라고. 탈북자야?"

허탈한 정도가 아니라 대단히 실망했다. 각종 북한 예능프로그램에서는 얼굴마담으로 미모의 탈북여성 출연자를 한두 명씩은 고정으로 둔다. 사랑이 생기기 전까지는 얼굴은 간판이라는 서양 아무개의 명언처럼. 시청자들의 이목을 끌기 위한 계산인 셈이다. 그러나 북한에서 고위급으로 살았다거나 김부자의 지척에서 일하지 않는 한 얻어낼 정보가 없는 그녀들에겐 미안한 얘기지만 관심 제로다.

"아니라는 게 핵심!"

"뭐야? 그럼 남한 사람?"

"예스."

"근데 새터민 동지회에서 핫하다는 건 또 뭐야?"

"거기서 글을 쓰고 있어요."

"무슨 글?"

"소설 같기도 한데⋯. 너무 디테일하단 말씀이야. 왜 선배도 알겠지만, 거기 새터민 동지회가 꽤 남한 사람들한텐 야박할 땐 무지막지하잖아요?"

"그렇지. 자기네들만의 세상이지."

"처음엔 이 여자가 쓴 글을 회원들이 운영자한테 신고도 하고 강퇴시켜라 마라, 자기네들끼리 말이 많았다는데⋯ 근데⋯."

"근데?"

"1회, 2회, 3회⋯. 회를 거듭할수록 점점 글에 빨려드는 사람들이 많다는 거죠!"

"글을 잘 쓴다? 견적 나오네. 소설가 지망생이야, 딱 봐도."

"아닐걸요?"

"무슨 근거로?"

"그 여자가 쓴 글들 말이에요. 북한 본토에서 벌어지는 내용이라는 거예요."

"계속해봐."

"탈북자들이 하는 말이 그러데요? 그 글이 아주 디테일하다고. 지금도 북한이 폐쇄국가지만 90년대에는 오죽했수? 근데 서울 토박이인 그 여자는 90년대의 북한 평양의 일상을 누구보다 잘 꿰뚫고 있다는 거지."

"누구… 보다…?"

영호는 조금씩 흥미가 끌리는 듯 몸을 앞으로 당겨 앉았다. 입장이 뒤바뀌자 이번엔 박 PD가 기대에 부응이라도 하듯 목소리를 한층 낮추며 속삭이듯 말했다.

"평양 토박이 출신 탈북자들이 그러던데요. 그 여자가 간첩이 아닌 이상 너무 많은 걸 알고 있다고!"

"음… 소설을… 재밌게 잘 써서 그런 거 아닐까?"

"일단 여기까지가 팩트고. 중요한 건!"

"중요한 건?"

"선배를 만나고 싶다네?"

"누가?"

"그 여자가."

"나를?"

"네."

"그 여자가 나, 날 만나고 싶다고?"

"아, 속고만 사셨나. 사실 내가 먼저 그 여자를 우리 프로그램에 꽂으려고 했어요. 아는 것도 많고 하니까 패널로 두면 좋겠다 싶었죠. 안 그래도 경쟁 프로그램이 생기는 바람에 요새 시청률도 저조했거든요. 근데…."

"근데?"

"그 여자가 싫대요."

"어째서?"

"그야 나도 모르죠."

그러면서 박 PD는 눈을 동그랗게 뜨며 어깨를 으쓱하는 제스처를 취했다.

"이거 대체 뭔 소린지…. 야, 좀 알아듣기 쉽게 말해봐."

"한 마디로! 내 프로그램은 깠는데, 선배는 만나고 싶다는 거죠."

"아니, 그러니까 왜 나를? 왜 하필 변변찮은 이 기자 놈을 만나고 싶다는 건데?"

"나도 그게 의문이에요. 왜 선배가 아니면 절대 말 안 하겠다는 건지."

"거참."

"혹시… 선배를 노리는 조선족인가?"

품! 영호는 마시던 차를 그만 엎지르고 말았다.

***

　이튿날 오후 열두 시 반. 차 안.

　- 아버지도 참. 걔 그냥 객기 부리는 거예요, 객기. 받아주지 마요. 손주 얼굴
은 코빼기도 안 보여주면서 시아버지는 무슨. 이혼했으니까 끝이라던 게 누군데
인제 와서? 아, 몰라요. 됐어. 내가 알아서 해요. 어쨌든 걔한테 전화 오면 받지
좀 마요, 좀.

　전화를 끊자마자 무거운 한숨이 흘러나왔다. 취재차 외근을 나왔
다가 점심 끼니를 놓친 덕분에 차 안은 김밥 냄새로 얼룩졌다. 이젠 될
대로 되라지. 어차피 애정도 식은 8년 차 말리부. 조만간 퇴직하면 퇴
직금에 대출 좀 껴서 미친 척하고 벤츠 에스클래스 뽑을 테다. 옆에서
잔소리할 여자도 없으니 잘 됐지 뭐. 그렇게 물도 없이 잘근잘근 씹어
넘기는 영호의 머릿속에는 두 여자로 가득했다. 한 명은 양육비 지급
날짜가 하루나 지났다고 독촉전화를 해대는 엑스 와이프. 백미러 아래
로 길게 늘어진 펜던트 속 딸아이의 웃는 모습을 보며 참으려고 해도
도저히 참을 수가 없다. 부아가 치밀었다. 뭐? '양육비 안 주는 아빠들'
사이트에 올리겠다고?

　참 기가 막힐 노릇이었다. 한 이불 덮고 살 때 지 카드값 2천만 원
대신 메꿔준 건 생각 안 하고, 깜빡하고 하루 못 보낸 걸 두고 입에 거
품을 물고 전화하다니. 외근 때문에 부재중 전화를 못 받았더니 회피
한다는 둥 어쩐다는 둥 아버지한테까지 전화질이라니. 받은 게 실수였
다. 재결합을 기대한 건 아니었지만 그래도 애하고 밥이나 한번 먹잔
소리 정도는 할 줄 알았다. 조금 있으면 딸아이 생일이 다가오기 때문

에. 애미란 여자가 딸한텐 관심도 없고…. 얼마 전에 엄마 아빠랑 같이 에버랜드 가고 싶다던 딸의 유치원 발표를 봐놓고도. 그놈의 돈돈돈. 안 그래도 재결합하라는 아버지의 성화에 미약하게나마 움직였던 마음에 빗장이 단단히 걸어 잠겼다.

"못된 년."

신호는 영 바뀔 줄 몰랐다. 아니 진작 바뀌었는데 차가 막힌다고 해야 맞다. 오늘 마침 근처 공원에서 구청 행사를 한다나 뭐라나. 거기다 이놈의 아스팔트 도로는 멀쩡한데 왜 자꾸 파 제치는 건지. 뜻밖의 병목현상에 혈압이 올랐다. 신호 대기 중, 옆자리에 놓은 잡지 <통일로 가는 길> 6월호에 시선을 묻었다. 서울대 재학 시절, 후배들과 함께 만든 작은 잡지사. 영호는 그곳에서 때때로 후배들을 응원하는 차원에서 무보수로 칼럼을 써주곤 했다. 처음 탈북자를 전문으로 취재하는 기자가 되겠다고 했을 때, 주변에서 극구 만류했던 건 사실. '돈도 안 되는 거 해서 뭐하냐'는 현실적인 일침부터, '겉만 한민족이지 속은 중국인'이라는 비아냥까지. 그러나 누가 뭐라 해도 국내 탈북자 전문기자 1호가 되는 게 꿈이라면 꿈이었다. 다들 커다란 숲을 보고 굵직한 가지를 볼 때, 영호 자신만큼은 거기에 기생해서 사는 작은 풀벌레들과 이름 없는 꽃들의 이야기에 귀 기울이고 싶었기 때문이다.

고생 끝에 낙이 온다고 했던가. 대형 언론사의 정치부 기자들에게 이리 채이고 저리 채일 때, 기회가 왔다. 후배 철훈이가 처음 수장이 되어 맡은 프로그램인 <이제야 만나네요>에 패널로 출연하게 된 것. 철훈이가 아닌 방송국 국장에게서 직접 섭외콜이 온 것이 핵심. 국장이 이북이 고향이라는 점이 크게 작용한 것 같았지만. 어쨌거나 반응은 꽤 좋았다. 영호 자신도 방송 체질인 듯. 여성탈북자들에게 있어 '든든한 친정 오빠'라는 별명이 붙을 만큼 그동안의 미담이 쏟아지는 건 물론이고, 입담도 좋고 인상도 서글서글하여 그 날 방송이 역대 최고기록을 찍은 건 두말하면 잔소리다. 시청자 게시판에는 '재밌는 기자님 계속 출연해주세요'라는 글로 도배가 됐고.

마침 신호가 켜졌다. 목동사거리로 진입하는 영호. 점점 약속장소에 가까워지자 이번엔 두 번째 여자가 떠올랐다. 자기를 보자고 청해온 의문의 20대 여성.

'그 여자가 무슨 얘길 하려는지는 몰라도 만약 자기 스토리를 책으로 내고 싶다고 하면 도와줘요. 대충 사업자 내서 출간하면 떼돈 벌지 누가 아우? 그게 아니라면 선배 말대로 보나 마나 특종감이겠지 뭐. 만약 큰 거 하나 잡으면 꼭 나한테 먼저 연락 주고. 알았죠? 그걸로 아버님 이사 때 집돌이 한 거 빚 갚으면 더 좋고.'

박 PD는 그렇게 말하면서, 자기 프로그램에 공동 출연하는 건 어떠냐며 설레발을 쳤다.

'왜 날 보자고 한 걸까? 정말 책 출간을 도와 달라고? 그야 인터넷 몇 번 검색만 하면 출판사에 원고 투고할 수 있는데? 칼럼을 써달라고? 그게 본인한테 무슨 의미가 있다고? 특종이라면 방송국에서 일하는 철훈이 자식한테 먼저 말했을 테고. 왜 나를? 관심 있는 거 아니야? 혹시 철훈이 자식이 내가 이혼남인 거 흘린 건가? 에이⋯ 그래도 그 젊은 여자가 미쳤게? 그럼 대체 뭘까⋯ 뭐지⋯ 혹시⋯ 정말⋯ 조선

족…?'

생각이 거기까지 미치자 급기야 몇 달 전 일이 떠올랐다. 북한 접경지역을 취재하기 위해 중국 쪽을 지나는데, 우연한 절도사건에 휘말려 마약을 밀수하던 조선족 여자를 신고한 적이 있었다. 물론 가방에 담긴 것이 마약인 걸 모른 상태에서였다지만, 내내 그 일은 찜찜하게 마음 한구석을 차지하고 있었다. 중국에서 마약범죄는 사형으로도 이어지는 크나큰 강력 범죄다. 그렇게 공안에 끌려간 조선족 여자의 섬뜩한 눈빛을 잊을 수가 없다. 정말 그 일에 연루된 조선족이라면…?

끼이이익———!!!

급브레이크를 밟은 영호. 하마터면 앞차를 들이받을 뻔했다. 막 보닛 앞으로 지나가던 배달 오토바이에서 고성이 쏟아져 나왔다.

"아이, 시발! 운전 똑바로 못해?!"

한숨 돌리고 우회전을 하자 이윽고, 모퉁이에 약속장소인 카페가 보였다. 1층엔 인테리어가 심플한 테라스가 있고, 투명 통유리 건너로 내부가 훤히 들여다보이는 새하얀 벽돌건물. 내리기 전 매의 눈으로 카페 구석구석을 스캔했다. 사진 속에서 보던 여자는 그 어디에도 없었다. 주차하고 카페에 들어섰지만 아무리 봐도 그녀는 찾을 수 없었다. 구석구석을 찾아 헤매는 눈빛이 흡사 강력계 형사라 해도 손색이 없을 만큼 영호는 인상이 썩 순한 편은 아니었다. 큰 덩치에 날카로운 눈빛. 오죽했으면 신입 후배 기자마저 형사인 줄 알고 인터뷰를 청했을까. 먼저 자리 잡고 앉아 기다린 지도 무려 20분이나 흘렀다.

손목에 찬 카시오 시계를 들여다보며 한숨만 푹푹 내쉬는 영호.

'왜 안 와….'

어쩐지 께름칙한 생각에 좌불안석인데 설상가상 며칠 전 면접교섭 때, 딸아이가 '아빠 내가 유튜브에서 봤는데 우리나라에 중국에서 온 살인마 엄청 많대!'라고 했던 말이 떠올랐다. 그런 확실치도 않은 찌라시 동영상 보지 말라고 한 번만 더 이상한 거 보면 스마트폰을 압수하겠노라고 으름장을 놨지만, 영 틀린 말은 아닐지도. 철훈이 자식이 지 귀찮은 일 괜히 떠맡긴 건 아닌가, 설마 그 조선족이면 어쩌지 하고 만약을 위해 머릿속으로 혼자 액션 콘티를 그리고 있을 즈음.

"저…! 맞죠?"

한 여자가 뒤에서 어깨를 툭 치며 말했다. 덕분에 콘티는 한순간에 무너지고 덩치에 안 어울리게 소스라치게 놀란 영호.

여자는 가쁜 숨을 몰아쉬며 털썩하고 앉더니 이미 따라져 있는 물을 벌컥벌컥 마셨다. 얼굴을 보니 사진 속 그 여자가 맞았다. 물론 어느 정도 '포토샵'을 한 것도 확인되었고. 긴 생머리에 베이지 카디건, 검은색 바지, 그리고 가벼운 운동화 차림. 화장이나 차림새로 보아 조선족은 아닌 것 같았다. 그 점에서 무엇보다 하늘에 감사했다. 패션에 대해서는 문외한이지만, 그래도 꾸미고 가꾸는 데 있어서 전 세계에서 한국 여자를 따라올 수 없으니.

"흐어억… 허억…."

도대체 얼마나 뛰어온 건지 저러다 숨넘어가겠다 싶을 만큼 얼굴이 벌게져 있자, 어쩐지 솟구쳤던 짜증과 걱정이 눈 녹듯 사그라졌다.

"저 보자던 분 맞으시죠?"

"네. 저예요. 죄송해요. 늦었죠? 휴…."

"아, 아닙니다. 뭐 드시겠어요?"

영호는 아메리카노 두 잔을 주문했다. 물론 그 여자의 자기 것은 벤티 사이즈에 아이스로 달라는 추가 주문과 함께.

"죄송해요. 제가 보자고 해놓고 이렇게 늦어서."

"뭐, 아닙니다. 저도 방금 왔으니까요."

약속에 늦어 미안해하는 여성 앞에서는 '자신도 방금 왔다'라고 말하는 게 에티켓이라고 배웠다. 단순히 호감도 상승을 위해서가 아니라 그게 숙녀에 대한 매너라나? 뭐 어차피 그런 매너를 발휘해도 결국 살다 안 맞으면 헤어지면 그만인데. 잠깐 딴생각에 빠지던 영호가 다시 흠칫 놀란 것은 "하도 따라붙는 찰거머리 같은 인간이 있어서요. 따돌리고 왔어요"라는 여자의 말이었다. 다시 사라져 가는 긴장의 끈을 붙들어 매는 영호. 이 여자 대체 무슨 소리를 하는 거야. 조선족인가?

"따라붙은 인간들?"

"네. 제가 오늘 신문기자 만난다는 건 어떻게 알았는지 뒤에서 누가 붙더라고요, 글쎄. 누가 보면 제가 유명인인 줄 알겠어요."

"무슨 얘길 하는 건지 원…. 아, 소설을 쓰신다고요?"

"소설? 누가 그래요?"

"철훈이 자식…. 아니, 박 PD가요."

"아… 그거…? 소설은 아니고. 뭐 대부분 경험에 근거한 거죠."

"경험이요?"

"네. 팩트가 80?"

북한을 소재로 한 글인데 남한 여자의 경험이라? 좀처럼 갈피를 잡기 힘들었다.

"그럼 오늘 저한텐 그 80퍼센트의 팩트를…."

"100퍼센트!"

"아… 예."

"박 PD님으로부터 뭐 저에 대해 간단한 건 들으셨을 테고…."

"프로그램을 거절했다면서요? 왜죠?"

"오늘 이 자리에서 그 얘기가 중요한가요?"

정말 의아하다는 듯한 얼굴.

"아뇨. 그래도 방송출연인데. 다들 TV에 자기 얼굴 나오길 바라잖아요. 잘만 하면 미녀 패널로 이름도 알리고. 젊으시잖아요? 아직."

"굳이 이유를 말하자면, 기자님 먼저 만나서 얘기하고 싶었으니까요. 나름의 검열도 받을 겸?"

"검열이라…. 중요하죠. 근데 왜 하필 나죠? 다른 정치부 기자도 많은데."

"그 사람들은 아무도 제 이야기를 믿어주지 않을 것 같았어요. 딱딱하고. 그리고…."

"그리고…?"

"참, 지난달에 한국대학교에 안보강연 오셨죠?"

"네."

뒷조사까지 한 건가? 순간, 며칠 전 민족고등학교에 강연 가서 웃음거리가 된 것이 떠올라 고통스러웠지만, 이내 근엄한 얼굴을 되찾은 영호.

'이 여자가 그 날의 굴욕까지는 모르겠지.'

"그때 맨 앞줄에서 들었어요. 다른 강사들과는 다르게 제대로 짚어
내던데요?"

"이를테면?"

"다들 북한의 화려한 부분만 언급하길 좋아하잖아요. 평화니 뭐니
떠들어대도… 정작 북한이 가진 이면에는 관심들이 없단 말이죠. 더
정확하게는 언급 자체를 기피하는 경향이 크다고 봐야죠. 가령 꽃제비
라든가, 중국으로 인신매매로 끌려간 탈북여성이라든가….”

"그게 이유의 전부라기엔…. 뭐 어쨌든 좋습니다. 믿고 얘기하고 싶
다니 말씀해 보십시오. 날 보자는 용건이 뭡니까?"

"혹시 오늘 다른 약속 있으세요?"

"네?"

"약.속. 있으시냐고요.”

여자가 눈을 동그랗게 뜨고 거듭 물었다.

"아뇨. 뭐 딱히….”

"그럼 잘됐네요! 제 얘기가 좀 길어질 것 같은데 들어주실 거죠? 반
나절은 걸릴 것 같거든요. 저도 오늘 시간 다 뺐어요.”

반나절씩이나? 피곤함에 절은 한숨이 절로 나왔다. 오늘은 마가 꼈
나. 왜 이렇게 여자들이 날 피곤하게 하나.

"기자님은 혹시 기적을 믿으세요?"

'안 믿어. 이 여자야.'

"예… 뭐….."

"세상에는 정말 과학적으로 설명 못 할 기적이 있어요."

"저어… 무슨 말인지 제가 도통 모르겠는데. 알아듣기 쉽게 축약해서 말씀해 주시죠. 제가 그렇게 한가하지 못해서."

"축약이 안 될 것 같은데…. 그냥 끝까지 들어주세요. 그래야 저도 맘 편하게 얘기하죠."

'건방지게 어디서 들어라 마라야?'

장단에 맞춰 주는 게 아니었는데. 영호는 마치 농락당하는 기분이 들자 슬슬 불쾌해지기 시작했다. 그저 후배 얼굴 봐서 나온 자리인데, 고작 인터넷 소설로 인기 좀 끈다 싶은 20대 어린 계집애가 짬밥 먹은 기자를 불러다 놓고 지금 이게 뭐하는 짓일까. 솔직히 대박까지는 아니더라도 기사에 실을만한 뭐라도 얻게 되지 않을까 싶어서 나온 것도 사실. 하지만 초면부터 약속 시간에 늦은 것 하며 어쩐지 오두방정을 떠는 듯한 가벼운 느낌에 그저 지 잡담 떠는 거 들어달라고 무턱대고 보채기까지. 경험상, 이런 부류의 인간은 자신의 인기 끌기 용으로 기자를 이용하는 축에 가깝다. 문득 우수한 성적으로 입사하던 때와 '올해의 기자 상'을 받으며 승승장구하던 지난날이 그리워졌다. 그냥 정치부에서 국으로 가만있을걸. 뭐하러 탈북자 취재를 하러 다닌다고 들쑤셔서 이렇게 초라한 모습이 됐을까 하는 때아닌 후회도. 치미는 짜증이 입 밖으로 튀어나왔다.

"장난합니까?"

"뭐하러요?"

"기자가 우스워요? 시간 없습니다, 나. 용건이 없으시다면 먼저 일어나죠."

"제 이야기 다 듣고 나시면, 앞으로 시간에 쫓길 헛걸음들 안 하게 되실 텐데요. 아버지가 고향이 북한이라서 탈북자에 관한 취재 많이 하신다면서요? 그럼 제 얘기….."

"이봐요, 아가씨."

"말조심하세요."

"뭐?"

"아가씨라는 말은 북한에서 안 좋게 쓰인다던데? 제가 모를까 봐서요? 2015년에는 북한학 석사학위까지 따신 분이 그 정도도 몰라요? 아실만한 분이."

그러면서 여자는 악수를 청하며 씨익 웃어 보였다.

"반가워요. 이렇게 만나 뵙게 돼서 영광입니다."

"……."

영호는 기가 차다는 듯 웃으며 소파 뒤로 풀썩 몸을 묻었다.

이 여자. 어쩌면 특종 그 이상일지도.

의문의 전화

쏴아아아———.

그 날은 비가 몹시 쏟아지던 날이었어요. 이른 아침부터 내리던 게 밤이 깊어가도 좀처럼 그칠 줄 몰랐죠. 장마도 아닌데 말이에요. 그래도 나가야 했어요. 하도 명태찌개 잡숫고 싶다고 성화하는 바람에. 아! 우리 할아버지 말이에요. 고향이 이북이세요. 영화 '국제시장'에 나오는 동네 사셨다나 뭐라나. 두부, 파, 새우젓… 이것저것 사서 마트에서 막 돌아왔을 때는 TV도 켜두신 채 졸고 계시더라고요.

"아휴… 또 종편이야…."

아실지 모르겠지만 어떤 종편채널은 별나요. 언제나 귀 따가운 톤으로 시청자의 이목을 끌어내는 재주가 있다니까요? 듣다 보면 나도 모르게 집중하게 돼요. 근데 막상 잘 들여다보면 사실 반복적인 레퍼

토리에 불과하거든요. 했던 얘기 또 하고 또 하고…. 어휴 난 딱 질색이에요. 음악도 시끄러운 건 안 듣는다니까요. 얼른 볼륨을 줄였는데, 그렇다고 채널을 바꾼 건 아니었어요. 할아버지가 좋아하는 프로그램이 방영 중이었으니까. 아! 박 PD님 프로그램 말이에요.

<이제야 만나네요>

"함덕아, 요 이쁜 것아. 넘어지지 말구 잘 따라오너라. 아장아장 오너라."

잠시 방심한 틈에 할아버지가 또 제 스마트폰을 차지했어요. 전화 거는 법도 모르면서. 마치 전화를 걸면 윗동네에서 받을 줄 아시나 봐요. 여기서 함덕이는… 이북에 두고 왔다는 할아버지 큰딸. 그러니까 저에겐 큰고모가 되는 셈이죠. 왜 그렇게 놀래요? 저 탈북자 아니에요. 간첩은 더더욱 아니고. 걱정 마요. 저 그분 얼굴도 몰라요. 북한에 사는 큰고모의 존재. 그 전까지는 몰랐어요. 할아버지한테 북한에 전처와 자식이 있었다니…. 묘한 배신감도 들었죠. 물론 철없을 때 얘기! 아무튼, 아차 싶어서 얼른 뺏었어요.

"아, 할아버지! 이것저것 만지면 안 돼. 망가진다구. 숨겨 놓은 건 또 어떻게 찾으셔서…."

"함덕이. 함바집 할 적에 태어나서 함덕이. 니 아부진…."

"윤달에 태어나서 윤덕이?"

"으응."

평소 같았으면 길길이 날뛰었을 테지만 그쯤에서 그만두기로 했어요. 더 이상 아이폰이 아깝지 않아서가 아니라 괜히 날카롭게 굴고 싶지 않았거든요. 실은 그 날이 6월 25일. 뇌졸중으로 쓰러지시기 전만해도 매년 그 날만 되면, 참전용사 전우 할아버지들과 여기저기 참여하며 기념하는 것이 유일한 낙이셨어요. 협회 가서 기념품도 받고, 식사도 하시고, 뭐 구색 갖추기라지만 얼굴 잠깐 비추는 국회의원들도 만나고! 웃긴 건요, 금배지 단 국회의원들도 막상 국가유공자 할아버지들 앞에선 순한 양이 된다니깐요? 툭하면 TV에 나와서 서로 죽이네 살리네 싸워도 막상 할아버지들이 호령 한 번 하면 깨갱 해요. 웃겨 정말.

아휴, 근데 그런 것도 이젠 뭐. 퇴원하고 자리를 보전하신 후로는 외출을 잘 못 하시니까요. 이젠 남은 거라곤 곧 때만 묻은 국가유공자 모자뿐이죠. 뭐. 안방 두고 거실에 저렇게 자리를 트신 것도 답답하시다는 이유도 있지만, 거실 벽에 걸린 수많은 액자를 보면 알 수 있죠. 유공자 협회 단체 사진, 그 옛날 이북에서 고등학교 친구분들과 학생모를 쓰고 찍은 흑백 사진, 그리고 금박으로 장식된 화랑무공훈장까지 말이에요.

'대한민국 헌법의 규정에 준하여 이 훈장을 수여함. 서기 1956년 1월 2일. 대통령 이승만'

할아버지에겐 더없는 영광이자 나이가 들수록 돌아가게 되는 세계들이죠. 그래서일까요? TV 보시는 것도 그렇고, 큰고모 못 잊으시는 것도 제가 나설 부분이 못 된다고 생각했어요. 동정? 음… 틀린 말은 아니겠네요. 할아버지를 가엽게 여긴 건 사실이니까. 비단 손녀로서가 아니라 인간 대 인간으로 말이에요.

"함바집 할 적에 태어난 우리 함덕이. 꽃신 신자 함덕아."

그렇게 노래를 부르는 우리 할아버지. 대체 어디서 났는지 요즘 보기도 힘든 꽃신을 사 오셔서는…. 한숨이 절로 나왔어요. 그런 할아버지를 두고 어떻게 직장을 다닐까. 그때까지만 해도 백수였거든요.

왜 웃어요? 핑계가 아니라 정말로 전 심각했다고요. 실은 할아버지랑 저 단둘이만 살거든요. 몇 해 전, 부모님께서 교통사고로 돌아가신 후로는 엎친 데 덮친 격으로 정신이 많이 쇠약해지셨어요. 뇌졸중이 아무래도 뇌혈관계 쪽 질환이다 보니 같이 수반되는 질병이라나요? 어쩌다 컨디션이 썩 괜찮은 날이면 할아버지는 자식들보다 오래 사는 건 지옥이라고 입버릇처럼 말씀하셨죠. 그걸 누가 몰라요? 근데 생각해보세요. 꽃노래도 한두 번이라고 심지어 자식보다 일찍 죽는 게 소원이라고 하면 누가 좋아해요? 그게 단둘이 사는 손녀한테 할 소리예요? 어휴, 저도 속이 말이 아니었다고요.

잡설이 길었죠. 지금부터가 본격적인 이야기예요. 막 저녁 차릴 준비를 하려는 순간! 할아버지가 또 제 스마트폰을 들고 이것저것 만지셨어요.

"할아버지, 진짜 이거 얼마짜린 줄 알아? 아, 제발요. 전화기 하나 사 드려?"

그때 모르는 번호로 전화가 걸려왔어요.

윙--.

'85001160918'

시작 번호부터 낯선 그 번호.

네. 지금부터 우리가 대화를 나눌, 그리고 제가 기자님에게 제보하게 된 이유.

모든 게 그 '의문의 전화'에서 시작됐죠.

설화

　수년 전 이사한 집은 평양 중구 북동쪽 변두리에 있었다. 비록 중심부는 아니어도 진흙을 발라 만든 새 아빠트에서 살 만큼 먹고 사는 데 지장은 없었다. 더구나 집 앞에는 그 옛날 수령님께서 지시하여 완공한 도로가 깔려 있어 간간이 지나가는 자동차 구경 또한 쏠쏠했고. 그러나 그런 도락도 이젠 안녕이다.

　석양빛이 쓸쓸하게 내려앉은 두 평 남짓의 거실. 학교에서 돌아온 설화는 짐 가방을 아무렇게나 팽개쳐 버리더니 그대로 꼼짝도 하지 않았다. 장승처럼 섰다. 반쯤 열린 가방에서 흘러나온 악보들이 방바닥에 어지러이 널브러졌다.

***

불과 두 시간 전. 계단에서 내려온 복도. 첫 련습실은 무용하는 학생들 차지였다.

"하나 두울, 하나 두울….."

발바닥이 마룻바닥을 마찰시키는 소리가 류달리 콩콩거렸다. 그 옆 풍금 소리가 희미하게 들려오는 기악 련습실을 지나니 이번엔 익숙한 노랫말이 들렸다.

"철마다 내 동네 꽃을 심었소~

온 마을 풍성한 꽃천지 되고~

동무들과 웃으며 뛰놀던 시절~."

며칠 전까지만 해도 설화가 끼어 있었던 녀성중창조. 밤새워 가며 불렀던 노래였다.

이를 악물었다. 공민적 충성심도 예술인으로서의 기량도 설화 저보다 훨씬 못 미치는 노래 같지도 않은 잡.음.이 한 걸음 한 걸음 발을 뗄 때마다 설화를 붙잡고 늘어졌다. 간질간질 가슴을 긁었다. 기어이 성질을 돋웠다.

"얘, 설화야!"

뒤에서 계단을 총총 내려오는 소리와 함께 옥주가 불러댔지만, 일부러 모른 체했다.

"너 이대로 가는 거야?"

"……."

"와? 선생님이 뭐라는데?"

가지 말고 한 번 더 빌어 보자는 옥주. 잘못한 게 있어야 빌지 않겠냐며 거칠게 뿌리치고 하염없이 발길이 향하여진 곳은 보통강변이었다. 하늘 가득 도열한 버드나무 숲길. 강바닥 모래알까지 훤히 보일 정도로 물은 맑고 청아한데, 어째 속은 자꾸만 답답했다. 할 일이 없어 나온 늙은이들과 어린아이들뿐인 이곳에서 설화만 학생 복장이었다. 어쩐지 모두의 시선이 저에게로 쏠리는 듯해서 혹 무슨 사연인가 다들 꿰뚫어 보는 건 아닌지 지레 겁이 났다. 갈 곳 없이 배회하는 자에게 정처를 묻는 것만큼 잔인한 것은 없는 법이므로.

선전대에서 잠시 몸담았던 오마니와 보통강변으로 가족 들모임을 나온 날. 오마니는 취기에 젖어 김광숙의 '푸른 버드나무'를 불렀고, 꼭 그 날 설화도 유명한 예술인이 되겠노라 다짐했었다. 그렇게 해서 입학한 학교인데…. 마침 산보를 하던 인민반장의 눈에 띄어 괜히 혼자 배회하는 것을 들키지만 않았더라면 어쩌면 목 놓아 울었을지도 모를 일이다.

***

집으로 돌아온 설화를 맞이한 것은 김부자의 초상과 그 밑에 걸린 손바닥만 한 액자. 노려보는 눈동자는 그렁그렁해지고, 두 뺨은 불덩이가 떨어져 앉은 듯 불그스름했다. 시선이 화살처럼 꽂힌 곳은 소년단 입단식을 할 때 찍은 오빠의 사진. 사진 밑에는 '조선소년단 창립 39돐 기념 전국 소년단'이라고 쓰여 있었다.

까까머리를 하고 붉은 넥타이를 단정히 멘 모습. 학급에서 공부도 제일인 데다 사열식 할 때는 맨 앞에 서기까지. 그 날 아바진 기분을 낸다며 상관에게서 일제 사진기를 빌렸고 오마닌 한껏 멋을 부렸었지. 물론 설화 역시 명절 때 입으려고 아껴둔 색동저고리를 과감하게 빼다 입었다. 이 모두가 소년단원들을 대표해서 홀로 연단에 나가 선서식을 하는 오빠를 보기 위해서 말이다.

그 날 오빠는 세상에서 가장 멋진 사람이었다. 빳빳하게 잘 다린 곤색 교복 바지에 하얀 남방을 입은 오빠는 누런 술이 찰랑거리는 붉은 깃발을 들고 맨 앞에 섰다. 신기하게도 오빠가 먼저 구령소리를 내며 당차게 걸으면 다른 학생들도 그 뒤를 따랐다.

오빠는 위풍당당하게 외쳤다.

"나는 위대한 김일성 대원수님께서 세워주시고,

친애하는 지도자 김정일 장군님께서 빛내주시는

영광스러운 조선소년단에 입단하면서

언제 어디서나 주체혁명위업을 대를 이어⋯!"

그 날.

눈부신 훈장들을 꾸며 달아 광채가 만발하는 다른 학부모들 사이에서 아바지는 결코 주눅 드는 법이 없었다. 시당 책임비서, 안전부 부장 등에게 먼저 다가가 깍듯이 그러나 굴하지 않는 범위 내에서 친목을 다졌다. 다행히 그들도 아바지를 반겨주는 눈치였다. 거기엔 모범생인 오빠의 명성도 한몫했다.

"학수 니가 이 아바지의 자랑이다!"라며 아바지가 몇 번이나 말했는지 모른다. 소년단 대표라며 특별히 받은 고급 원주필과 [김일성 교시록] 등은 그런 오빠의 위엄을 한층 추켜세워 주었다. 그토록 집안의 자랑이던 오빠가 불구대천의 원쑤가 될 줄이야.

"왔네?"

막 뒤이어 아바지께서 들어오셨다.

거하게 취하셨다. 오늘도.

뒷굽이 닳은 구두가 비틀거리면서 더욱 괴상한 소리를 냈다. 아프다며 질러대는 비명에 가까웠다. 부축에도 기어이 쓰러진 아바지. 한숨을 쉴 때마다 퀴퀴한 담배 냄새와 술 냄새가 어우러져 고약하게 풍겼다. 아바지의 표정은 늘 굳어 있었다. 기분 좋은 일이 있거나 하면 고작해야 입꼬리가 잠깐 올라갔다 내려갈 뿐, 웃는 법을 몰랐다. 그마저도 오마니가 돌아가신 후로는 본 력사가 없다. 어쩌면 웃는 법을 아주 잊었는가 보다. 아바진 한참을 팽개쳐진 가방을 속 모를 눈으로 바라봤고, 설화는 설화대로 그런 아바지의 초라한 등만 가만 내려다볼 뿐이었다.

내일부터 설화는 학교에 가지 않는다. 아니 갈 수 없다. 그러니 푸른 치마에 붉은 넥타이를 맬 일 또한 다신 없을 것이다.

"안 들어가구 와 그라고 섰어?"

"……."

"종신 바싹 차리라. 니 오빠 그카다 신세 조진 거 모루네?"

"압네다…."

"긴데 와 눈물바람이네?! 엉?"

"밤잠 아껴가며 기량 익힌 거이 분해서…. 지난주 토요일에두 생활총화에서 다 내 욕지꺼리 해댔습네다. 기쁜이게요? 오늘은….”

"당의 배려로 평양에서 안 쫓겨난 거이 다행인 줄 알라.”

"이게 다 오빠….”

"누가 오빠네? 내 이제 자식은 니 하나뿐이야. 잊디 말라.”

기왕 대들 요량이면 속에 담아둔 말 다 끄집어낼 일이지, 맹추마냥 서럽게 울기만 하다가 제 방으로 들어갔다. 더 있다간 취한 아바지가 또 손찌검할지도 모르는 일이다. 오마니가 돌아가시고 또 오빠가 그리 된 후부터 아바지는 난폭해졌다. 본래부터 상냥한 위인도 못 됐지만.

돌아가신 오마니가 시집올 적에 해온 목화솜 이불. 머리끝까지 뒤집어쓰고 한참을 울다 보니 아무리 생각해도 오빠 그 새낀 저 하나 살겠다고 도망쳐버린 배신자. 어릴 적에 바삭과자(비스킷) 농에 숨겨두고 혼자 처먹을 때부터 알아봤어야 했다. 기억 못 하는 줄 아나 본데, 실은 용각 삼춘이 놀러 왔을 때 준 용돈도 혼자 먹어 치운 것 또한 잊지 않았다. 그저 머리가 좋아 우등생이어서 집안에서도 어화둥둥 기르니 콧대만 높았지.

"개간나….”

돌아가신 오마니가 들었다면 등짝을 후려갈기고도 남을 일이지만, 상황이 상황이니만큼 이해해주실 게다. 인제 와서 그깟 대 이을 아들 놈이 대수람? 잇기는커녕 집구석을 이래 요절을 내고 가버렸는데. 분이 풀릴 때까지 두들겨 팰 수만 있다면…. 생각이 거기까지 미치자 짜증이 치밀다 못해 눈물이 났다.

보위부에서 종일 감시하는 통에 동무 년들도 학교에서 저를 멀리하기 일쑤. 하나는 전체를 위하여, 전체는 하나를 위하여? 개코다. 이따우로 위해줄 거라면 사양이다 이 말씀. 잘한다 잘한다 하며 일본 후쿠오카에 공연도 보내준다던 선생들도 등을 돌려버렸으니 뭐 학교 그만둔 것도 잘된 일인지도. 하지만 그것은 어디까지나 제 발로 나왔을 때의 얘기였다. 설화는 오늘 낮에 선생으로부터 들은 "다른 동무와의 조화도 맞디 않구…"라며 평가 절하당한 걸 생각하면 분기가 탱천했다. 그것을 내쫓은 리유라고 대는가? 한 번 더 성질이 나 이불 속에서 힘껏 발버둥을 쳤다. 이번엔 미지근한 온기 속에서 먼지가 날렸다.

한참을 뒤척이더니 불현듯 뭐가 떠올랐는지 거실로 나온 설화. 아버지는 어느새 대 자로 누워 잠들어 있었다. 코를 골 정도로 깊은 잠에 빠진 모양이었다. 문갑 우에 송수화기를 들고는 발뒤꿈치를 세운 채 방으로 향했다.

살금살금.

'아바지 모르게 하문 되갔지?'

평양에서 걸려온 전화

콰앙!! 쾅!!!

그때였어요. 별안간 창문이 환해지면서 몇 차례 번개가 쳤어요. 마트에서 돌아올 때까지만 해도 그 정도 낌새는 아니었는데…. 그리고 귀에 스마트폰을 가져다 댈 때 또다시 우르르… 하고 나지막한 천둥이 들렸어요. 마치 성난 산짐승의 울음소리 같다고나 할까? 이따금 창밖은 소리 없이 번쩍였고요. 아이폰 날씨를 확인했을 때만 해도 단순히 구름 반 해 반이었어요. 어느 쪽이 틀린 건지.

행여 할아버지가 깰까 걱정했지만, 방문 틈으로 보이는 할아버지는 거실 보료에서 곤히 잠드신 상태라 안심했죠. 갓난아기처럼 한 번 깨면 꼬박 밤을 새우시거든요. 아무튼, 스마트폰에서는 치지지직 하고 라디오 주파수를 맞출 때나 나오는 잡음이 이어졌어요.

'아… 진짜 할아버지 정말 못 살아. 뭘 만진 거야.'

낮부터 할아버지가 뭘 잘못 만지셨나 하는 생각도 들었지만, 고작 그 정도에 지장을 받을 애플이 아니죠. 왜 웃어요? 국산 쓴다고 무조건 애국자 아니에요. 외제라도 훌륭한 건 인정해줘야죠. 글로벌 시대잖아요. 어쨌든. 잠시 후 거짓말처럼 음질이 깨끗해졌어요.

- 여보세요?

하고 조심스레 전화를 받았죠.

- 거기… 장 선생댁 아임네까?

- 아닌데요.

- 아임네까?

- 네.

- 이 번호가 맞는데….

- 잘못 거신 것 같아요.

- 여 창전동입네다!

- 창천동이요?

- 창전동이요! 평.양. 창.전.동!

- 예? 평…? 여, 여기… 서초동인데요. 서울 서초동.

- …….

- 여보세요?

- …….

- 여보세요??

- 소자 빠진 년.

뚝!

이게 다예요. 정말 첫 통화가 그랬다니까요? 왜 그렇게 쳐다봐요? 이거 실화예요, 실화. 좀 믿어줘요. 내가 뭐하러 거짓말하겠어요.

어쨌든, 정말이지 의문투성이였죠. 안 그래도 외국인 노동자들이 많다는데 조선족인가 싶고, 그런데 분명히 '평양'이라고 들었단 말이죠? 중국에는 그런 지명이 없잖아요? 아니 설령 있다 해도 한국말을 왜 해? 전화를 끊고 제일 먼저 컴퓨터를 켰어요. 알아봐야죠! 물론 정 궁금하면 제가 다시 전화를 걸 수도 있었지만, 굳이 그런 '모험'을 하고 싶진 않았어요. 돌아가신 우리 아빠 말이 사람이 살면서 긁어 부스럼만 안 만들어도 갈등을 반으로 줄일 수 있다고 했거든요. 정말이에요. 그래서 아빠는 엄마랑 사는 내내 부부싸움이 별로 없었어요. 엄마가 잔소리하면 말대꾸를 일절 안 하셨거든요. 뭐 그것도 처세술이죠.

얘기가 딴 데로 샜네요. 포털 사이트에 접속했어요. 근데 막상 엄두가 안 난달까? 검색창의 커서가 깜빡이며 채근하더라고요.

"얻다 대고 이년 저년이야… 죽으려고….”

[85001160918] 엔터
○○ 택배
○○ 택배

택배배송 조회만 뜨더군요. 여기서 약간 안도한 건 사실. 여러 포털 사이트에서 검색해보아도 잡다한 일련번호 따위가 전부였어요. 이번에는 뒤에서 한 글자씩 지워보기로 했죠.

[85001160918]

[85001160…]

[8500…]

[850…]

그러자 전국의 온갖 850번 버스정보가 떴어요. 여기서 포기할 제가 아니죠.

[번호 850] 엔터

토익점수, 차량 모델 번호 등등 따위가 검색되었죠. 그리고 어느 뉴스 기사의 헤드라인 문구가 제 눈을 사로잡았어요. 클릭했어요.

[속보. 기내 폭파 설치 협박전화로 비상… '앞번호 850?']

'폭파'라는 단어에 괜히 주눅 들어서 천천히 스크롤을 내렸죠. 앞자리 세 자릿수가 국번이 맞는다면….

[경찰당국은 금일 오전 "인천공항 화장실과 기내에 폭발물을 숨겨두었다"는 의문의 협박전화를 받았다. 이 소식에 비행 운행에 차질이 불가피했으며, 공항 측은 급히 수색에 들어갔으나 오후 17시 현재 폭발물로 의심되는 그 무엇도 발견하지 못했다.

…중략

전 세계에서 850 번호를 사용하는 나라는 북한이다.]

그리고 수년 전 지식인에는 이런 답변이 쓰여 있었죠.

[그거 북한 국번이에요. 거는 순간 뒤짐ㅋㅋ]

큰고모

"너는 언제까지 이러고 놀래?"

"놀기는? 프리랜서로 일하긴 해."

"너 집에 돈 믿고 놀면 안 돼. 요즘 젊은것들 캥거루족이다 뭐다 해서 경제적으로 독립할 생각들을 안 해."

주말마다 찾는 고모의 변함없는 잔소리, 몇 년째 토씨 하나 틀리지 않는 나의 방어 멘트.

"아, 프리랜서로 아르바이트하잖아."

"프리랜서는 무슨. 네가 아나운서냐?"

"고모는 진짜 알지도 못하면서. 나 나름 전문직이야, 이것도. 번역이 얼마나 힘든 건데!"

별거 없어요. 그저 우리네의 인사고 안부예요. 악의가 있어서가 아니라고요. 기자님도 아이가 있으니 아시잖아요? 잘되라고 하는 소리인 거. 아까도 말씀드렸지만, 이북에 계신 큰고모를 제외하면 할아버지한테 자식은 우리 아빠와 고모뿐이에요. 근데 아빠는 몇 년 전에 돌아가셨으니, 이젠 고모만 남은 셈이죠. 물론 저를 포함한 여러 손주가 있었지만 일일이 기억하는 것조차 버거워하셨어요. 이름이 생각이 안 날 땐 아무나 "야"죠.

언젠가 TV에서 봤는데요. 그게 노인들의 대표 질환이래요. 익숙한 것도 낯설어하고 멍해지는 거. 그 와중에도 절대 잊지 않는 이름이 있죠.

"함덕이 왔냐? 함바집 할 적에 태어난 함덕이. 긴데 윤달에 태어난 윤덕이는 어데 갔니? 몇 년째 보이지도 않구."

"아휴. 왜 없는 사람들만 찾을까 모르겠네. 나야 나 종숙이이! 아부지 따알!"

"이 아주머닌 누구냐? 막둥이는 어데 가고? 주희야, 네 고모 왜 안 온다든? 집에 들어앉아서 애나 키울 일이지. 뭔 일을 하겠다고 여자가 밖으로 돌아 돌기는. 너는 그런 뽄 보지 마라."

속 터지는 건 고모죠. 딸 낳아서 서운하다고 이름을 종숙이라고 대강 지어 놓고선 지금 보시라고, 늙은 아버지 시중드는 건 딸밖에 없지 않냐며 고모가 툴툴댔지만, 할아버지 귀엔 들리지 않았죠. 준비해온 반찬들을 냉장고에 채워 넣는 고모를 무심코 보고 있자니 문득 의문의 그 북한 번호가 떠오르더군요. 왜 그런 눈으로 봐요? 북한 번호 맞다니까요? 중국에서 걸려온 거라면 이해라도 하지. 근데 중국은 국가번호가 86이에요. 그런데 850이란 건 북한이 틀림없잖아요? 전화국에 문의까지 했으니 확실해요 이건.

- 네, 고객님. 무엇을 도와드릴까요?

- 저, 혹시 북한하고 통화가 가능한가요?

- …네?

- 그 북한…. 그러니까 평양에서 전화가 걸려오는 경우가 있나요?

- 음… 중국에서는 신호가 가능하지만요, 고객님. 평양은… 불가능하죠.

미세하게 실소가 들려왔지만, 저는 울고 싶었다고요. 이거 누구한 테 터놓고 말할 수도 없고.

"고모. 저번에 이산가족 찾기 말이야. 안 됐었지 아마?"

"로또 되는 게 더 빠를 거다."

"그렇게나 힘들어?"

"연세 많으신 분들한테 우선순위가 먼저 가지, 아무래도."

"우리 할아버지도 아흔인데?"

"백세시대잖냐."

"……."

"근데 그건 왜?"

"그냐앙."

고모는 한숨을 쉬더니 잠시 골똘히 생각에 빠진 듯 보였어요. 그러 더니 저를 방으로 이끌더라고요. 어차피 할아버지 앞에서 말해도 될 걸 군이 좁은 집구석에서 뭐하러 방을 옮기냐 하겠지만, 고모가 늘 하 는 말이 있죠. 제아무리 눈멀고 귀 먼 노인네라도 자식 얘기만 나오면 눈을 반짝이는 게 부모라고. 뭐 맞는 말이죠. 함바집이니 윤달이니 할 때 보면 눈은 어찌나 초롱초롱하시던지.

"너 이거 할아버지한텐 절대 말하지 말어."

"어차피 알아듣지도 못하시는데 뭘. 보청기 껴도 그래."

"아, 글쎄."

"뭔데에."

"실은 서번에 적십자에서 연락이 왔있지 뭐냐."

"무슨 연락? 설마 된 거야??"

"그게 아니라…."

"아니면?"

고모의 눈동자는 낙심으로 가득했어요.

"북한에 두고 왔다는 할아버지 큰딸. 그 양반 오래전에 행방불명됐
단다…."

Пхёньян

2장

반동분자

THE CALL FROM PYEONGYANG

Seoul

Пхёньян

Seoul

"예! 내 평양 시민입네다!"

세 번째 전화 온 날은 잊으려야 잊을 수가 없어요. 6월 28일이었고, 처음 전화 왔을 때와 비슷한 시간대였어요. 그 날은 제가 면접을 본 날이라 확실히 기억해요. 아, 그 전에 두 번째 전화가 왔을 땐 좀 골려 줬죠. 나만 당할 수야 있나.

- 아이참, 거기 정말 회령 아임네까?

- 맞습네다!

- 길티요?

- 거짓말인데요?

- 뭐이? 야!

- 패턴 좀 바꾸세요. 더럽게 재미없네.

뚝.

***

서울시 종로구 사직로8길. ㈜민족상사 8층 대회의실.

사용하지 않아도 자체만으로 빛을 발하는 발표용 빔프로젝터, 깔끔한 화이트 톤의 블라인드 사이로 들어오는 햇살, 그리고 복합기에서 막 뽑아온 듯한 빳빳한 회사 소개서는 더욱 긴장도를 높였죠.

침 삼키는 소리마저 죄스러운 면접 현장.

"음… 경력은 없으시네요?"

누가 봐도 휑하고 초라한 이력서.

면접관이 그렇게 말했을 때도 달리 기분이 나쁘진 않았어요. 부끄러웠을 뿐이지. 대학 졸업하고도 이렇다 할 직장도 못 잡고 시간만 허투루 보냈거든요. 아무리 100만 백수 시대라지만 나처럼 2년 연속 쉬고 있는 사람도 드물죠. 인정해요. 내가 면접관이래도 안 뽑겠네. 그런데 그건 제 사정이지, 면접관이 드러내놓고 무시할 건 아니지 않나요? 누구는 뭐 태어날 때부터 경력자예요?

"중국어는 어느 정도 하시고요?"

면접관은 쉴 새 없이 몰아붙였어요.

"네. 자격증 HSK…."

"아니, 회화."

"조금요."

"그 말은 아직 검증은 안 됐다는 거네?"

"네… 하지만…."

"혹시 해외 출장은 가능하세요? 뭐 결격사유라든가…."

"네. 시켜만 주신다면."

"아니, 그런 거 말고. 할아버지 모시고 산다면서요?"

봐요. 꼰대가 따로 없다니까요? 한 오십? 사십 후반? 아마… 기자님 연배 됐을 거예요. 아이, 뭘 그렇게 버럭대요. 아휴, 알았어요. 알았어. 하여튼 아무리 생각해도 사람 앞혀두고 이리저리 간을 봐도 아무도 뭐라 안 하는 건 세상에 면접밖에 없을 거예요. 면접이라는 세 사실 저도 그 회사를 평가한다는 의미 아니겠어요? 자본주의사회잖아요. 당연히 저나 회사나 서로 아다리가 맞아야죠. 아…! 아다리 취소. 아귀로 하죠. 여하튼 그렇게 면접은 망쳤어요. 제대로 말아먹었다고요. 뒷간 갈 적 마음, 올 적 마음 다르다고. 빌딩을 나선 순간 저도 모르게 작게 육두문자가 흘러나왔어요.

민족상사는 제가 가고 싶던 회사기도 했는데…. 왜냐고요? 그냥요. 드라마 '미생' 아세요? 거기서 주인공들이 상사에 다니거든요. 뭔가 멋있어 보이잖아요. 무역, 회계, 영업 등등 전반적으로 회사라는 집단에서 이뤄지는 중요 분야를 다루잖아요. 상사가 그런 곳이었구나. 아, 나도 상사엘 가야겠다! 뭐 막연히 주인공에 빙의된 탓도 있었는데 그게 전부는 아니었어요. 모집공고에 보니까 자격요건에 '해외 출장 가능자'라고 쓰여 있었어요. 주요 출장지가 중국이라고 했고요. 아… 이건 크게 중요하지 않으니까 나중에 얘기하기로 하고. 어쨌든 그렇게 재수 없었던 일과 중 절반을 보내고, 나머지 절반은 집에 돌아온 후에 펼쳐졌어요.

"아휴, 나 더는 못 하겠어요. 미안해, 아가씨."

도어락에 손대자마자 벌컥 하고 열리는 바람에 하마터면 부딪힐 뻔했지 뭐예요. 요양보호사 아주머니 말이에요. 오전 아홉 시부터 열두 시까지 하루 세 시간 봐주시거든요. 그런데 그 날은 갑자기 할아버지를 더는 돌보기 어렵다고 하시는 거 있죠. 안 그래도 면접 보느라 긴장했던 승모근에 통증이 느껴지는 순간이었죠. 웃지 마요. 저 진지하니까. 정말 스트레스받을 땐 곧잘 경직되곤 해요.

도대체 면접 보러 간 잠깐 사이에 뭔 사달이 났는고 하니, 어떨 땐 세상 점잖은 양반이다가도 또 어떨 땐 어렸을 적 돈 떼먹고 도망간 숙모를 닮았다나 뭐라나. TV 채널은 왜 허락도 없이 바꾸냐부터 노인네라고 업신여기냐 어쩌냐…. 어휴, 또 역정을 내면서 머리끄덩이를 잡아당겼다는데… 안 봐도 뻔하지. 저도 여러 번 겪은 일이니까요. 참 좋은 분이셨는데….

다른 요양보호사 아주머니 구하려면 그것도 하늘의 별 따기거든요. 다들 손이 많이 가는 환자를 꺼려서요. 우리 할아버지가 2급 환자예요. 뇌졸중에 고혈압 거기다 툭하면 욱하시기까지. 그것도 편찮으신 후로는 더욱 날카로워지셨다니까요. 오려는 사람이 있어도 시원찮을 마당에 있는 사람도 가버리니. 화가 머리끝까지 난 상태였어요. 그래선 안 됐는데 정말이지 더는 못 참겠더라고요. 왜 하필 제가 자릴 비운 그 시간에 일을 벌인 건지. 폭발하고 말았어요.

"할아버지 진짜 왜 그래? 아, 정말 미치겠어!"

사실 현관문을 나서던 요양보호사 아주머니 들으란 것도 있었어요. 물론 이미 엘리베이터를 타고 떠나신 후였지만요. 일부러 더 화낸 건 맞지만, 그렇게라도 안 하면 천불이 날 것 같았어요. 네. 솔직히 말하면 몇 시간 전에 보기 좋게 말아먹은 면접에 대한 울분도 한몫했어요. 쌓이고 쌓인 거죠. 이런 제가 나쁜가요?

"너는 왜 이제 들어오는 거냐? 일찍 일찍 안 다녀? 다 큰 여자애가 그렇게 빨빨대고 돌아댕기고! 너 니 엄니 아부지가 너 이러는 거 알아 봐라! 편히 눈이나 감겠냐?"

"거기서 엄마 아빠 얘기가 왜 나와? 그리고 나 면접 보고 온다고 했잖아!"

"잔소리 말고. 저 아줌마 다신 못 오게 해라. 손버릇 안 좋더라."

"무슨 소리야?"

"우리 누나 혼수해갈 가락지도 빼돌리고 말이야. 똑같은 걸 손가락에 끼고 있더라."

"……."

"그리고 명태도 그래. 내가 오래 물에 담그지 말라니까 말을 안 듣고! 명태 저거 이 날씨에 뭉크러져서 어떻게 먹냐?"

"할아버지."

할아버지 손을 잡고 제가 힘주어 말했어요.

"명태 또 사면 돼. 널린 게 명태야. 그리고 앞으론 절대 막 화내고 물건 집어 던지면 안 돼. 그 아줌마 또 갔잖아."

"뭐? 너 돈이 그렇게 남아도냐? 이젠 하다 하다 너까지 이 할애비를 무시해?"

"응. 우리 돈 많아, 할아버지. 옛날 시대가 아니라고. 명태? 먹고 싶으면 내가 또 사올게."

"저, 저 할애비한테 말하는 거 보게! 이 때려주길 년!"

설마라뇨? 정말 그렇게 욕하셨어요. 어휴, 몇 년 전만 해도 절대 그런 분이 아니셨는데…. 욕은커녕 잘못해도 그저 감싸주기 바쁘셨죠. 이래서 긴 병에 효자 없다나 봐요. 보호자도 다른 인격이 되니까요. 저도 언제부턴가 할아버지에게 버럭버럭하기 일쑤였어요. 그래선 안 됐는데. 그렇게 한참을 데굴데굴 거실에서 몇 바퀴 돌고 나서야 벗어날 수 있었죠.

인생이 어떻게 이렇게 구질구질할까…. 그리고 요양센터에 전화해서 몇 번이나 사과했는지 몰라요. 보통 이런 재가의 경우는 환자 쪽이 '갑'이라는데 어떻게 된 게 우리 집은 거꾸로예요. 지긋지긋한 이놈의 '을'의 인생. 혼자 있고 싶었어요. 할아버지가 미운 건 아닌데, 기분이 안 좋은 건 어쩔 수 없더라고요. 저도 사람이에요. 메이크업도 안 지우고 화장실에 틀어박혀서 혼자 분을 삭이고 있었죠. 그 좁은 집구석에서 제가 갈 데가 어디 있겠어요.

'뭐? 오늘의 운세 원숭이띠. 가정이 평화롭고 북쪽에서 귀인이 와? 지금 집안 꼴을 보고도? 민족상사 면접을 그렇게 망쳤는데도? 참나, 기가 막혀서.'

대체 전생에 뭔 죄를 지었을까… 부모님은 왜 일찍 떠나셨을까…. 어쩐지 할아버지 두고 면접을 나갈 때 미덥지 않았는데 싶고. 그렇게 팔자 푸념을 하고 있을 때, 선반 위에 둔 스마트폰이 울렸어요.

윙———.

'85001160918'

그 번호였어요. 네! 북한번호!!

오냐! 너 잘 걸렸다 싶었죠. 진동이 끊기기 전에 후다닥 받았어요.

- 여보세요!!

- ……

- 아, 말씀하세요!!

- 저어… 회령에 장 선생댁… 아임네까?

- 이 싸람이 지금 장난하나? 아니라고 몇 번 말해요, 증말? 여기 서울이라니까?!

- 저번부터 뭐라는디 통 모르갔네.

- 이봐요! 당신 북한 사람이야 뭐야? 어? 왜 자꾸 장난 전화질이야!

- 예! 내 평양 시민입네다!

- 여긴 한국이라고요! 남한!

- 대체 뭐라는디…. 거 남조선이라니 와 자꾸 말 같잖은 소릴 지껄입네까?

- ……

- ……

그렇게 한 20초? 잠깐 서로 아무 말이 없었어요. 근데 누구 하나 먼저 끊지도 않았죠. 어쩐지 끊어선 안 될 것 같은 기분이기도 했고요. 잠시 후에 내가 먼저 용기 내서 말했어요.

- 증, 증거 대보세요. 그럼?

- 뭘 말입네까?

- 그쪽이 진짜 북한사람인 증거를 대보시라고요. 못 대기만 해봐라.

- 기카문 우리 딥 번호를 알려주문 되는 거 아임네까?

- 번호는 이미 나한테 뜨거든요?

- 띄우길 뭘 띄웁네까? 선생이야말로 남조선에 사는 증거 대보시라요. 말이 되야디 원.

- 그럼 나도 내 번호 알려줄게요.

- 내래 아니끼니 걸었지 않슴네까?

- 아, 그러네.

- …….

- 가 아니죠! 북한사람이 내 번호를 어떻게 알아요? 이 싸람이 진짜!

- 내 분명 회령으로 걸었습네다!

- 아, 됐고. 장난전화 그만하세요. 또 하면 신고할 거예요.

- 기럼 다시 걸어보갔시요!

- 맘대로 하시든가.

그렇게 전화를 끊었지만, 놀라운 건 그다음이었어요. 숨 고를 틈도 없이 아이폰이 다시 울린 거예요. 제 두 눈을 의심하지 않을 수 없었어요.

윙--.

'85001160918'

액정에 뜬 살벌한 의문의 번호. 아니 북한번호…!

어안이 벙벙했죠. '뭐야 이거?' 그러면서 며칠 전, 인터넷 검색했던 게 떠올랐어요.

[전 세계에서 850번호를 사용하는 나라는 북한이다.]

[그거 북한 국번이에요. 거는 순간 뒤짐ㅋㅋ]

'무슨 북한이야…' 하면서 조심스레 받았어요. 그러자 저만큼이나 파르르 떨리는 목소리가 들렸어요.

- 어, 어째 선생께서 받습네까? 내 부, 분명 회령으로 걸었는데…. 야, 이거 난리 났다. 정말 거 나, 남조선 맞습네까?

- 진짜 당신이 북한… 사람이라고요?

- 예!

- 저기요. 이봐요. 여긴 한국이에요! 대한민국! 무슨 말도 안 되는….

- 여긴 자랑스런 공화국임다!

- …….

- 내 어째 믿습까?

- 뭘요?

- 선생이 남조선 사람이란 걸 어째 믿는단 말임까?

- 안, 안 믿으면 어쩔 건데요?!

- 증명해보시라요!

- 아니, 내가 내 국적을 왜 증명해야 하죠? 참… 뭐 좋아요. 빨갱이 꺼져라, 독재국가 망해라, 공산당이 싫어요! 돼지…! 이제 믿으시겠어요?

- 뭐, 뭐? 빠, 빠, 빨갱? 야이, 개 같은 에미나이야!! 니 조국 통일을 바라디 마라! 그 날 제일 먼저 니 머릿가죽 혁명적으루 벗겨주갔어!!

와… 살벌하지 않아요? 듣는 데도 오금이 다 저리죠? 지금도 닭살 돋은 거 봐요. 하마터면 폰을 떨어뜨릴 뻔했다니까요? 정말 클라스가 달라요. 북한 욕에는 어쩜 그렇게 디테일한 스토리까지 담겨있죠? 웃지 마요. 저 진짜 그때 무서워 죽는 줄 알았단 말이에요. 정말 지금 생각해도 그때는 후….

"말도 안 돼…."

저 너머는 북한이 맞았던 거예요! 그리고 여기는 남한. 우리는 통화 중! 이해되세요? 한 번쯤 기적이라는 거 믿을 만 하다니까요?! 좌우지간 북한사람과 통화한 사실에 대해서는 누구에게도 말할 수 없었어요. 당연하죠. 누가 믿어주겠어요? 내 이럴 줄 알았어. 기자님도 제 말 안 믿고 있잖아요. 다른 사람은 몰라도 기자님은 제 말 믿어줘야 하는 거 아니에요?! 용기 내서 제보했는데? 제가 거짓말하는 거로 보이냐고요! 아차, 무엇보다 미스테리한 사실 하나 더! 걸려오는 전화만 받을 수 있다는 것! 어쩌다 제가 걸었을 때는 말이죠….

[지금 거신 전화는 없는 지역 번호거나, 국번입니다.
다시 확인하시고 걸어 주시기 바랍니다.]

주체 85년

소름이 끼쳤어요. 마치 누군가 영화 '트루먼 쇼'처럼 허구로 설정된 상황을 제공하고 지켜보는 건 아닐까 하는 망상도 해봤어요. 영화 '트루먼 쇼' 알죠? 미국 영화인데, 어느 평범한 회사원을 둘러싼 모든 주변 환경과 인물들이 사실은 각본에 의해 꾸며졌다는 내용이에요. 아주 어처구니가 없죠. 하지만 몰래카메라일 리도 없죠. 왜? 제가 걸었을 때 불통 메시지가 흘러나오는 거 보면요. 귀신에 홀린 것도 아니고.

그런데 말이죠. 어느 때인가를 기점으로 저는 그 상황을 꽤 즐겼는지도 몰라요. 음… 간단하게 생각하면 돼요. 어디까지나 이건 혼선으로 빚어진 천만 분의 일에 해당하는 기적일지도 모른다! 그리고 그 기적이 나에게 찾아왔다! 뭐 이렇게 말이에요. 그럼 자연스레 공포심은 사라지고 호기심만 남죠. 뭐 제 성격이 워낙 낙천적이기도 하고요.

상대방은 평양에 살고 나이는 열일곱 살. 학교는 안 다닌다고 했어요. 그런데 딱 거기까지. 그 외의 정보는 알지 못했죠. 그쪽에서 매번 서둘러 끊었으니까요. 감칠맛 나게.

어쨌거나 그렇게 시작됐어요. 우리의 인연은.

- 오래 기다렸디요? 오늘은 오호집에 갔는데 거 생활총화가 늦게 끝나서 그럽네다.

- 그게 뭐예요?

- 호상비판 말입네다. 돌아가문서 저마다 반성하는 거. 남조선엔 그런 거 없슴네까?

- 밖에 잘 안 나가요. 비판이야 뭐 인터넷에 널린 게 악플인데.

- 억풀…? 아아, 억새풀! 기거이 함흥에두 많디요. 통일되문 와보시라요. 내 거딧말 아임다.

- 네? 뭐… 그래요. 참, 나는 집에서 일해요.

- 그것이 가능함까?

- 재택근무예요. 번역일. 정식 취업하기 전까지 하는 일이고. 대신 할아버지가 국가유공자라서 연금도 나오고요.

같은 날 교통사고로 떠나신 아빠 엄마의 사망보험금과 유산도 있었지만, 그 얘기는 하고 싶지 않았어요. 놀고먹는 백수 주제에 부모님 목숨값으로 호의호식한단 소리 듣고 싶지 않았으니까.

- 아아, 영웅이시구나. 출신 성분 하난 좋구만요. 입당도 수월하갔다.

- 입당…? 뭐… 그냥 뭐.

- 남조선에선 아직두 쪽바리 잔당들이 판을 친다디요?

- 크크… 친일파?

- 예에. 우리 공화국으로 말할 거 같으문 그 간악한 무리래 씨를 싹 다 말려버립네다. 어데 나라 판 종자들이래 고개 들구 살 수 있담까? 하늘이 두 쪽 나두 기건 안 되디요.

- 맞아. 북한에선 그렇다면서요? 그거 하난 시원해서 좋네요.

- 남조선에두 언제고 빛이 들겁다. 희망 품으시라요.

- 음… 그런데 있죠, 우리 통성명 좀 할까요?

- 예에…?

예상했던 대로 뜸을 들이더라고요. 역시 두려운 모양이었어요. 하기야 똑같이 들킨다 해도 왠지 데미지는 그쪽이 더 클 테니까요. 뭐 윗동네가 좀 살벌해야 말이죠.

- 난 주희.

- 아… 기게….

- 뭐 어때요? 이름만 알자는 건데.

- 기카문… 내… 설, 설화라고 합네다.

- 아아, 설화.

잠시 통화 중에 침묵이 이어졌어요. 긴장 그 자체.

언젠가 할아버지가 자주 보던 북한 예능프로그램에서 봤는데, 거기서 탈북자들이 그러더라고요. 북한이란 곳은 눈과 귀가 곳곳에 숨어 있다고. 그게 진짜일까요? 모르겠어요. 어쨌거나 제가 그쪽 입장을 이해하지 않으면 안 된다는 뜻이기도 하잖아요? 뭐 조심해서 나쁠 건 없으니까 이름 알려준 것만도 고맙고 미안해서 물었어요.

- 남자친구 있어요?

일부러 무탈한 이야기로 화제를 전환했죠.

- 없습네다. 언니는요?

- 나도 없어요. 어떤 사람 만나고 싶어요? 이상형!

- 고조 여기선 중앙당 간부 같은 사람이 일등 신랑감입네다.

- 무슨 말이 그래요, 웃긴다.

- 진짬다.

- 뭐, 연예인이나 공인 중에 이상형 없어요?

- 아! 장성택 부부장 같은 맵짠 남성이 인기가 많습네다.

- 장성택?!

- 아십네까?!

- 알죠, 그럼. 그 사람이 그렇게 인기가 많아요?

웃었어요. 장성택이? 내가 아는 그 늙은 아저씨? 북한에서는 인기 남이라니? 생각해보세요. 납득이 가요? 미남 기준이 참 독특한 것 같아요. 그동안 남북이 너무 떨어져 지냈나 싶고.

- 기라문요! 다정하고 키도 크디요! 내래 듣기룬 손풍금(아코디언)도 기가 막히게 연주한다는데요! 한 번 들었다카문 며칠 밤은 잠도 못 잔담다.

- 왜요?

- 가슴이 두근두근 뛰는데 잠이 오갔시요?

- 난 잘 올 것 같은데….

- 예에?

- 아니에요. 그럼 여자 중에선 누가 제일 인기 많아요?

- 녀성들 중에서는….

예전에 평창과 서울에도 왔던, 그… 삼지연관현악단? 맞아. 그 북한 여자들을 생각했어요. 실력도 실력이지만 그쪽에선 외모도 뭐 난다 긴다하는 분들이 오신 거잖아요. 그래서 괜히 아는 척을 해봤죠.

- 모란봉악단? 삼지연관현악단?

- 예에? 무슨 악단이요? 처음 듣슴다.

- 아니, 왜 서울에도 왔던…! 아, 아직 평양사람 중에선 모르는 사람도 있으려나?

- 무슨 소리야요?

- 모를 수도 있겠다구요. 그럼 현송월은요? 그 아줌마 남한에선 좀 알려졌거든요. 단장도 하고, 뭐 요샌 위상이 격상됐는지 의전도 맡던데요?

- 예에??? 혀, 현… 송… 송월 언니?!

- 네?

무슨 이유에서인지 버벅거리면서 제대로 말을 못하더라고요. 그때까지만 해도 몰랐어요. 정말 몰랐어요.

- 언니가… 소, 송, 송월 언니를 어, 어째 암까?

- 방금 송월 언니라고 했어요? 그 현송월?

- 예!!!

- 와… 진짜 대단하네요. 현송월하고 아는 사이예요? 너무 신기하다!

- 기거이 내 묻고 싶은 건데…! 어째 언니가 송월 언니를 아심까? 언니 남조선 사는 거 아이디요? 디금 농락하는 거디요?

- 무슨 소리예요. 아직도 못 믿겠어요? 욕, 또 한 번 해줄까요?

- 아, 아임다! 믿슴다! 믿갔시요!

그런데요. 그런 기분 알아요? 왜 뭔가 대화의 핵심이 서로 엇나가는 기분. 화살로 따지면 서로에게 쏜 화살이 자꾸만 안 맞고 고꾸라지는? 잠시 침묵이 흘렀어요. 현송월하고 아는 사이라니. 그만한 위치라면 평양에서도 꽤 고위급이라는 건데. 근데 참 이상하잖아요? 고위급인데… 자기네 북한에서 악단을 우리나라 평창과 서울로 공연 보낸 건 모른다? 참 아이러니했어요. 딱히 다음 말이 떠오르지 않아 멀뚱멀뚱 침대에 누워서 천장만 바라보고 있었죠. 그러다가 뭔가가 머릿속을 획! 스치면서 벌떡 일어나 앉았어요. 에이, 설마… 하면서 말이에요. 설마….

- 저기!

- 예.

- 현송월하고 정말 아는 사이예요? 그 노래 잘 부르는 여자.

- 기라문요! 송월 언니래 뽑아내는 목청도 시원시원하구 여 있을 때만 해두 평양에서 제일루 좋은 음대에도 들어갔디요! 내 송월 언니한테 노래 련습두 받았구요!

- 그렇단 말이죠….

- 예!

- 그럼 아까 말이에요. 장성택… 그 사람이 인기가 많다고요?

- 예!

- 근데… 장성택에 관한 얘기… 해도 괜찮아요?

- 못 할 거 뭐 있습네까? 고조 꿈만 꿔보는 건데.

- 붙잡혀가지 않아요?

침을 꼴깍 삼켰죠.

- 와 붙잡혀 갑네까?

- 처형당했잖아요?

- 누구… 말입네까?

- 누구긴요, 장성택이지!

- 예에?! 처형이라니 말이 너무 심한 거 아입네까? 언니 차암 모난 사람이구만요! 어째 그런 살벌한… 내 전화 끊갔시요!

- 아이, 잠깐만요!!

- …….

- 평양에 산다면서 그것도 몰랐어요?!

네, 저도 알아요. 평양도 다 똑같은 곳이 아니라 거기서도 잘 사는 동네가 따로 있다는 것쯤은. 그래도 그렇지. 아무리 정보전달이 더디다지만, 남한에서도 한동안 떠들썩했던 일을 모를 리가! 게다가 장성택이 좀 거물급이에요?? 무려 김정은 위원장의 고모부인데? 지금 생각해보니 그 순간이 좀 초조했던 것 같아요. 죄지은 것도 없는데. 혹시 말을 잘못했나 하는 조바심도 들었지만 정확한 사실을 알려야겠단 생각이 더 컸어요.

- 장성택 부부장이래 얼마 전… 기러니끼니… 아! 태양절(김일성 생일, 4월 15일) 행사에도 나타났담다. 남조선에 헛소문이 도는거갔디요.

엥? 귀신에 홀렸나 싶었어요. 이게 무슨 소리지? 전 스마트폰을 목에 껴둔 채, 서둘러 컴퓨터 앞에 앉았죠. 그리고 바로 장성택을 검색했어요. 정확한 확인이 필요했으니까요.

장성택 북한정치인
출생~사망 : 1946년 1월 22일, 함경북도 청진 ~ 2013년 12월 12일
가족 : 배우자 김경희, 딸 장설송
학력 : 김일성종합대학
경력 : 2011.12 조선노동당 정치국 위원

2013년 12월 12일 사망!

분명히 포털 사이트에 등록된 정보엔 2013년에 사망한 거로 나와 있다고요. 이건 어린 애도 아는 사실이에요. 확인한 후, 문득 등에서 묘한 한기가 느껴졌어요. 갑자기 형언할 수 없는 공포가 스멀스멀 밀려왔어요. 솔직히 그 공포 한 구석에는 이 통화의 정체를 의심하는 마음도 들었고요. 그러면서 초반에 나누던 대화가 구름처럼 머리 위를 떠다녔어요.

'예에? 무슨 악단이요? 처음 듣슴다.'

'언니가… 소, 송, 송월 언니를 어, 어째 암까?'

그 유명한 악단을 모른다…? 그런데 그 악단을 이끈 현송월 단장과는 아는 사이다? 그런데… 설화라는 저 아이는 열일곱 살. 얼마 전 한국에 왔던 현송월은 사십 대로 알려진 인물… 열일곱 살과 사십 대가 언니 동생…? 게다가….

'예에??!!! 처형이라니 말이 너무 심한 거 아입네까?'

'장성택 부부장이래 얼마 전… 기러니끼니 태양절(김일성 생일, 4월 15일) 행사에도 나타났담다.'

쫙 소름이 끼쳤어요. 설마… 설마… 에이, 아니겠지. 아닐 거야!!

- 저, 저기… 북한분? 아니, 설, 설화 씨. 그럴 일은 없겠지만… 혹시 오늘… 며, 며칠이죠?

네. 바보 같은 소리로 들리겠지만, 그 타이밍에 그보다 더 정확한 질문은 없었어요.

- 아무리 북남이 분단됐다디만 우리 민족이 한날한시인 것두 모릅네까?

- 그러니까 며칠이냐고요.

- 7월 1일이디요!

- 그럼 며, 몇 년?

- 아휴, 참. 주체 85년이디요!

잠시 멈칫했지만 떨리는 손은 이미 북한의 주체연호를 검색하고 있었어요.

[북한 주체연도] 엔터

[주체 85년] 엔터

이윽고 눈 앞에 펼쳐진 믿을 수 없는 현실. 내 인생에 있을 수 없는 어마어마한 이벤트가 벌어진 순간이었죠. 기적 그 이상 말이에요.

- 주체… 8… 85년이면… 그러니까….

- 휴우, 1996년! 오늘이래 1996년 7월 1일이디요. 별걸 다 묻습네다?

모니터 바탕화면 하단 시작 바에는….

2019-07-01

명태

날마다 뉴스에서는 비핵화를 하니 마니, 대북제재 완화를 두고 말들이 많은데! 심지어 김정은 위원장이 트럼프 미 대통령, 문재인 대통령하고 판문점에서 깜짝 3자 회동까지 했는데! 뭐 이젠 툭하면 남북미가 만나는 사이인데! 믿어지지 않았어요. 1996년도의 북한을 살고 있다니? 시간이 다르다니? 세기가 다르다니?? 말도 안 돼! 이건 몰래카메라죠. 대국민 사기극이라고요. 만일 누군가 절 놀리려고 이런 일을 꾸민 거라면 정말이지 정신적 충격에 대한 손해배상 청구까지 할 생각이었어요. 만약 놀라서 심장마비로 죽으면 어쩌려고 그런 장난을 쳐요? 그만큼 이건 기적 그 이상이라고요. 어메이징! 제가 아무리 사실을 말했지만 오히려 자신을 놀린다는 원성만 들었어요. 하기야 누가 제 말을 믿어주겠어요. 나도 안 믿기는데! 그리고 여느 때처럼 아버지가 들어오셨다는 말과 함께 황급히 통화는 종료됐죠.

＊＊＊

주말 오후. 그 날은 집에서 할아버지 이발을 해드린 날이었어요. 한 달에 한 번씩 제가 집에서 다듬어 드리거든요. 미용기술 자격증도 있어요, 저. 전공이냐고요? 아뇨. 재수할 때 시간이 남잖아요. 그때 딴 거예요. 인생이 어떻게 흘러갈지 모르잖아요. 이래 봬도 국가유공자 할아버지들, 한… 오십 분 정도는 제 손을 거쳤을 걸요? 가끔 할아버지 모시고 협회 갈 때 좋은 일 좀 했죠! 물론 *"우리 손녀가 이발하는 기술도 배웠다구!"* 라며 먼저 소문내고 다니신 덕이지만.

거실 바닥에 구해온 신문지를 깔아두고 안 쓰는 보자기로 할아버지 목에 둘렀죠.

위이잉――― 서걱서걱….

바리깡이 지나가는 자리마다 못 보던 흔적이 하나둘 보였어요. 검버섯같이 생긴 반점들이요. 사람이 늙으면 이렇게 두피도 변하는구나. 처음 알았어요. 세월이라는 게 보이지 않는 곳에서도 흐르나 봐요. 이름 없는 개울처럼. 할아버지는 기분이 좋으신지 리듬을 타시고요.

"어디까지 했나!"

"뒤통수까지 했지!"

"어디까지 했나!"

"정수리까지 했지!"

"어디까지 했나!"

"다 했어. 할아버지. 반들반들하니 예쁘다. 자알 생겼네, 우리 할아 버지!"

"지금쯤 저 나이쯤 됐겠네."

문득 할아버지가 TV를 보며 그렇게 말씀하셨어요. 힐끗 봤더니 화 면에는 제 또래의 20대 젊은 여성이 기타 치며 '홀로 아리랑'을 부르고 있었죠. 뭐 그러려니 해요.

"내가… 애물단지라구 했어. 애물단지."

"누구한테?"

"함덕이. 먹고살기 힘든데 애가 들어서서…. 입만 더 늘었으니 살림 이 더 어려워지겠다 했지."

"그랬구나…."

"태몽도 좋았지. 냇가에 복숭아가 둥둥 떠다니더니 갑자기 치마폭 으로 휙 하니 들어왔다는데…."

그러게 잘 좀 하시지 그랬냐고. 그 말이 목구멍까지 치밀었는데 안 하길 잘했죠. 제 머리숱이 더없이 소중한 것도 있거니와 큰고모가 행 방불명 됐다는 사실을 알기라도 한다면 뭔 사달이 날까 싶어서. 큰고 모는 할아버지가 북한에서 처음 결혼해서 낳은 자식이잖아요. 그리고 전쟁 중에 큰고모가 태어나기도 전에 혼자 남한에 오시면서 우리 할머 니를 만나 결혼을 하신 거고.

뭐 이해해요. 재혼할 수밖에 없었겠죠. 그 시대가 다 그런 시대였으 니까. 근데 그쪽도 잘 살면 좋은데 그렇지 못하니까 아마 평생 아픈 손가락이셨을 거예요.

"마누라도 죽고… 아들 매느리도 죽고… 북에 사는 형제들이야 진작 갔을 테고…. 함덕이 그거 하나 남았겠네. 이러구 밖에 내다 보구 있으면 지나가는 아지미가 다 함덕이 같어. 네 고모 시집 보낼 적에 참 많이 울었다."

"……."

"그래두 종숙이 저건 애비 그늘 밑에서 시집 가 사니 다행인데…. 함덕이 그것은 비빌 친정도 없는 게 불쌍하지. 즈 서방한테 맞기라도 해봐라. 어디 가서 일러바칠 데도 없구…."

"……."

"내가 죄인이지. 얼른 데리러 갔어야 했는데. 아, 자고 일어나니 염병헐 놈들이 삼팔선이다 뭐다 해서 죽 그어놓을 줄 누가 알았겠냐. 이승 저승 가르는 선도 그보단 야박하지 않지. 에이, 몹쓸 것들."

"할아버지이…."

"그저 네 큰고모보다 일찍 죽는 게 이 할애비 소원이다. 그렇게라두 애비 노릇해야지."

"아이, 차암! 우리 용석 씨가 오늘따라 왜 이러실까? 나 서운해지려고 해. 천년만년 사셔야지, 나랑. 오순도순, 응?"

그러자 할아버지는 아이처럼 까르르 웃으셨어요. '용석 씨'라고 부르면 그렇게 좋아하시더라고요. 정말 재밌다니까요. 그런데요, 문득! 북한에서 처음 결혼했다는 할머니에 대해 궁금해졌어요. 과연 할아버지는 기억하고 계실까. 왜 그분 이야기는 쏙 빼놓으시지? 제가 짓궂나요?

"할아버지 혹시 북한에 사는 할머니 기억나?"

"……."

"그 왜 있잖아. 할아버지 열아홉 살에 일찍 결혼했다며."

"……."

"세상에 열아홉 살이면 고등학생 아냐? 나보다 어렸네! 할아버지!"

"우리 아버지가 시켜서 했지!"

"그랬구나."

"아버지가 시켜서! 아버지 친구, 면서기 민병삼! 딸 셋 중에 둘째!"

"그때 결혼한 그 할머니… 기억나?"

"……."

"있잖아, 할아버지? 저번에 TV 보니까 부부가 6·25 전쟁 때 헤어졌는데, 글쎄 북한으로 간 할아버지는 재혼해서 처자식이 줄줄인데 남한에 남은 할머니는 평생 수절하면서 살았대. 시어른들 죄다 모시고 말이야. 어휴, 나라면 그러곤 못 살아. 억울해서 어떡해 증말?"

할아버지 반응이 궁금해서 대답이 듣고 싶어서 물어본 말인데, 내심 상처를 건드렸나 하는 조바심이 들어서 더는 아무 말 안 했어요. 줄곧 TV 화면만 뚫어지라 보던 할아버지가 소리쳤어요.

"죽었어!"

"응…? 누가?"

할아버지는 미동도 않고 다시 소리쳤어요.

"죽었어…!"

"하, 할머니가? 할아버지가 그걸 어떻게 알아?"

"명태!"

"응?"

"명태 죽었어! 이제 먹어도 돼!"

그러면서 냉동실을 가리키셨죠.

"명태, 얼어 죽었어! 냄비에 넣고 바갈바갈 끓여."

"난 또 뭐라고…. 할아버지도 차암. 미역 불려놨단 말이야. 오늘은 미역국 드셔."

"뭐???"

할아버지 귀에 대고 소리쳤죠.

"미역국 드시라고오!!!"

"명태 꺼내래도! 너 정말 할애비 말 안 들을래?!"

명태명태 노래 부르시는 이유가 있죠. 아까도 말씀드렸지만, 고향이 명태 많이 나는 동네거든요. 고향을 그리워하는 할아버지를 위해서 제가 북한산 명태를 사다 놨죠. 사실 직접 구입한 건 아니고, 홍콩 사는 친구가 중국 쇼핑몰 타오바오에서 주문한 건데 몇 개 보내준 게 있어요. 그게 원조라네요. 블로그에서도 다들 괜찮대요. 지금 남한에서 먹는 건 전쟁 끝나고 피난민들이 북한 기후하고 비슷한 대관령인가 어딘가에서 시작한 게 지금까지 이어져 온 거래요. 난 몰랐지.

그런데 북한산 명태가 상상초월 할 만큼 짜서 말이죠. 염도 좀 낮추려고 물에 한 번 담갔더니 얼른 끄집어내라고 어찌나 성화하시던지. 아니, 왜 제가 말했잖아요. 저번에 요양보호사 아주머니도 그랬다가 혼쭐이 났다고. 아무리 고향 음식이 좋기로서니 정말 피곤하다니까요, 우리 할아버지. 제일 좋아하시는 게 국 종류인데, 술도 잘 안 드시는 분인데 해장국 끓여놓으면 반나절 만에 바닥이 훤할 정도예요. 제가 징그럽다며 안 먹는 명태 눈알도 잘 드시고요. 으으. 결국 백기를 들고 명태찌개로 메뉴 전환! 이래 봬도 명태찌개 끓이는 데 도가 텄어요. 할아버지 덕분이죠. 거짓말 약간 보태자면 나중에 식당 해서 벌어먹어도 될 정도? 정말이라니까요? 어어? 안 믿네? 들어봐요, 그럼?

일단 30분 정도 물에 불린 다음에 껍질을 벗기면 돼요. 이건 할아버지께서 알려주신 방법이에요. 껍질 다 벗긴 걸 쪽쪽 하나하나 예쁘게 찢어서 끓는 물에 투하하면 되죠. 어떻게 찢긴요. 그냥 먹기 좋게 찢지. 아, 그리고 물은 그냥 물 말고 육수예요. 황태 우린 육수라든지. 뭐, 황태가 없으면 그냥 콩나물 데친 육수도 좋고요. 전 콩나물 육수 써요. 언젠가 다시마도 넣었더니 그건 좀. 아무튼, 그다음은 더 쉬워요. 아! 간은 소금 간으로 하고요. 뭐, 기호에 맞게 파나 다진 마늘 넣으시려면 넣으시고요. 한국 사람들한텐 필수니까? 전 고춧가루도 넣어요. 좀 팔팔 끓는다 싶으면 두부를 넣는데요. 그냥 일반적으로 숭덩숭덩 썰어 넣어도 되고, 우린 할아버지가 말하는 이북식으로 해요. 어떻게 하느냐? 반 딱! 자른 다음에 그걸 막 숟갈 등으로 으깨요. 아무렇게나요. 으깬 걸 끓는 국에 넣어서 먹는 거죠. 어때요? 듣기만 해도 맛있을 것 같지 않아요? 이건 실제로 맛을 봐야 아는데. 우리 할아버지가 제일 좋아하는 음식이에요. 주무시다가도 벌떡이죠. 질리지도 않으시대요.

그렇게 거하게 식사하시고 설거지까지 한 늦은 밤.

윙———.

다시 전화가 왔죠.

프롬 평양.

언니동생

- 여보세요?!

바로 받은 건 아니고, 몇 번의 심호흡이 필요했어요. 그렇잖아요? 아, 그쪽이 1996년이라는데 북한사람인 게 대수예요? 꼬박 일주일 만이었나?

- 남조선이래 오늘 며칠입네까?

다짜고짜 그렇게 물어왔고, 저 또한 비장하게 대답했어요.

- 2019년 7월 8일. 거기는…?

- 1996년 7월 8일….

- …….

- 그 시절 남조선 모습은 어떻습네까? 살림이래 올만큼 폈습네까?

뭐랄까…. 그때까지만 해도 2019년임을 인정해서라기보다 '오냐,

어디까지 장난치나 보자'는 뉘앙스였던 걸로 기억해요.

- 당연하지. 지금 아이폰으로 통화 중인걸? 아차, 아이폰이 뭔지 모르겠구나. 그럼 아이맥도 모르겠네. 컴퓨터 이름이야. 집에서 일할 때 써. 2년 전에는 대선에 투표도 했어. 평소에 심심할 땐 유튜브….

- 통 알아듣지 못하갔구만요.

- 거긴 어때? 정말 96년도가 맞아? 거긴 어떻게 살아?

- 말이라구요? 우리 공화국이래 항상 풍족하디요. 장군님 품 안에서 학교도 무상으로 다니고, 집도 무상입네다. 기량만 있으문 인민 누구나가 자기 재능을 펼칠 기회도 아주 많습네다. 참고루 내래 성악 소조였디요.

'거짓말….'

유감스럽게도 이미 내 모니터에는 90년대 중반의 북한 사진들이 검색된 후였거든요. 기자님도 석사까지 하셨다니 잘 아시잖아요? 그 시절 북한 모습 말이에요. 엄청 힘들었잖아요. 96년도면. 그 뭐야 그… 고난의 행군! 거리에는 방황하는 꽃제비들이 우글거리고, 못 먹어서 갈비뼈 드러낸 채 지쳐 잠든 어린애들 사진… 어휴, 지금도 그렇지만 그 시절 사진을 보면 북한은 그냥 삭막 그 자체. 납득이 되는 소릴 해야 말이죠. 자존심 때문일까 했어요.

- 성악? 노래 배웠구나?

- 예에. 뭐 디금은 아니디만요.

- 나는 한국대학교를 나왔어. 중문과.

- 예에?? 대학교요?! 이야! 대단합네다!

북한에서는 여자가 대학을 마치기란 열에 하나꼴이라고 하더라고요. 뭐 예상은 한 부분이고.

- *기런데 말입네다? 내래 디금은 열일곱 살인데 2019년이라문 내 몇 살이갔습네까?*

아차. 미처 생각 못 한 점이었어요. 그쪽은 1996년. 여기는 2019년. 그럼 나이를 통일할 필요가 있었거든요. 모든 확실히 해야죠. 뒤늦게나마 암산을 했더니 글쎄….

- *마흔… 살…?*

- *마흔? 끔찍해라!*

- *내가 지금 스물여덟 살이니까… 띠동갑이네?요?*

- *이야! 기카문 내래 언니도 한참 언니구나야?!*

그다지 큰 의미는 없었지만, 설화… 아니, 설화 언니는 뛸 듯이 기뻐했고 서열은 그렇게 다시 정해졌어요.

언니는 1980년생.

저는 1992년생.

한민족 다른 공간

"기다리던 봄이 오니 내 고장 따스해~ 언덕에는 꽃이 피니 이 마음 설레여~."

아버지의 군복을 곱게 다리는 손길이 어쩐지 가벼웠다. 지하족(천신발)과 발싸개(양말류)를 빨아 널 때부터 습관처럼 흥얼거리는 노래 '내 나라 봄이 오네'. 어릴 때부터 명절날 어른들 앞에서 으레 한가락 뽑던 노래인데, 지금은 그만두었지만 고등중학교에 입학하기 위해 시험을 볼 때도 꼭 그 노래를 불러 합격했다. 물론 사호 집에 사는 평양음대생인 송월 언니의 도움 덕분. 그러고 보면 그 언니도 참 팔자가 다사다난했지. 가끔 언니네 아버지가 술에 취해 난동을 피우면, 언니는 작은 아버지인 현수철 인민반장네 집으로 몸을 피하기 일쑤였다. 설화의 바로 옆집이어서 곧잘 래왕을 한 까닭에 알 수 있었다. 때때로 언니의 팔이며 얼굴이며 아물 날이 없는 멍 자국이 설화의 눈을 사로잡았지만, 짐짓 모른 체하라고 오마니가 주의를 시킨 적도 있었다. 그래서인지 그저 착실하고 심성 고운 세대주를 만나 현모양처로 사는 게 인생의 꿈이라고 입버릇처럼 말한 언니. 생각이 거기까지 미치자 다림질을 하던 손길이 문득 멈췄다.

가만있어 보자.

그러고 보니 송월 언니는 지난가을에 선전대에 들어가 성공해서 돌아오겠다고 가출을 했지. 그것을 두고 누구는 같은 학교에 다니는 동무와 련애에 빠져 도망을 갔다고도 하고, 누구는 조국을 배반했다고도 하는데 무엇이 사실인지는 알 도리가 없었다. 설화도 못 본 지 몇 달 됐기 때문이다. 그런 송월 언니가 뭐? 남조선엘 가? 그것도 줄줄이 내로라하는 악단을 이끌고? 더군다나 단자앙? 그것도 모자라 아주 지도자 동지 옆에 딱 붙어 댕긴다구? 하! 기가 찼다. 물론 민족적 정서가 워낙 넘치는 인물이라 언제고 예술단에 들어갈 거란 생각은 했으나, 이건 뭐 뱁새가 황새가 된 수준이 아니라 황새 할아버지가 된 격이니. 슬며시 새암이 났다. 나중엔 지도자 동지의 귀여움도 듬뿍 받고 승승장구하게 된다니. 다른 때야 모르겠지만 학교도 관두고 집에 들어앉아 있자니 잡념이 떠나질 않았다.

'내래 기때는 오떤 모습일까….'

23년 후의 모습. 그러니까 마흔 줄이 되었을 때를 상상해보자니 도무지 답이 안 나왔다. 지금보다 평안한 삶을 살 수 있을까? 아니, 적어도 지금만큼의 안정은 누릴 수 있을까. 그러자 오히려 마음이 편해졌다. 이 얼마나 다행인가. 흙과 땀에 전 군복을 빨래하여 다리는 것은 군인의 가족으로서 영광된 일이니! 남다른 긍지마저 느껴졌다. 아버지는 당에 대한 충성을 드러내기 위해 얼마 전, 오마니의 묘비에서 오빠 이름을 손수 지웠다. 다들 야박하다고 손가락질했지만, 그렇게라도 천명했기에 군복을 다림질하는 영광도 누릴 수 있는 것. 어느 정도 감시태세가 느슨해졌지만 그렇다고 긴장을 풀 수는 없었다. 조국을 위해, 또 주체 조선의 태양을 위해 언제든지 한목숨 바칠 준비가 되어 있어야 했다. 그것만이 대역죄를 지은 오빠의 죗.값.을 더는 길이라 믿었다.

***

점심. 농태기(북한 술)를 한 잔 드신 아버지가 입을 열었다.

"이제는 정찰국에서 일하게 될 기야. 이래 당의 부름을 받게 됐으니 얼마나 영광이니."

"잘됐구만요! 내래 너무 설레서 밤에 한숨도 못 잤어요!"

"기렇게 좋니?"

"기러문요! 하마터면 용각 삼춘처럼 됐을까 봐서리….""

"아바지 그래 나락으로 떨어디딘 않는다. 두구 봐라."

"알디요! 이런 날 오….""

하마터면 다시 오빠 이야기를 할 뻔했다. 이렇게 좋은 날 아버지를 배반한 오빠 이야기를 구태여 할 필요가 있을까. 말을 채 잇지 않았지만 아버지도 짐짓 모르는 체하는 눈치셨다. 다시 평양으로 돌아와 허튼소리로 집안 말아먹을 바에야 이대로 영영 생사도 모른 체 사는 편이 낫다고 생각하는 것 같았다. 얼마 전 말이다. 다른 건 다 내다 버려도 오빠가 인민학교 시절 그린 화목한 가족의 그림, 그것만은 안 버리고 장판 밑에 넣어두는 것을 보고 느꼈다. 조국을 배신한 아들의 안녕을 비는 것이 열렬한 충성분자인 아버지에게 있어 얼마나 괴로운 일인지. 그런 의미에서 오빠는 역시나 개간나 새끼다.

"아바지 늦게 오문 먼저 문단속 잘 하구 자라."

사카린을 반 숟갈 섞은 물 한 대접을 마시며 아바지가 말했다.

"많이 바빠요?"

"기래야 계급두 오르구 인정두 받디."

"……."

문밖을 나서려던 아버지가 잠시 머뭇거리더니 말했다.

"기카고 설화, 니. 다시 학교 갈 수 있게 이 아바지가 어떻게든 해볼 테니끼니 딴짓일랑 하디 마라."

"딴짓이요?"

"니 학수 동무들 만나고 다니는 거이 내 모를 줄 아니?"

뜨끔했다. 그러면서 한편으로는 남조선에 사는 주희와의 통화만큼은 들키지 않은 것에 내심 안도한 것도 사실.

"허튼짓 함 아이 된다? 다시는 찾아 가디두 말구. 어차피 가봐야 좋은 소리 못 듣갔지만. 작정하고 배신한 놈이래 동무들한테 속내를 밝혔을 줄 아네? 기냥 없다 생각하구 살라."

"……."

"공연히 들쑤시다가는 탈 나는 거이야. 고조 가만있는 게 상책 아이네?"

"예에."

***

이튿날 오후.

- 언니네 오빠는 중국으로 간 거야?

- 모르갔다. 어데루 내뺀 건디.

- 찾을 방법도 없어?

- 보위부에서 도망쳐서이 하늘로 솟았나 땅으로 꺼졌나. 오빠 동무들은 뭘 좀 알까 싶어서 쫓아다녔는데 이제 그 짓도 못하갔다.

- 왜?

- 아바지가 말라는데 내 어쩌갔니?

- 혹시 탈북한 거 아닐까?

- 탈…북?

- 응. 중국이나….

- 야, 무섭다!

- 뭐가?

- 중국에선 뭐 먹고 살려문 피도 팔아야 된다는데…. 우리 오빠 비쩍 말라서 리 쥐어짤 피도 없을 거이야.

- 에이, 안 그래. 걱정하지 마. 아니면 남한에 왔을지도 모르지.

- 남조선?

- 응! 가능성 있잖아. 남한에 온 거라면 내가 알아봐 줄까?

- 그걸 니 어찌 아니?

- 뭐… 여기저기 기관에 물어보면 탈북자 중에 있는지 알려줄 것 같아서 하는 말이야. 뭐 해봐야 알지만 그것도.

- 기거야….

입이 떨어지지 않았다. 설화는 이 통화를 온전히 신뢰할 수 없었다. 그간의 통화가 혼선이 아니라면 누군가의 도청은 아닐까 하는 우려 때문. 실제로 아버지와 군 생활을 함께했던 용각 삼촌은 김가 공주(김일성 딸 김경희-장성택 아내)를 헐뜯는 말을 전화로 했다가 발각되어 평안남도 안주 탄광으로 쫓겨났다고 했다. 사돈의 팔촌까지 줄줄이 끌려간 건 당연한 수순. 그건 아버지를 통해 들은 이야기라 확실했다. 그 후로 아버지는 오빠와 설화의 입단속을 단단히 시켰다. 장군님 가족을 욕보이는 짓거리를 저지른다면 단죄의 총구 앞에서 누구도 거만 떨 수 없다는 건 진리요 법칙이다. 용각 삼촌과 아버지는 꽤 막역한 사이였지만, 남들 다 줄줄이 엮여 들어갈 때 다행히 아버지는 세운 공이 있어 보위부의 매서운 조준을 피할 수 있었다. 그런 생각을 하니 괜히 오빠가 남조선으로 간 걸 도청이라도 당한다면…. 생각만 해도 끔찍해서 말을 돌렸다.

- 기칸데 니 디금 뭐하네? 먹는 소리 들린다야.

- 사실 밥을 아직 안 먹어서. 그냥 피자 한 조각 먹고 있었어.

- 피…자?

- 응. 빵 위에 채소도 올리고 햄도 올리고… 치즈도 뿌려 먹는 뭐 그런 거야.

- 음…. 우리 남새 겹빵하고 비슷한 료리인가?

- 뭐 그럴걸?

- 맛은 오때?

- 맛있어. 대신 살찔까 봐 많이 먹진 않고 가끔 한 조각씩 전자레인지에 돌려 먹어.

- 살찔…까 봐? 기래 뭐…. 긴데 와 이 시간에 먹네?

- 번역이 늦게 끝나서. 오늘 날씨는 어때? 요즘 미세먼지 때문에 짜증 나지 않아?

- 미세… 몬디?

- 오늘도 마트 가야 했는데 안 나갔어. 언니도 웬만하면 나가지 마. 먼지 때문에 누렇다니까. 아주 숨을 못 쉬겠어.

언제나 열이면 열 모두 알아듣고 이해하는 건 아니었지만, 어쩐지 통화하면 할수록 같은 민족이면서도 파란 눈의 외국인과 통화하는 기분을 떨칠 수 없었다. 설화는 창가림(커튼)을 젖히고 창밖을 내다보았다. 이글거리는 해는 저 멀리 주체탑 꼭대기에 걸려 있었고, 하늘도 여느 때처럼 심심하게 푸르렀다. 차도 건너 심어진 황철나무는 바람에 흔들리는 잎사귀 하나하나마저 햇살에 눈이 부셨다. 이런 날 대체 무슨 먼지…? 고개를 갸웃하던 그때, 설화의 눈에 아파트 입구에 서 있는 까만 찦차가 보였다.

옥류관 평양랭면

　하루는 TV를 보는데, 종편 방송에서 예전에 문재인 대통령하고 김 정은 위원장이 처음 만난 회담을 또 방영하는 거예요. 그때 판문점에 서 만났는데, 저녁 식사 메뉴가 평양냉면인 거 아시죠? 직접 옥류관에 서 공수해왔다며 김정은 위원장이 웃으며 말하잖아요. 그러고 보니 날 도 점점 더워졌겠다 냉면이 먹고 싶어지더라고요. 그래서 옥류관 스타 일의 냉면을 먹어보기로 했죠. 인터넷 검색이요? 에이, 저한테 북한에 사는 친한 언니가 있는데 뭐하러 검색해요? 현지인 입맛 레시피가 있 는데? 통화로 한국에서 평양냉면이 인기가 많다고 한마디 했더니, 열 마디를 하더라고요. 뭐 자기는 옥류관을 셀 수 없이 많이 갔었다나, 언 니네 아빠가 높은 분이셔서 공짜로 먹은 적이 부지기수라나, 질릴 만 큼 먹어서 쳐다도 보기 싫다고까지 하는 거 있죠! 그건 좀 부풀려서 말한 것 같았는데 이젠 그런 허풍은 아무렇지 않아요. 익숙해졌거든요. 뭐 때론 귀엽고요. 그러면서 여기 한국식은 제대로 먹는 게 아니랬어요. 언제고 자기가 알려준다고. 내친김에 시간을 정했죠. 내가 언제 몇 시에 냉면을 먹을 테니까 그때 꼭 전화해달라고. 제대로 먹는 법을 공수받아야 하니까요. 비록 보내고 있는 시대는 다르지만, 날짜와 시간은 같다는 점이 이럴 땐 좋더라고요.

날짜는 7월 14일. 시간은 오후 2시. 그리고 때맞춰 언니가 잊지 않고 전화해줬어요.

- 야, 남조선도 차암 먹을 거 많다더이 무슨 랭면 하나 먹는데 대낮부터 전화질이네?

- 헤헤. 요즘 평양냉면 맛집 찾아다니는 게 유행이야.

- 기래애?

- 냉면 2인분 포장해왔어.

- 할아버지두 랭면 좋아하시디? 여가 고향이라니까니.

- 응. 좋아하시지.

전 포장해온 냉면을 일회용 용기에서 꺼내 집 그릇에 덜었어요. 먹기 좋게 가위로 십자가 모양으로 잘랐다고 하니까 세상에 아주 죽일 듯이 달려들더라고요. 그 순간 눈앞에 없는 게 다행이지.

- 야! 면발을 길게 먹어야 제맛이디 죄다 뚝뚝 끊어내문 뭐하러 먹네? 와아? 아주 가루를 내디 그러니?

- 너무 기니까!

- 야, 기럼 랭면발이 길디 짧네? 눈앞에 안 보이니까니 답답하다. 거 고명은

뭐뭐 올라가 있어?

  - 삶은 계란 반쪽이랑… 무, 오이!

  - 고작 기거이 다네? 남조선 인심이래 차암 야박하구나야. 옥류관 김치무는
아삭아삭 씹히는 거이 일품이디. 주희 니가 그 맛을 봐야 하는데…. 여는 고기두
듬뿍듬뿍 올린다구.

  - 이제 식초 뿌릴까?

  - 아이다. 내 평양랭면 제대루 먹는 비방 알려줄 테니까니 잘 듣구 따라 하라.

  - 응!

  - 우선은 고명을 옆으루 치우구!

  - 그게 무슨 말이야?

  - 젓가락으루 살살 옆으루 제껴 놓으라 이 말이야.

  - 응, 했어.

  - 그담에 사리를 젓가락으로 한 움큼 들어 올려서리 거다 식초를 구미에 맞
게 뿌리는 기야.

  - 응? 육수에다 뿌리는 게 아니고?

  - 여선 그렇게 먹는다. 그것을 왜 국수발에 치는가? 육수 물에 넣으문 맛이
달라진다 이 말이야.

  - 그으래?

  - 이거이 대원수님께서 알려주신 거야. 옥류관에 가문 대원수님께서 알려주
신 식사법이라 해서이 적혀 있어.

  - 대원수…?

  - 김일성 수령님. 주희 니는 수령님께서 알려주신 비방으루 평양랭면 먹는

거이야. 영광이디? 출세한 줄 알라.

　기자님도 그건 모르셨죠? 우리가 아는 그 평양냉면 먹는 법 말이에요. 왜 2018년도에 가수 백지영, 레드벨벳 등이 평양에 가서 냉면을 먹었잖아요. 그때 알려준 그 방법이 실은 김일성이 예전에 먹던 식사법이래요, 글쎄. 기호대로 먹으면 될걸, 한국 사람들은 아무것도 모르고 그게 진짜 제대로 먹는 법인 줄 알고 있을걸요. 어쩐지 특이하다 했어.

　- 응, 식초 쳤어.

　- 그러구 고춧가루도 구미에 맞게 치구.

　- 엥?? 냉면에 무슨 고춧가루야?

　- 그러니까니 구미에 맞게 치라 이거야. 싫음 말구.

　- 차암… 그건 패스. 그다음엔?

　- 겨자도 쳐서리 잘 섞어서 먹으문 돼.

　- 와… 뭔가 새로운 맛일 것 같아. 그러니까 언니도 꼭 이렇게 먹는단 말이지?

　- 응! 긴데 우리 아바진 다르게 해서 드셔.

　- 어떻게?

　- 본래의 랭면 맛을 보신다구 겨자나 식초는 안 넣으셔. 대신에 백김치 올려서리 먹으문 슴슴하니 맛이 차암 일품이거든!

　언니가 알려준 대로 해서 먹으니까 뭔가 맛이 색달랐어요. 기분 탓일 수도 있는데, 우리가 한국에서 먹는 방식하고는 약간 다르더라고요. 중간에 먹다가 고춧가루도 호기심에 약간 넣어 먹어봤는데, 그건 좀 제 입맛에 안 맞더라고요. 나중에는 언니 말대로 겨자랑 식초 빼고 먹어보려고요. 할아버지는 원래 싱겁게 드시던 분이시라 식초만 살짝 치고 겨자는 안 넣었고요. 잘 드시더라고요. 알고 드시는 건지 모르겠어요. 바로 이북 방식의 냉면이라는 걸. 맛있다고 연신 고개 끄덕이면서 드시는데 체할까 봐 한 번 더 가위로 면을 잘라 드렸죠. 물론 언니한텐 비밀!

- 맛있디?

- 응. 괜찮아.

- 기똥차게 맛있디?

- 언니도 옥류관 자주 간다며?

- 당연하디. 내 거기 본관 2층에두 가서 먹은 사람이야.

- 본관은 좋은 데야?

- 기럼. 대연회장이 있는 곳이라구.

- 와, 언니 진짜 잘 사는구나? 평양은 잘 사는 사람들만 옥류관 간다며?

- 잘 살기느은. 아바지 따라가서 기렇디. 기사장 동지하고 막역한 사이셔서.

- 기사장 동지…?

- 으뜸 조리사 말이다.

- 아아, 셰프 같은 거구나?

- 새 풀…? 참! 전문관에는 철갑상어도 판단다.

- 정말? 북한에서 그런 것도 먹어?

- 야, 기럼 공화국에선 손가락만 빨구 살게?

- 아니~ 뜻밖이어서 그렇지. 언니는 철갑상어 먹어봤어?

- 아직 맛은커녕 구경도 못 했디. 나도 말만 들어봤다야. 기쁜이게? 만경대

가문 말이야 천석 식당이라구 있는데 거 랭면 맛도 기가 막히디. 야, 고조 랭면 사리를 다 해치웠으문 그릇을 양손으로 들어서리 국물을 쭉쭉 들이키라. 여 평양 같으문 놋대접에다 먹어서리 시원할 텐데. 사기그릇은 영….

그런데 말이에요? 문득 먹다 보니 서글프더라고요. 대체 이 냉면 한 그릇도 함께 얼굴 보고 먹지 못해서 전화로…. 설상가상 또 언니는 23년 전을 살고 있고. 아무 말 안 했는데도 이런 제 기분을 눈치챘는지 언니가 이렇게 말했어요.

- 야, 있지 나중에 통일되문 말이야.

- 응.

- 옥류관에 함께 가자야. 내 한 대접 사줄게. 남조선 인민들이래 여 평양랭면 못 먹어 환장들 했담서? 그런 거 보문 먹을 거 많다는 말, 순 거짓말이야.

- 그랬으면 좋겠다. 그럴 날이 오겠지?

- 기러엄. 아마 기땐 나도 어른이니까니 들쭉술도 같이 먹구.

- 큭…. 맞다, 언니 지금 열일곱 살이지.

- 응.

- 언니가 빨리 컸으면 좋겠다.

- 까불구 있어?

국물은 조금만 마시고 말았어요. 언니가 알려준 방법이 별로였던 게 아니라 그 냉면집 육수가 별로였어요. 가게에서 쓰는 조미료 맛이 강해서. 그래서인지 자꾸 평양에 가고 싶어지더라고요. 옥류관은 어떤 맛일까 하고. 당신 냉면을 허겁지겁 드시면서도 곁눈질로 제 것을 욕심내는 할아버지를 물끄러미 보다가 퍼뜩 기발한 생각이 들었어요.

- 언니, 저기 말이야.

- 응.

- 괜찮으면 우리 할아버지 바꿔줄까?

- 뭐어?

- 좀 그렇지?

- 뭐… 아이다. 난 괜찮은데…. 고조 할아버지께서 성치 않으시다며?

- 지금은 괜찮으셔. 같이 냉면 드시고 있는데…. 아니야, 됐어. 말지 뭐.

- 말기느은. 함 바꿔봐라. 인사라도 여쭤야 예절 바른 동무디.

- 정말?

"할아버지."

"니 꺼 먹어, 이 년아!"

"할아버지 고향이 쩌어기 북한이라고 했지?"

그러자 눈빛을 반짝이셨어요.

"함흥! 산등성이 몇 개 넘어가면 바다 보여, 바다!"

"함흥은 아닌데…. 평양에 사는 내 친구야. 바꿔줄까?"

장마당

평양직할시 사동구역 송신 장마당. 사회주의가 낳은 자급자족의 결과물. 언제부턴가 생기기 시작한 이 시장 바닥에는 이미 자리를 튼 장사꾼들로 가득했다. 새빨간 사과를 한 광주리 가득 내놓고 꾸벅꾸벅 조는 아주마이, 불을 피워놓고 두부모를 끓이는 아주마이, 화폐 교환하는 아주마이, 게다가 한 쪽에선 단속원과 흥정 중인 아주마이까지도 있었다. 그런데 자세히 보니 학교 교무부장의 안해(부인)도 나와서 장사하는 것이었다. 앞에는 펑펑이떡을 죽 늘어놓고 있었는데, 아홉 살 먹은 그 딥 아이가 제 오마니 치맛자락을 붙들고 군침을 꼴깍꼴깍 삼키고 있었다. 일부러 아는 체하진 않았다.

장마당 입구를 지나 왼쪽 길목으로 꺾어 들어가니, 사람들이 한곳에 모여 웅성거리고 있었다. 물건을 내다 팔기 위해 나온 사람들만 늘어놓은 좌판을 떠나지 못해 지키고 앉았으나, 그들의 이목도 그리로 향하고 있으리라.

"이리 내놓지 못하갔어?"

중년 남성의 까랑까랑한 고함이 고막을 사정없이 두드렸다.

"숨긴 거 내놔, 이 새끼야!"

"안 가져갔슴다!"

"기야 보문 알 일이구!"

열 살쯤 됐을까. 버짐이 군데군데 핀 얼굴에 마른 손, 꾀죄죄한 옷차림을 한 소년을 안전원이 거칠게 탐색했다. 소년의 품에서 투둑 하고 나온 국수 한 다발. 이미 예상하던 참이라 놀라지 않았으나, 구색을 갖출 생각인지 안전원이 뭐라뭐라 소리를 질렀다. 목소리엔 거드름이 가득했다. 멱살을 잡히자 소년의 작고 비쩍 마른 몸이 절간 처마 밑에 달린 풍경처럼 아무렇게나 흔들렸다. 말리는 이는 없었다. 장마당에 이따우 악질 전문털이범들이 극성이라며 다들 조심하라고 주의 준 안전원은 자비를 베풀기보다 연행해 가는 쪽을 택했다. 그 안전원은 위신을 세웠고, 오늘도 한 건을 해냈다. 땅에 떨어진 국숫발을 황급히 주워 먹는 어느 늙은이를 보자 어제 수화기 너머의 주희 할아버지가 떠올랐다.

'너 큰일 나! 김일성이랑 내통하는 거 들키면, 너 끌려간다! 얼른 끊어!'

우당탕탕 소리와 함께 상황은 일단락됐다. 통화를 할 수 없었지만 단박에 알 수 있었다. 수화기 너머로 할아버지에게선 아직 공화국 말씨가 어느 정도 남아 있다는 걸. 주희가 그랬다. 할아버지가 아침엔 잡곡밥을 잡숫고, 점심엔 저와 함께 랭면을, 또 속이 금방 꺼진다며 미역국을, 저녁엔 좋아하시는 명태찌개를 끓여 드릴 거라고. 그렇게 시도 때도 없이 챙겨 먹어도 되냐 했더니, 국가의 영웅이라 나라에서 경제적으로 지원해준다고 했다. 그 덕에 주희 저까지 살림에 보탤 수 있다고. 들어보니 공화국처럼 물자를 배급해주는 게 아니라 실제 화폐로 지급된다고 했다. 그럼 그 화폐로 상점에 가서 자기가 사고 싶은 것을 산다고. 하지만 얼마나 돈이 많이 나오면, 주희네 집에는 없는 것 빼고 다 있는 듯했다.

"참빗 하나 사자."

아버지의 말에 정신이 들었다. 모여 있던 다른 사람들도 하나둘 흩어졌다. 마치 아무 일 없었던 것처럼. 몇몇은 소년에 대해 말을 보태며 입방아를 찧었지만, 딱 거기까지.

"두 개 사자요."

빗 하나로 아버지와 같이 이를 빗어 내는 게 영 꺼림칙해서 떼를 썼다.

"야, 하나문 됐지. 이젠 다 컸다구 처녀티두 다 내네?"

"그렇게 하자요. 긴데 아바지, 나도 나와서 장사나 할까요?"

아버지에게서 무거운 한숨이 흘러나왔다.

"헛소리 집어치라."

"기람 아버지가 하든가요."

"당원이 되가디구 어째 장사를 한단 말이네?"

"아까는 우리 학교 교무부장 선생님의 안해두 나와 있디 않습까?"

"기거야 자본주의 물 먹은 변절자들이나 하는 짓이구."

그리고 집으로 돌아가려는데, 희미한 노랫소리가 발길을 잡았다.

"부슬부슬 비 내리는 평양 뒷골목

떨어진 콩알 찾아 헤매는 소년

중국 간 오마니 소식 없고요

밤새워 울던 누이 기다릴새라

주운 콩알 먹지 않고 참았댔어요…."

여 나문 살 먹어 보이는 작은 몸집의 소녀. 구걸하는 꽃제비였다. 꼬질꼬질한 얼굴 위로 마른 눈물 자국. 이윽고 저 멀리서 안전원의 호루라기 소리가 희미하게 들려오고, 소스라치게 어딘가로 도망가는 소녀. 힘겹게 시선을 거두고 은근히 물었다.

"궁금한 거 있습다."

"뭔데?"

"아바지 남조선에 대해 얼마나 아심네까?"

앞서 걷던 아바지가 갑자기 걸음을 멈추는 바람에 뒷꼭지에 부딪힌 설화. 미간을 찡그리고 아바지가 말했다.

"기딴 건 와 물어?"

"뭐… 기냥."

"남조선은 미제가 장악한 땅이다. 우리 공화국이 해방을 시켜줘야디."

아바지는 어딘가를 향해 손가락질하며 훈계하듯 말했다.

"아, 알디요! 긴데… 남조선에는 말임다?"

"……."

"고조 길만 걸어가두 사람들이 달겨들어서리 위생종이(휴지)를 막 나눠 준담다."

"뭐이? 길만 걸어가두 준다구?"

"예에! 특히 아주마이들이 위생종이를 기렇게 잘 준대요."

"정신병자들 아이네?"

"기런 건 아이람다. 기냥…."

"야, 기거이 다 거지거렁뱅이라서 그런 기야. 남조선이 워낙 없이 살아 부족해서리 미제가 뿌린 거라구. 긴데 생각해 봐라. 달라는 식량은 안 두구 쓸데없는 것만 주니 얼마나 남조선 인민들이 안 됐니? 기라고 보문 공화국에서 태어난 거이 천만 운 중의 운이다!"

"……."

갑자기 아바지가 뭔가 떠올랐는지 주위를 살피더니 작게 꾸짖었다.

"너 바른 대루 말하라. 학수 녀석하구 접선한 거 맞디?"

"아임다! 기랬으문 아바지한테 바루 말했디요. 죽었는디 살았는디도 모루눈데…."

"기란데 아까부터 와 자꾸 쓸데없는 소릴 하네?!"

"……."

"너 입 잘못 놀리문 용각 삼춘처럼 탄광 끌려가. 알어?"

내심 남조선의 주희와 통화하는 걸 들킬까 봐 걱정했는데, 아바지가 다행히도 헛다리를 짚었다. 묘한 안도감과 함께 꾀가 났다.

"아…! 택, 택수…가 그랬슴다."

"뭐어?"

"택수 걔가 남조선에서는 텔레비죤두 죄다 천연색이람다. 알록달록
색깔이 입혀져서 나온다구…."

어젯밤 주희에게 듣기로는 텔레비죤 크기가 무려 일 미터가 넘고,
얇기는 제 손등만큼 얇다고 했는데 이 이야기는 관두기로 했다. 아바
지도 안 믿으실 게 뻔할뿐더러, 아무래도 그건 주희가 말을 부풀린 것
같은 생각이 들었기에.

"그 새끼하고는 말두 섞디 마라. 괜히 똥물만 티디."

그리 쏘아붙이고 앞장서 걷는 아바지. 뒤를 쫓던 설화는 문득 노래
를 부르며 구걸하던 꽃제비 소녀가 떠올라 돌아봤지만 보이지 않았다.
다만, 장마당 골목 뒤로 검은 찦차가 사라지는 것을 보았다.

행방불명

큰고모가 행방불명됐다는 얘기는 할아버지를 제외한 식구들만의 비밀이었어요. 뭐 식구래 봤자 고모, 고모부 그리고 사촌 동생들과 저뿐이지만. 그동안 이산가족상봉 신청에서 고배를 마신 것도 실은 탈락이 아니라 큰고모를 찾지 못했기 때문이란 걸 알게 됐어요. 멀고도 험했어요. 만나기 위해서는 우선 찾아야 했으니까요. 7월 중순께 적십자 사무실, 통일부에도 찾아갔어요. 큰고모 이름, 북한 큰할머니 이름, 태어난 연도, 그 외 아는 대로 대고 행방불명 된 이산가족을 찾을 수 없겠냐고요. 난색을 보이더라고요. 하기야… 북한에서 행방불명된 사람을 찾기란 바늘구멍에 낙타 들어가기보다 어려우니까요. 정보도 부실한 데다 무엇보다 북한 측의 협조가 없다면 더더욱. 하지만, "가을에 금강산 이산가족상봉이 있잖습니까. 북측에 자료전달은 해보겠습니다"라는 답변을 주셨어요. 알고 보니 우리 말고도 행방불명된 가족을 둔 사람들이 많다네요? 아주 옛날 북한에서 의용군으로 끌려가다가 두 절되거나 6·25전쟁 때 피난 가다가 행적을 못 찾거나 등등 말이죠.

우리가 할 수 있는 거라고는 연락을 기다리는 것뿐이었어요. 또 혹시 몰라서 이산가족찾기 홈페이지에도 글을 올렸죠. 어쩌면 큰고모가 남한에 와 있을지도 모른다는 희망에서였어요. 왜 영화나 드라마에서도 보면 이산가족 중에 해외로 입양되는 경우처럼 말이에요. 등잔 밑이 어둡다잖아요. 가능성은 열어 두는 게 좋다고 생각했어요. 볼일을 보고 돌아온 집에는 고모부와 할아버지가 TV를 보고 계셨어요. 고모가 문득 소매로 눈가를 훔치며 말했어요.

"어떻게 저럴 수가 있니."

"왜 그래? 고모?"

"남한 가족들은 하도 잘 먹어서 살도 토실토실하고 하얀데, 어떻게 북한 가족들은 저렇게 비쩍 마르고 살결도 윤기 하나 없이…."

그러고 보니 확실히 차이가 나더라고요. 얼굴만 봐도 알 수 있었어요. 누가 남한사람이고, 북한사람인지. 심지어 훨씬 나이가 적은데도 남한사람보다 늙어 보이는 북한사람도 있었어요. 고모는 얼굴도 못 본 큰고모를 생각하자니 속상했나 봐요.

"북한사람들도 요즘은 밥 잘 먹는다더라, 고모. 반대로 남한사람들이라고 모두 잘 먹는 건 아니구."

"아니기는? 야, 인터넷에 보면 너나 할 거 없이 그놈의 밥 처먹는 거 찍어 올린다드라. 남 밥 처먹는 걸 왜 보냐고 왜. 아주 그냥 살기가 좋아지니까 별 씨잘데기 없는 짓들이나 하구 앉아있어. 넌 그런 거 보지 마라."

위로해주려다 한방 먹었죠. 그나저나 고모는 정말 큰고모를 찾고 싶다고 했어요. 철없던 어렸을 때야 질투도 나고 같이 살기 싫었는데, 이제는 보고 싶대요. 얼마나 닮았는지도 궁금하고, 어디서 뭐 하고 사는지도 궁금하고, 그쪽 큰할머니 얘기도 듣고 싶고요. 세월이 흐르면 관대함이라는 게 연륜 따라 절로 생기는 걸까요? 정말 묘해요. 그 날, 큰고모를 찾기 위해 민원상담을 다닐 때마다 낙담한 고모의 얼굴을 잊을 수가 없어요.

핏줄이 뭔지.

뭘까요.

글쎄요.

아직 전 모르겠어요.

반동분자

　새로 발령받은 후, 아바지는 번을 서는 일이 많았다. 아무리 강등당했다지만 그래도 명색이 대좌인데, 예전만 못한 대우인 건 감수했어도 차마 이 정도일 줄이야. 평소에 잘 보이려고 설설 기던 자들은 저마다 아바지를 얕잡아 보았고, 쉬는 날에도 일을 나가야만 했다. 말단 서기들이나 하는 일도 하는 건 둘째 치고, 배급 상황도 여의치 않았다. 오늘 아침에도 물 한 대접에 사카린 타서 대충 때우고 나가신 아바지만 봐도 알 수 있었다. 어쩔 수 없이 근처에 사는 육촌네 집으로 량식을 꾸러 가는 길에서 옥주와 우연히 마주쳤다. 소년궁전에서 중창련습을 마치고 오마니가 일하시는 기업소엘 가려던 참이었다는데 설화 쪽에서 피하고 싶었지만 어쩔 도리가 없었다. 먼저 반갑다며 붙잡는 바람에.

　창전인민학교엘 다닐 무렵부터 둘도 없는 딱친구(단짝)였는데, 옥주와 조금 멀어지게 된 계기는 더러 있었다. 한 번은 집에 1호 사진(김일성과 찍은 사진)이 있고 없고에 따라 학교에서 선생님의 대우가 달랐을 때, 또 한 번은 머리가 아둔해 일찌감치 군대에 들어간 옥주의 오빠와는 달리 설화의 오빠가 영재학교에 턱 하니 입학했을 때였다. 그때 저도 모르게 우월감을 가졌는지도 모른다. 해서 지금은 공연 준비로 한창 바쁜 옥주를 피하고 싶었는지도. 어떻게든 처지가 변한 현실을 일깨워주고 싶지 않았으니까. 모든 게 열등감이었으나… 우려와 달리 옥주는 단 한 번도 설화를 외면하거나 손가락질하는 법이 없었다. 도리어 두둔하고 위로했다면 모를까. 그것이 더욱 패배감에 부채질을 했다.

"니 오빠 두만강 건너다 총 맞아 뒈졌담서?"

그때, 귀에 익은 목소리가 뒤통수를 찔렀다. 택수였다. 바지를 배까지 올려 입고, 퍽 맹랑한 눈빛으로 이쪽을 노려보고 있는 그 녀석. 오빠가 집안 말아먹고 달아나기 전까지만 해도, 그 녀석네 아버지는 설화네 아버지의 운전병이었다. 아버지가 강등되고 몇 달간 혁명화 다녀온 뒤로 택수 아버지도 좌천된 걸로 알고 있다.

"누가 그따우 소릴 지껄이네?!"

목에 핏대를 세우고 응수했다. 까딱하면 대드리판(크게 싸움)할 념(생각)이었다.

"다 그라디! 와? 내 말이 틀리네?"

"개소리하지 마라!"

"국경경비대한테 걸려서리 코에 철사 꿰어서 끌려가는 거 누가 봤단다!"

택수는 허리를 구부정하게 숙이고 집게손가락으로 코를 꿰는 시늉을 했다. 걸음은 어정쩡하게 병신같이 걷자 똘마니들이 배를 잡고 웃어댔다. 물론 거짓말일 것이다.

"야, 니들. 총 맞을 때 어떤 느낌인 줄 아네?"

택수가 돌아보며 들으란 듯이 물었다. 그러면서 자기 주먹을 허공에 크게 빙빙 돌려가며 말했다.

"이만한 오함마루다가 갑자기 번갯불처럼 대가리를 따아악 맞는 거! 이거이 바루 총 맞을 때 느낌이야아."

피가 거꾸로 솟았다. 잠깐 눈앞이 핑하니 돌더니 손발이 부르르 떨렸다. 그 탓에 아바지가 어지간해서는 하지 말라는 말까지 해버렸다.

"야! 가서 있지! 니 할아바디 그 옛날에 남조선으루 도망 갔다니끼니 니두 쫓아가서 콩고물이나 받아 처먹어라, 이 종간나새끼야! 니 할아바디는 남조선에서 어데 무사할 줄 아네?!"

그리 말한 후회는 없었다. 더욱 지지 않고 싸다 붙였다.

택수 저 간나새끼. 어릴 적 집에 놀러 와서 어떻게든 단묵(젤리)이며 기름사탕(캬라멜)이며 얻어 처먹겠다고 비위 살살 맞추던 종자가 오늘날에는 간자 낯짝을 하고 덤벼들다니. 이래서 머리 검은 짐승은 그 낯짝의 뒷면을 까봐야 아는 법이다. 오빠가 조국을 배반하고 도망친 일은 군, 리, 동에 이르기까지 세상이 다 아는 일이었다. 뒤에서 수군거리기는 해도 이렇게까지 누구 하나 드러내놓고 비판한 적은 없었는데…. 그야말로 봉변당한 기분에 눈에 뵈는 게 없었다.

"뭐이? 야이, 에미나이야! 너 말 다했어?"

"그래, 다했다. 와?! 우리 오빠는 중국에 장사하러 간 거라구!"

그때, 분을 못 이겨 허공에 주먹질을 해대는 택수를 향해 옥주가 대신 나섰다.

"썩 꺼지지 못해?"

뜻밖의 아군이었다. 그러자 머릿수로 누를 작정인지 씩씩거리는 택수와 그 똘마니들이 사방을 빙 에워쌌다.

"저리 가디 못해? 설화네 오빠는 중국으로 장사하러 갔다잖아!"

옥주가 대신해서 큰소리칠수록 자꾸만 밀려나는 기분을 떨칠 수 없었다.

"오빠아? 저 혼자 살갔다고 도망쳐놓쿠 오데 오빠라 할 수 있갔어? 기런 새끼래 산 채로 가죽을 뱃겨도 션찮디."

"들기룬 그 새끼 간첩이란 소문두 있었다!"

"오빠가 간첩이문 동생이 모를 리 있갔어? 다 알문서도 모른 체하는 걸 수두 있어!"

"야야, 택수야! 저 에미나이래 반동분자 주제에 우릴 노려보구 자빠졌다!"

모두 앞에서 발가벗겨진 기분이었다. 더욱이 옥주가 이 모든 걸 지켜보고 있다는 것만으로도 충분히 모욕적이었다. 어떻게 학교에 가서 다른 동무들한테 말을 나를지도 모를 일이나 그건 아무래도 좋았다. 인제 와서 차릴 체면도 없거니와… 저도 어쩔 줄 모르겠는지 안쓰러운 눈길로 바라보는 옥주를 밀치고, 무작정 앞만 보고 내달렸다. 등 뒤로 저주가 왕왕 울려댔다.

***

집에 오자마자 송수화기부터 꺼내 다급하게 번호를 돌렸다.

따르릉….

따르르릉….

연결 음이 다하도록 남조선의 주희는 받는 법이 없었다. 몇 번을 시도했으나 마찬가지. 바닥에 엎드려 흐느끼는 설화. 그 위로 벽에 걸린 자랑스러운 수령님과 장군님의 초상화에 석양빛이 사선으로 깃들었다.

중환자실

며칠간 언니와 통화할 수 없었어요. 집안에 일이 생겼거든요. 할아버지께서 갑자기 쓰러지셨어요. 안 그래도 혈압이 높으셨어요. 혈압약 꼭 드시라고 해도 안 드시더니만…. 아, 물론 부모님 살아 계실 때 말이에요. 그때도 아빠가 할아버지 건강을 많이 걱정했거든요. 고혈압은 또 유전이라면서요?

***

그 날도 어김없이 언니와 통화한 날이었어요. 언니네 아빠가 오실 시간이라며 끊었고요. 어디? 장마당인가 하는 곳엘 간다나? 그 후에 할아버지와 점심을 먹고 주방에서 설거지하는데 갑자기 뒤에서 쿵 하고 쓰러지는 소리가 들렸어요. 혼비백산했죠. 키도 작으시지만 굉장히 마르셨거든요. 50kg도 채 안 되실 텐데 쓰러지시면서 타박상도 여러 군데 입으셨더라고요. 골절 한 번 입으면 정말 큰일인데⋯. 바로 119구급차 오고 한 20분 동안 응급처치를 하더라고요. 근처에 한국대학병원이 있었는데, 그곳 의료진하고 스마트폰으로 영상통화를 하면서 말이에요. 듣기론 의사의 지시대로 응급처치가 이루어진다고. 근데 참 웃긴 게 뭔지 아세요? 그 와중에도 체계적으로 발달한 우리나라 구급 시스템을 보면서 '과연 북한에도 이런 게 있을까?' 싶더라고요. 그러면서도 한편으로는 할아버지가 남한으로 오시길 잘했다는 생각도 들고.

좌우지간 그렇게 입원하셨어요. 중환자실에. 고모도 뒤늦게 제 전화를 받고 한달음에 달려오셨어요. 의사 선생님이 무슨 모니터 화면을 보여주시면서 하시는 말씀이 뇌혈관 일부가 터졌다고 하더라고요. 그러고 보니 할아버지 머리 사진 군데군데가 하얗더라고요. 젊은 환자 같으면 수술이라도 할 텐데⋯. 상황을 더 지켜보자는 말뿐이었어요.

일단 한고비는 넘겼다고 생각했어요. 당장 돌아가시는 게 아니니까. 정말이지 정신이 들락날락. 이건 겪어보지 못한 사람은 몰라요. 갑자기 혼자가 됐다는 생각에 아무것도 할 수 없더라고요. 게다가 집에서 보호자라고는 저밖에 없었으니까 솔직히 무섭고 벅찼어요. 그런데 할아버지까지 돌아가신다? 생각도 하기 싫었죠. 고모한테 잠깐 병원을 맡기고 간단한 옷가지와 세면도구를 챙기러 집으로 향했어요. 아파트 1층에서 엘리베이터를 기다리는데 관리소장 아저씨가 지나가시더라고요. 으레 해왔듯이 눈인사하고 지나가려는데⋯.

"807호 맞죠?"

"네."

"그 집 할아버지 입원하셨다면서?"

"며칠 전에요."

"에그… 연로하시니까 뭐. 금방 퇴원하시겠지."

"그럴 거예요. 걱정해주셔서 감사합니다."

"그래도 손녀가 이렇게 알뜰살뜰 보살펴 드리니 복이지 뭐. 할아버지가 평소에 자랑을 그렇게 하시더라고."

"무슨… 자랑이요?"

"아니, 손녀딸이 한국대학교 차석 입학했다고. 졸업은 수석으로 했다면서요? 가끔 들를 때마다 매번 그 소리 하셔서 모르는 사람이 없다니까."

"아… 네…."

머리 한 대 얻어맞은 듯했죠. 이윽고 현관문 열자마자 분명 할아버지 체취는 나는데 썰렁하더라고요. 이렇게 우리 집이 넓었나? 아아 하고 소리 내면 울릴 정도였어요. 거실에 아무렇게나 널브러진 할아버지의 옷가지들이며 보료 머리맡의 주전자며…. 갑자기 우리 집인데도 더 있기 싫어지더라고요. 문득 화장실 거울을 보는데 세상에나 눈 밑까지 다크써클이 내려왔지 뭐예요. 그제야 깨달았어요. 할아버지가 중환자실에 입원한 지 수 일이 흘렀다는 걸.

"내려가서 저녁 먹고 와. 여긴 고모가 보고 있을게."

일주일째 되던 날부터는 고모와 번갈아가며 병원생활을 했어요. 나중에 안 건데, 고모는 일을 그만두었대요. 물론 직장에서는 잠시 그 기간에 계약직 사원을 둘 테니 언제고 돌아오라고 했다네요. 잠시 연차를 쓰면 되지 뭐하러 그만두었을까 싶었는데, 지금 생각해보니 할아버지가 돌아가실 것까지 염두에 두신 것 같았어요.

고모는 사단법인에서 일하셨거든요. **<우리민족 화해협력운동>**이라는 곳인데, 뭐 북한 각지로 필요한 도움의 물품을 보내주는 단체라나? 그곳에서 회계총무 일을 하셨어요. 원래는 초등학교 선생님이셨고요. 아빠가 그러는데 어렸을 때부터 고모가 그렇게 공부를 잘했대요. 아빠보다 훨씬. 20년 넘게 교편을 잡으시다가 나중엔 건강상의 이유로 그만두셨어요. 예상했을지 모르지만, 아빠와 엄마가 교통사고로 모두 돌아가실 무렵이기도 해요. 고모는 우애가 좋았다는데, 아마 저만큼이나 충격이 컸을 거로 생각해요. 고모 본인도 몸이 안 좋으셨고, 게다가 어린 저까지도 건사하느라.

이렇게 말하니까 굉장히 가족애가 대단한 것처럼 보이네요. 어쨌든 고모한테 맡기고 식사를 하러 갔어요. 며칠째 제대로 잠도 못 자고 먹지도 못해서 컨디션이 엉망이었거든요. 병원 건물 지하 1층에 푸드코트로요. 빈 상갓집 같은 분위기를 풍기는 식당가에 들어가 설렁탕 하나 주문하고 멍하니 있을 때였어요.

윙ㅡ.
'85001160918'

그래요, 북한! 아… 설화 언니 말이에요! 아차 싶었죠. 그동안 정신이 없어서 잊고 지냈었는데… 진동이 울리자마자 찰나의 감각으로 통화버튼을 눌렀어요.

- 언니!!!

반가운 것도 있었지만, 너무 미안했어요. 뭐 메시지를 주고받을 수 있는 것도 아니고. 시켜 놓은 설렁탕은 거의 손도 안 대고 그렇게 한 시간을 죽치고 앉아 언니한테 하소연만 했어요. 하나부터 열까지 그간의 정황을 모두 털어놓고, 누구에게도 내색할 수 없었던 깊은 속마음까지 끄집어낸 건 처음이었어요. 그런 생각이 들더라고요. 형제자매가 있으면 참 좋겠다는 생각.

- 대학병원? 아주 큰 병원으로 갔구나?

- 뭐 가깝기도 하고.

- 거도 봉화진료소만큼 크겠다.

- 봉화진료소? 그게 뭐야?

- 1호 진료소 같은 데 말이야. 의사들 있고 치료하는. 아아, 남조선엔 없으려나.

- 아, 병원 이름이었어?

- 응. 우리 먼 친척 아주마이가 거기 산부인과 의사루 있어.

- 우와. 돈 많이 벌겠네.

- 어디 돈 벌라고 하는 일이간? 다 원수님 만수무강하시라고, 고 일념 하나루 일하디.

- 아….

- 기나저나 고모가 여 함흥사람이라구?

- 응. 큰고모. 근데 행방불명됐대.

- 오쩌다?

- 모르지. 일단 알아봐 달라고 여기저기 민원 넣긴 했어.

- 저런. 할아버지가 걱정이 크시갔다.

- 할아버진 몰라. 충격받을까 봐 말씀 안 드렸어. 근데 각오는 하고 있어.

- 무슨 각오?

- 돌아가셨을지도 몰라.

- 야, 말이래두 그런 소리 마라. 분명 잘 살고 계실 기야.

- 뻔하지 뭐. 솔직히 돌아가셨을 거야. 그것도 굶어서.

- 굶기는? 요즘이 어떤 세상이라구.

- 고난의 행군인가 뭔가. 제대로 못 먹어서 말이야.

- 기런 건 듣도 보도 못했다야.

언니는 또 거짓말했어요. 이쯤 되면 제게 솔직히 털어놓을 법도 한데, 끝까지 이념대립을 고수하는 것 같아 왠지 오기가 나더라고요. 가뜩이나 예민해진 감정에 슬며시 가시가 돋았어요. 아니, 솔직히 말하자면 원망의 화살을 엉뚱한 사람에게로 잘못 돌린 제 잘못이죠.

- 북한은 90년대에 엄청난 식량난을 겪잖아?

- 식량난?

- 응. 그래서 한국이랑 외국에서 식량 원조 보내주고.

- 말에서 오째 탄내가 난다?

- 사실을 말하는 거야.

- 잘못 알아도 한참 잘못 안 기야. 우리 공화국이래 날마다 이밥에 고깃국을 먹는다구!

- 며칠 전에 두부밥인가 뭔가 먹었다며.

- 기건… 날, 날마다 흰 밥 먹는 게 물려서 길티. 기카고 미, 미제 과자? 기것 두 딥딥마다 넘치도록 있구, 입당하문 당에서 매끼 배곯지 않게 해준다구. 뭐 알기나 하네? 우리 아바지두 힘들게 입당해서리 우리 딥 일으켜 세우신 분이야. 날마다 배급도 아낌없이 받는다구. 야, 지난번엔 옥수수가루를 오, 오십키로나 받았어!

묘한 기분이 들었어요. 저도 자라오면서 역사 교육을 잘 받았다고 생각했고, 또 할아버지에게서 들어온 옛날이야기도 있어서 국가관이나 안보관이 꽤 투철하다고 자부했거든요? 그런데, 설화 언니와 대화할 때면 언제나 모자란 느낌을 떨칠 수가 없었어요. 한참 어린 열일곱 살짜리 소녀가 갖는 당돌한 애국심은 못 이기겠더라고요. 그냥 왜 그런 거 있잖아요. '신념'이라고나 할까? 난 저렇게 국가를 위해 뜨거운 믿음을 가져본 적이 있나 싶은 거. '중화사상'이라고. 옛날 청나라 때까지만 해도 중국인들은 세상의 중심이 자기네라고 생각한 거 말이에요. 물론 지금도 그렇게 여기는 중국인들이 많지만.

설화 언니가 딱 그랬어요. 그저 북한이 세상의 중심인 줄 알더라고요. 굉장히 확고하다 못해 악착같은 구석이 있었어요. 때로는 옹졸한 마음에 그런 언니의 단단한 모습이 얄밉고 못마땅했어요, 저. 그래서 일부러 그 마음을 들키기 싫어서 제가 남한에서 누리고 있는 물질적 풍요로 기를 죽이고 싶었던 적도 있어요. 참 못됐죠. 진실을 알려준다는 핑계로 언니의 그런 신념을 멋대로 허물려고 했으니까. 하지만 이런 내 마음을 아는지 모르는지 언니는 꿈쩍도 안 했죠. 그저 북한이 제일이다… 그렇게 전 되로 주고 말로 받은 격이 됐어요. 무려 한 시간 동안 북한의 장점에 대해서만 귀가 먹도록 들었으니 말이에요. 그런데 그 중에서 제가 정말 이해할 수 없는 건 뭔지 아세요? 바로 이산가족상봉.

 - 남조선의 리산가족들이래 죄다 우리 공화국에 잘 보이디 못해 안달이라드라? 딸라며 시계며 다 갖다 바친다든데?

 아니, 북한에 사는 내 핏줄들한테 준 선물을 멋대로 가져가 놓고 그걸 '아부의 상징'으로 둔갑시키다뇨? 어이없지 않아요?

이산가족 신청

이산가족 이야기를 꺼내게 된 건 이번 가을에 금강산에서 열릴 이 산가족상봉에 신청했기 때문이에요. 〈남북 이산가족 찾기〉 홈페이지 에 들어가면 온라인 신청 양식이라는 게 있어요. 당사자인 남한의 가 족 이름, 나이, 주소 등등 신상을 적어 내는 거죠. 물론 큰고모는 생사 를 확인할 수 없지만, 할아버지의 형제분들도 계시니까요. 할아버지에 게는 누나 한 분과 남동생 한 분이 계신다니까…. 생사는 몰라도 일단 신청하고 보는 거죠. 그리고 고모가 알려주면서 새로이 알게 된 사실 들이 있어요. 양식에 보면, 북한 쪽 가족들에 관한 내용도 써내야 하거 든요. 그중에 '헤어진 사연'이라는 탭이 있는데, 할아버지가 국군 그러 니까 우리 대한민국군에 편입되면서 헤어지게 됐대요. 반대로 할아버 지의 남동생은 인민군이었다고 해요. 영화 '태극기 휘날리며' 보셨죠?

실사 판이죠, 한 마디로. 그런데 이런 경우가 아주 흔했다고 하네요. 한 집안에 형제가 각기 총부리를 겨누어야 하는…. 어쨌든 그렇게 해서 신청서를 접수했죠.

김정은 위원장과 문재인 대통령도 만나고, 점차 남북 간에도 화해의 기운이 돌고 하니까 기대했던 건 사실이에요. 할아버지 돌아가시기 전에 늦게라도 형제들을 만날 수 있었으면 하는 바람. 물론 고모의 소원이기도 했어요. 고모는 아주 어릴 때부터 듣고 자랐다고 하니까요. 학교에 가면 반공 반공했지만, 집에 돌아와서는 언제나 할아버지의 이북 이야기를 듣곤 하셨대요. 할아버지 홀로 남한에 오셨으니 친척이 있어요, 뭐가 있어요? 명절 때면 항상 썰렁했대요. 돌아가신 우리 할머니도 외동딸이어서 별로 식구가 많지 않았거든요. 그래서 어쩌면 저보다 고모가 더 이산가족상봉에 열을 올렸는지 몰라요.

홈페이지에 접속해서 신청하고 며칠쯤 지난 어느 날이었어요. 할아버지 담당하시는 의사 선생님을 만나 뵙고 나오는데 복도 저만치 끝에서 엘리베이터 문이 열리고 고모가 오시더라고요. 왠지 안색이 안 좋아 보였어요.

"고모!"

"응. 의사 선생님이 뭐라시든?"

"더 지켜 보재."

"안 나빠지셨구?"

"응."

"잘됐네. 에휴…."

"왜 또 한숨이셔?"

고모는 들어가다 말고 병실 밖에 있는 보호자 대기실로 가시더라고
요. 한숨만 푹푹 내쉬길래 직감했어요. 뭔가 또 잘 안됐구나.

"이미 다들 돌아가셨단다."

"다들이라면…?"

고모와 전 그렇게 한참을 아무 말도 할 수 없었어요. 하기야 할아버
지가 벌써 아흔이신데, 그 분들은 이미 돌아가셨겠죠. 그래도 혹시나
하는 일말의 기대감이 막상 물거품이 되자 힘이 탁 풀리더라고요. 불
쌍했어요. 할아버지가. 부모님도 안 계시고, 형제들도 모두 돌아가시
고, 두고 온 큰딸은 생사도 모르고, 여기 남한에서도 아들 며느리가 먼
저 갔으니…. 이렇게 말하니까 정말 불쌍하네. 우리 할아버지. 왜 그렇
게 심각해요? 감정이입 하신 거예요? 뭐 신파가 따로 없긴 하죠. 전쟁
이 참 이래서 비극이에요. 근데 제가 속상했던 건 따로 있었어요.

"그럼 작은할아버지, 고모할머니한테 자식들이 있을 거 아냐?"

"말도 마라."

"그분들도 돌아가셨어?"

"아니."

"그럼 만날 수 있겠네. 할아버지한테는 조카들이니까."

"내가 너 듣는 데서 이런 말 안 하려고 했는데."

"뭔데?"

"정말 사람도 아니지. 인두겁을 쓰고 어떻게 그래. 어떻게!"

"무슨 일인데?"

"그 사람들은 이산가족상봉에 신청도 안 했어, 그동안."

"그걸 고모가 어떻게 알아?"

이제 부모도 돌아가시고 안 계시는데 얼굴도 모르는 삼촌을 굳이 볼 이유가 없다고 생각했을까요? 비단 그것 때문이라면 이렇게까지 화도 안 났을 거예요. 고모 이야기를 듣고 정말 아연실색했다니까요? 세상에 어떻게 그럴 수 있죠?

공개처형

설화네 아빠트는 강이 세 줄기로 갈라지는 릉라도에서 멀지 않은 곳에 있어 날씨가 변덕이었다. 비가 올 것처럼 하늘이 가뭇가뭇해질 때면 이미 강가에는 스멀스멀 구름이 서렸다. 오전까지는 햇살 명랑하다가도 오후만 되면 기어이 비가 쏟아지기 일쑤라 빨래를 널려면 그 날 아침 날씨예보는 필히 확인해야 했다. 그 날도 딱 그랬다. 투두둑 하고 부엌 쪽 창가에 매달아 놓은 화분에 비방울 떨어지는 소리에 잠이 깼을 때는 새벽 네 시. 좀처럼 잠을 이룰 수 없던 탓에 뒤척이다가 방에서 나왔다.

그때, 무언가 눈에 들어왔다. 부엌 쪽 반투명 유리 창문에서 그림자 하나가 언뜻언뜻 비치는 것을. 놀란 마음에 문을 확 열어 재꼈지만 아무도 없었다. 다시 문을 닫으려 하자, 이번엔 '땡그랑!' 하고 무언가 떨어지는 소리가 희미하게 들렸다. 그리고 다급한 발걸음 소리. 얼른 석유등잔불을 가져다 들이댔다. 밖을 내다보니 금세 주변이 화안해졌으나 역시나 아무것도 없었다. 한참을 그렇게 서 있었다. 이미 바깥 풍경은 내리는 비에 젖어 선명하게 짙푸르렀고 다습한 공기가 순식간에 집 안까지 엄습했다. 설화는 나지막이 중얼거렸다.

"오…빠…?"

***

이튿날. 학교를 다시 나가게 될 때까지 공장에서 일해야 한다는 아버지의 말에 따라 지배인을 만나 인물심사(면접)를 보고 돌아오는 길. 설화는 새벽에 창가에서 느낀 심상찮은 기척에 대해 골똘히 생각에 빠졌다. 아마 둘 중 하나일 게 분명했다. 보위원이거나 도망친 오빠. 아버지에게 말하자니 괜히 심기를 건드릴 것 같아 무서웠고, 보위원에 이르자니 아무리 조국을 배반했어도 핏줄인지라 그도 여의치 않았다. 마음이 갈피를 잡지 못하자 절로 한숨이 났다.

"빨리 좀 갑시다!"

그때, 앞다투어 어딘가로 뛰어가는 사람들. 이리 치이고 저리 치어 설화의 작은 몸이 앞으로 고꾸라질 뻔했다. 집 근처에는 조국해방전쟁(6·25 전쟁) 때 지어졌다는 애육원이 있었는데, 그 애육원을 따라 좀 더 산비탈로 올라가다 보면 폐공장이 하나 있었다. 전쟁 때 군수물자 만드는 곳이었다고도 하고 방공호로 쓰였다고도 하는데 그 이상은 몰랐다. 다만, 전쟁 때 폭격을 맞아 죽은 아이들의 원귀가 그 근처를 떠돈다는 무서운 이야기에 여름마다 몸서리치곤 해서 동릿 사람 중에서도 짓궂은 청년들이나 가서 얼쩡댄다면 모를까. 사람들이 삼삼오오 떼를 지어 가길래 무슨 배급물자라도 나눠주는 줄 알고 멋모르고 따라간 설화. 한참을 따라 언덕을 올라가 보니 자갈만 잔뜩 깔린 커다란 공터가 보였다. 그러나 암만 기다려도 배급차는커녕 개미 한 마리 오지 않았다.

"기칸데 여서 뭐합네까?"

아주마니 한 분을 붙잡고 물었다.

"모르고 왔어? 여서 공개처형 한다디 않니."

"예에? 공개처형이요?"

"원수님을 배반하고 도망치려던 인간들을 붙잡았단다."

"……."

"너두 보고 가라."

말로만 듣던 공개처형.

설화네 학교에 오로지 기량만으로 입학했다는 어느 동무 하나가 있었다. 자강도 낭림인가 뭔가 하는 곳에서 왔다는데, 혼자만 요도신발을 신고 다녀서 촌티가 줄줄 흘러 설화를 비롯한 평양 아이들 사이에서는 촌년으로 통하는 아이였다. 하루는 그 아이가 으스대며 자랑이랍시고 이렇게 말한 적이 있었다. 저는 어려서 공개처형을 두 번이나 봤다고. 어찌 봤느냐고 묻자 저희 낭림군에서는 그런 일이 빈번하다고. 그저 거짓말인 줄로만 알았다. 물론 단련대니 교화소니 정도는 아버지로부터 들어 알고 있었지만…. 한 삼십 분 기다리자 부슬부슬 비까지

내렸다. 뒷산 허리에는 이미 공개처형을 구경하러 온 먹구름이 한층 더 낮고 짙게 깔려있었다.

덜컹덜컹….

이윽고 저기서 낡은 트럭 한 대가 사정없이 흔들리며 왔다. 좀 있어 보니까 뒤 칸에는 짐짝처럼 실린 사람들이 보였다. 운전석 옆자리에서 보위부원 하나가 내렸다. 꽤 권태로운 표정으로 먹구름이 가득한 하늘을 인상을 찌푸리며 보더니 이내 담배에 불을 붙였다.

"역적무리들은 날래 쏴 죽여야디!"

어디선가 구호 외치듯 주먹을 허공에 흔들어 재끼자, 금세 좌중은 술렁거렸다. 호각소리를 부르며 잠재우는 보위부원. 뒤이어 처형당할 사람으로 보이는 두 명이 연달아 내렸다. 한 명은 오십 언저리쯤 되어 보이는 늙은 여자였고 다른 한 명은 청년이었다. 옷은 아무거나 맞지 않는 누더기 차림, 머리는 정돈되지 않은 반백에 신발도 신지 않은 맨발이었다. 그야말로 피골이 상접했다. 두 손은 뒤로 밧줄에 결박당했고, 눈은 하얀 천으로 가려 묶인 상태였다. 목에는 마분지(판지)가 걸려 있었고, 거기에는 마지크(매직펜)로 뭐라뭐라 적혀 있었는데 자세히 보니 죄목이었다.

부화방탕
비사회주의

그렇다. 그들은 죄를 지은 죄인이었다. 귀동냥하니, 조중접경 지역에서 식량을 훔쳐 먹다가 중국 변방대에 걸렸다고 했다. 공화국으로 인계받은 뒤 집결소로 끌려왔는데 거기서도 도망치려다 발각이 됐다고 한다. 심지어 그 고발은 면회 온 일가친척의 짓이었다고. 늙은 여자가 청년 쪽을 향해 뭐라고 중얼거리며 얼굴을 어깨에 묻자 보위부가 그녀의 다리를 걷어찼다. 외마디 비명과 함께 절뚝거리는 여인. 청년이 반사적으로 몸을 웅크려 여인에게 향했지만 그 역시 마른 등짝에 발길질 세례를 받아야만 했다. 퍽! 퍽! 개 패듯이 패는 그 모습에서 오빠가 눈에 밟혔다. 설화는 생각했다. 저 둘은 모자 관계일 것이리라. 함께 조국을 버리고 도망치려다 걸린 게 틀림없었다. 드러내놓고 볼 자신이 없어 두 아주머니 사이로 고개를 돌렸다.

보위부원 중에서도 좀 나이가 있어 보이는 배불뚝이 한 명이 단상이랍시고 마련한 허름한 의자 우에 올라가더니 무언가를 펼치고 뭐라 뭐라 열심히 읽어댔다. 죄인들만 없었다면 선전대 방송원인 줄 착각하기 쉬운 풍경이었다. 웅얼거리는 마이크 소리에 잘 들리지 않았지만, 아마 그것은 저들의 '죄목'이 얼마나 몹쓸 일인가를 널리 고하는 행위였다. 그렇게 한 이십 분을 목에 핏대를 세워가며 열변을 토하고 나서야 내려왔다. 옆에는 발구(달구지)가 마련되어 있었다. 아마 시신을 수습할 요량인 듯했다. 곧 저들은 생의 마지막을 저기서 보내게 될 것이다.

형의 집행을 알리듯 고개를 한 번 까딱이고, 두 모자는 커다란 나무 말뚝에 차례로 묶였다. 둘 사이는 3미터 남짓. 찬물을 끼얹은 듯 조용한 사람들 무리. 저마다 웅성거리는 대신 침을 꼴깍 삼키며 거친 숨소리만이 간헐적으로 들렸다. 얼른 죽이라며 악을 쓰던 어떤 이도 처음과는 달리 마음이 약해졌는지 자꾸만 시선을 떨구기도 했다. 설화도 더 이상 자신이 없었다. 이번엔 아예 멀찌감치 전주대 뒤로 몸을 숨기고 고개를 외로 꺾었다. 철커덕하고 보위원들의 소총을 겨누는 소리에 황급히 두 귀를 세게 막았다.

잠시 후.

탕!!

탕!!

총성에 놀란 새들의 푸드덕거리는 날갯짓이 설화의 눈동자에 비쳤다. 잿빛 하늘에서 비방울 하나가 떨어졌다.

"언니 혹시….
정치범 수용소라는 거 알아?"

오래 이야기하니 갈증이 나네요. 뭐 좀 더 드실래요? 전 키위 주스 한 잔 더 주문할게요. 얼음물 드시겠다고요? 네, 좋아요.

어디까지 얘기했죠? 아… 이산가족상봉 신청. 그건 결국 수포로 돌아갔다니까요? 네? 고모와 제가 뭐요? 아연실색했다고요? 음…. 아! 미안해요. 그 이야길 하마터면 빼먹을 뻔했네요. 지금 생각해도 정말 이해가 되지 않고 열 받아서 밤에 잠도 안 와요. 바로 할아버지의 조카 들 때문이에요. 할아버지에게 북한에 사는 누나와 남동생이 있다고 했 잖아요. 그분들은 모두 돌아가셨고, 문제는 남동생 자식들. 우리 할아 버지한테는 친조카죠.

고모가 금강산 이산가족상봉에 대해 백방으로 뛰어다니며 알아본 결과, 그 조카가 중국을 오가며 사업을 한다는 걸 알게 됐어요. 보통 한국 사람들이 착각하기 쉬운 게 뭐냐면, 북한사람은 다 못 살고 가난해서 '사업'이라는 것과는 굉장히 거리가 멀 거로 생각하는데, 아닌 말로 밀수도 사업인걸요? 중국에서 공산품 떼어다가 북한에 들고 와서 파는 것도 사업이고요. 여하튼. 중요한 건 그 조카가 2000년대 중반에 사업을 하면서 자금이 필요했나 봐요.

그래서 우리 할아버지에게 큰딸을 찾아준다는 핑계로 돈을 요구했고, 우리 할아버진 그 말만 철석같이 믿고 돈을 보낸 거죠. 물론 식구들 모르게요. 알면 고모랑 우리 아빠랑 난리 날 테니까. 그게 가능하냐고요? 당연하죠. 할아버지는 당신께서 더 나이가 들어 죽기 전에 큰딸을 찾으려고 했어요. 그래서 탈북자 단체에 여기저기 알아본 결과 브로커한테 돈 주면 데려올 수 있다는 걸 알게 됐고요. 아마 큰고모한테 남편과 딸린 자식들이 있었다면 모조리 데려오려고 했을걸요. 할아버진 그러고도 남아요. 여하튼 서둘러 브로커를 고용했죠. 그리고 브로커는 중국 심양에서 조카란 사람을 만난 거고.

이해되세요? 그런데 말이죠. 최근에서야 우리는 그 조카들이란 사람들이 우리 큰고모와 만난 적도 없다는 걸 알게 됐어요. 사촌지간인데도 살면서 일면식도 없었다는 게 팩트예요. 한마디로 속은 거죠. 작당하고 사기 친 거라고요. 2000년대 중반부터 2010년까지 꼬박 우리 돈으로 1천만 원을 날렸어요. 이건 고모가 할아버지 명의로 된 은행 통장 기록을 보여줘서 안 거고요.

그 돈. 할아버지께서 수년 전에 구청에서 실시하는 노인 일자리 프로그램을 통해 조금씩 모은 돈이었다고요. 일주일에 세 번씩 동네 공원 청소하러 가시면서 힘겹게 번 돈인데 그걸 뜯어먹다니! 너무 속상했어요. 돈도 돈이지만, 희망에 부풀어서 기대했을 노인을 속이다뇨? 그것도 다른 사람도 아닌 조카가? 핏줄이잖아요? 조카가 자기한테 사기를 쳤을 거라고는 생각도 못 했을 거예요, 할아버진. 게다가 누구에게도 사기당했다는 이야기도 못 하시고 벙어리 냉가슴 앓았겠죠, 뭐. 아빠 엄마는 물론이고 고모도 그때 말리셨어요. 우리가 살림이 힘든 것도 아니고 연금도 나오는 데다 부모님께서도 넉넉하게 생활비며 용돈이며 드리는데 늘그막에 무슨 일을 하시냐고…. 그런데 다 이유가 있었던 거예요. 자식들한테 손 안 벌리고 당신이 몰래 번 돈으로 큰딸을 데려오고 싶었던 거죠.

사기당했다는 이야기를 들었을 때 다리에 힘이 풀리더라고요. 오랜 병원생활로 몸도 마음도 피폐한 상태였어요. 컨디션도 많이 안 좋아졌고, 겨우 하루하루 실낱같은 숨으로 버티는 할아버지의 곁을 지키는 것도 괴로웠고. 그러던 어느 날, 결국 터질 게 터진 거죠.

 - 이산가족상봉 신청했는데 다 물거품 됐어.

 - 오째서?

 - 할아버지 형제들 모두 돌아가셨대.

 - 세상에나. 다른 가족두?

 - 조카들은 살아 있다는데….

거기서 굳이 안 해도 될 이야길 해버렸어요. 아, 그래요. 솔직히 말할게요. 어디에다 분풀이할 곳이 필요했는지도 몰라요.

 - 중국에서 사업하는 조카가 할아버지한테 돈을 받아 챙겼지 뭐야.

- 도온?

- 우리 큰고모 찾아준다는 핑계로.

- 저런. 오쩌다 그랬을까.

- 너무 괘씸한 건 큰고모를 만난 적도 없으면서 곧 찾아줄 것처럼 위장해서 돈을 뜯어낸 거야. 정말 어처구니없지. 돈은 돈대로 뜯기구.

- 얼마나?

- 천만 원은 족히 넘을걸.

- 뭐어?? 천만워언?

- 응.

- 기렇게나 큰돈을…. 야, 할아바지께서 상심이 크셨겠구나야.

- 다 같은 가족이고 한 핏줄인데, 돈으로 보이나 봐. 너무 분해서 며칠 잠도 못 잤어.

- 뭐이 분하네?

- 몰라서 물어? 판단력 흐리신 할아버지를 속여서 자기네 잇속 챙긴 거잖아.

- 기라문 주희 니는 그 돈이 아깝네?

- 아깝지, 그럼. 언니도 차암. 할아버지가 어떻게 번 돈인데.

- 하긴….

- 알아보니까 종종 그런 사기사건이 많대. 헤어진 가족 보고 싶어 하는 분들을 대상으로 삼는 사기꾼들 말이야.

- 고 사기꾼들이래, 다 여기 공화국 사람들 말하는 거네?

- 공화국? 그래 북한사람들. 모두가 그런 건 아니겠지만, 남한에 계시는 할아버지 할머니들은 얼마나 불쌍해. 헤어져서 못 보는 것도 속상한데 돈까지.

- 야야… 그놈의 돈돈돈. 느희 남조선 아들은 돈밖에 모루네?

그때부터 언니가 날카롭게 곤두서기 시작했어요. 물론 저도 지지 않고 받아쳐서 일을 확대시켰지만요.

- 돈밖에 모르는 게 아니지. 아까우니까 하는 소리야.

- 자본주의 사회래 돈이 제일인 건 알갔는데 너무 돈돈거리디 마라.

- 언니도 참? 누가 돈돈 그랬다 그래. 난 팩트만 말한 거야.

- 백두?

- 사실만 말한 거라구. 아, 몰라. 그나저나 언닌 요새 왜 전화 안 했어? 병원에서 심심해 죽을 뻔했잖아.

- 죽을 리유두 많다. 내래 요새 정신이 말이 아니었어.

- 언닌 왜?

언니는 잠시 뜸을 들이다가 자그마하게 뭐라 뭐라 말하더라고요.

- 응? 잘 안 들려.

- 공개처형 말이야.

- 처형???

전 그때 휴게실에 앉아있었는데, 누가 들을세라 저도 모르게 입을 틀어막았죠. 정작 아무도 저에게 신경 쓰지 않았지만요. 사람들에게서 멀리 떨어진 복도 끝으로 자리를 옮겼어요.

- 기래. 내래 두 눈으로 똑똑히 봐았어.

- 세상에… 정말이구나.

- 뭐가 정말이네?

- TV에서 봤거든. 북한은 체제에 안 맞는 사람들은 배신자로 간주해서 죽인

다고….

- 누가 그러던?

- 탈북자들이 그러던데? 근데 진짜였구나….

- 탈북자들이래 배신자들 아니갔어? 너무 곧이곧대로 믿디 말라.

- 근데 왜 공개 처형한 거래?

- 조국을 배반했으니끼니.

- 그게 뭐야? 그게 죄야? 뭘 어떻게 배반했길래?

- 쉽게 말해서리 우리 김정일 원수님을 배반한 거디. 배반하고 국경을 넘다 중국 변방대에 붙잡혔다는 기야.

- …….

- 나고 자란 조국을 버리구선 중국 민가에 들어가서 쌀이며 옷이며 다 도적 질하군 숨어있다 들켰다는데. 기거이 무슨 망신이네?

- 그건 언니….

- 중국에 사는 사람들이 우릴 어떻게 보겠는가 이 말이야. 조선 인민들은 먹을 게 없어 저희 나라에 동냥하러 온 줄 알갔디. 조국의 위상을 드높여도 모자랄 판에 깎아 먹구 있으니.

탈북자들이 탈북 과정에서 생기는 험한 에피소드를 TV에서 봐온 터라 대신 해명이라도 해주고 싶었지만 언니는 아랑곳 안 했어요. 굳이 나눈다면 언니는 그래도 조금이나마 평양 상류층에 속했으니까요. 죽은 그 사람들과는 살아온 결이 달랐겠죠.

- 몇 번이구 원수님이 용서를 해주셨다는데, 그래두 배반을 밥 먹듯이 하니 끼니 보위부선 '아, 이것들 안 되갔다. 죽음으로써 인민들에게 본보기가 되라'

한 거디 뭐.

말은 이렇게 했지만, 사실 그때 언니의 음성은 너무 담담해서 놀랍다 못해 안타깝기까지 했어요. 어째서 그게 조국을 배반하고 나라를 팔아먹은 게 되죠? 마음에 안 들면 정치가든 정책이든 부정할 수 있는 거 아닌가요? 지금이 봉건시대도 아니고. 충분히 나라에 마음이 없다면 떠날 수도 있는 거잖아요? 그 사람들이 딴 뜻이 있었을까요? 그저 살려고, 어떻게든 먹고 살아보려고 도망친 거라고요. 근데 그걸 인민에게 본보기로 삼겠다며 죽이다뇨? 전 잠시 할 말을 잃었어요. 뭐라고 말을 해야 할지 정리가 안 되더라고요. 마치 들어선 안 될 걸 들은 기분이었어요. 그러니까, 통화 당시 여기가 2019년. 그쪽이 1996년이라는 사실을 알았을 때처럼 말이죠. 차마 말을 잇지 못해도 언니는 전혀 눈치채지 못하는 듯했어요. 오히려 일상의 주제로 다시 대화를 이끌어가기까지 했어요. 충격의 파동이 저만큼 크지 않았던 걸까요?

어쩌다 이 지경이 됐을까…. 솔직히 할아버지가 쓰러지기 전에는 그저 언니와의 통화는 신기하고 재미있는 이벤트에 지나지 않았어요. 무료한 백수생활에 재밌는 예능프로그램 같은? 하지만 더 이상 아니었어요. 더는 시간을 지체해선 안 된다는 생각이 들었다고요. 여긴 2019년 남한. 저긴 1996년 북한. 이 말은 언니가 충분히 미래를 컨트롤 할 수 있다는 걸 의미했어요. 얼마든지 남북한의 실상을 알릴 수 있다는 것. 그리고 언니의 삶도…. 그래서 정말 궁금했던 걸 물어봤어요. 아니, 언니에게 진실을 말하고 싶었죠.

- *언니 혹시… 정치범 수용소라는 거 알아?*

- 기게 뭐네?

- 말 그대로야….

- 글쎄 잘 모르갔는데? 교화소나 단련소는 들어 봤어.

- 음… 그곳은 거기보다 더 가혹한 곳이야.

- 가혹? 그걸 남조선 사는 니가 어찌 알아?

- 내가 TV에서 봤는데 탈북자들이….

- 야, 또또. 그 인간들이래 모두 우리 조국에 흠집 내는 이야기만 하지 않니? 주희 너 제대루 세뇌당했구나?

물론, 저라고 무조건 탈북자들의 말을 100% 신뢰하는 건 아니에요. 어느 정도는 걸러 들을 줄 알죠. 하지만….

- 이건 진짜야. 수용소.

- 글쎄 난 정말루 못 들어봤다니깐. 기래 뭐하는 곳이라는데?

- 탈북을 들킨 사람들이나 정치적으로 숙청당하면 끌려가는 곳이래.

- …….

- 고문도 하고 밥도 제대로 안 주고, 그래서 많이 죽었대. 나도 TV에서 본 거야. 요덕수용소인가 하는 곳은 뉴스에도 간혹 나오고….

- 주희 니 요새 좀 이상하다?

- 응?

- 와 자꾸 뜬금없는 소리만 하네?

- 정말 모르는 거야?

- 있다 해두 기거이 죄를 지었으니 응당 대가를 받아야디? 그러는 느희 남조선은 어떻구? 나도 너처럼 백두 들은 거 많아.

- 우리 한국에 대해서 뭘 들었는데?

- 날마다 국경 지역에 불순선전물 날려서 선량한 공화국 주민들 꼬셔다 어떻게 했니?

- 무슨 소리야?

- 고깃국에 이밥 준다 꼬셔서눈 공화국 배신하게 만들구, 그렇게 간 동무들 이래 죄다 서울 남산에 안기부 지하실루 끌구 가 고문하디 않았니? 뭐이야 그, 코에 쇠꼬챙이 뚫어서리 봉건왕조시대 죄인마냥 끌구 댕기구. 심지어는 팔팔 끓는 솥에 넜다 뺐다 하문서 조국의 기밀정보 빼낼려구 혈안이 됐담서? 봐라. 어디가 더 무섭네? 너두 안 믿기디? 이래서 세뇌가 무서운 기야.

감추고 싶은 것을 들켰을 때 내는 분노가 아니었어요. 언니는 정말 수용소의 존재를 모르는 듯했어요. 심지어 남한이란 곳이 대단히 무서운 나라라는 얼토당토않은 거짓말에 속기까지. 아무리 90년대의 북한이라지만 언니는 나름 당시의 북한 사회 중에서도 평양, 그중에서도 소위 말해 '간부 집 딸'이었으니까 모를 만도 해요. 오히려 제가 말을 지어낸다고 생각했을 거예요. 거기서 물러날 제가 아니죠. 눈 딱 감고 결정타를 날렸어요.

- 솔직히 언니가 한국에 왔으면 좋겠어.

- 뭐, 뭐어이? 야, 니 정말 보자보자 하니끼니….

언니가 소스라치게 놀라며 입을 틀어막는 듯했어요. 누가 들을까 무서웠던 거죠. 저도 평상시 같았으면 언니 입장 생각해서 말을 가려 했겠지만, 그 날은 그냥 될 대로 되라 식이었어요.

- 한국. 언니가 한국으로 왔으면 좋겠다고.

- 큰일 날 소리 하디 마라! 장군님을 배반하고 어딜 가네?

머리가 지끈거렸어요. 솔직히 표현하자면 화가 나더라고요. 세상을 몰라도 어떻게 이렇게 모를 수가 있을까. 순진한 건지. 멍청한 건지.

- 그놈의 장군님 장군님…! 그렇게 떠받드는 김정일도 2011년에 결국 죽어. 알아?

- 야, 주희 너….

- 신이 아니잖아. 사람이잖아.

- 우리 장군님은 듀디 않아!

- 아니? 죽어. 죽는다고. 결국 3대 세습이 될 거야. 다음은 김정은이 된다구.

- 김… 덩은? 그 듣도 보도 못한 아새끼래 누구니?

- 누구긴 누구야. 김정일 아들이지. 생모가 재일교포 출신의 무용수고! 미래의 북한 지도자….

- 주둥이 닥치라! 니 어찌 대학까지 나온 지성이래 말을 그따우로 하니? 남조선에선 그리 가르치니?

제가 너무 심했다고 생각하세요? 아뇨. 전 그렇게 생각하지 않아요. 물론 언니가 듣기엔 거북했겠죠. 하지만 진실을 알아야죠. 보니까 평양 시민일수록 오히려 더 세뇌가 깊숙이 진행되어서 외부 세계에 무지하다고 하는데 언니가 딱 그랬어요. 확실히 탈북자들도 지방 출신이 훨씬 많은 거 보면 납득이 가지 않아요? 오히려 탈북자들 사이에서도 평양 출신이라고 하면 자기네들끼리도 보는 눈빛이 다르잖아요, 왜. 질투와 선망과 호기심 어린 눈빛들. 심지어 경계까지 한다면서요?

- 그래, 대학 얘기 잘했어. 언니도 여기 오면 대학 갈 수 있어. 여긴 여자들도

열에 아홉은 대학을 간다고. 언니 성악 잘한다며?

　- 닥치라우! 기래 대학 나와서 뭐하니? 니 디금 혼자 힘으룬 입에 풀칠도 못
해서이 그 나이 먹두룩 할아바지한테 얹혀산다디 않았어? 기런 대학이래 뭐더
러 나오니?

　- 뭐? 언니 말 다했어?

　- 기래! 다 했다. 와?!

　- 여긴 나뿐 아니라 모두 취업이 늦는다고! 알지도 못하면서! 그리고 누가 얹
혀살아? 나 돈 많아!

　- 많아서 좋갔다! 기라고 니 스물여덟이라 했디? 야, 우리 공화국에서 그 나
이문 벌써 딸린 아새끼래 셋이나 되갔다야! 송월 언니두 말이야 집 나갔을 때만
해두 스물두 살이었어!

　- 여긴 남한이야!!

　- 내 이 말까진 안 하려구 했는데, 얼마 전에는 김현희 동무두 남조선 비행기
떨어진 일루 억울하게 잡아다 안기부로 끌고 갔다디?

　- 그건 또 무슨 소리야? 김현희라니 언제적 얘기를…!

　- 느희 남조선에서 기술이 부족해 사고가 난 걸 괜히 같은 민족 잡아다 족치
는 그런 너절한 짓거리나 하구 말이야.

　- 언니가 뭔가 오해하는가 본데. 김현희는 진짜 대한항공 비행기 폭파범 맞
아. 실토했다고! 그리고 나중에 북한은 핵미사일 만든다고 얼마나 많은 사람이
죽어 나가는지 알아?

　- 고조 우리 주체의 핵탄은 인민을 먹여 살리는 거이야! 거 느희 남조선에서
씨부리는 요망한 낭설 따위 믿디 말라!

- 살리긴 뭘 살려? 1996년 북한 거기는 생지옥이야! 왜 알면서 모른척해?! 왜 거짓말하냐고! 고난의 행군이 더 심해지면 언니도 힘들어질 거야! 그러니까 그 전에 얼른 탈북….

- 이 개 같은 에미나이 닥치라디 않았니?!!

처음이었어요. 설화 언니가 그렇게 화를 낸 건. 등골이 서늘했어요. 제가 자존심을 건드린 거예요. 북한 인민으로 살아가는 그 자존심을 말이죠. 그게 얼마나 견고하고 투철한 것인지 간과했던 거예요. 후회하냐고요? 아뇨. 결코. 언니가 백 번 천 번 화를 내도, 전 만 번 말할 수 있어요. 틀린 건 틀린 거라고요. 언니가 그렇게 화를 내고 무거운 침묵이 이어졌어요. 저도 더는 말하지 않았죠. 아마 언니는 최대한 분을 삭이고 있는 게 틀림없었어요. 비록 몇 달 통화한 게 전부지만 우린 서로에 대해 누구보다 잘 아는 사이가 됐으니까요.

- 미 제국주의 밑구녕이나 빨아대는 느희 남조선 것들이 뭘 안다구 지껄이네? 한 번만 더 나서 자란 내 조국을 모독하는 날엔 가만 안 둘 기야. 주희 니라도 용서 안 한다, 이 말이다!

- 언니…!

뚝.

자본주의 랄라리풍

그로부터 여러 날이 지났다. 인민반장의 소개로 들어간 비료공장에서 일한 지도 열흘째. 중국에서 들여온 콘베야(컨베이어 벨트) 앞에서 일하는 설화는 맨 마지막 공정을 맡았다. 작은 고사리 같은 손으로 비료가 담긴 푸대자루를 평평하게 모양새를 다듬어 쌓아두면 설화 또래의 남성 동무들이 와서 제부립차(덤프트럭)에 실어 날랐다. 마지막 공정이긴 해도 몇몇 자루가 제대로 막음질이 잘 안 돼 있는 때도 있어 일할 땐 모르다가도 일을 마치고 나오면 머리며 어깨며 뽀얗게 뒤집어쓰기 일쑤였다. 그래도 종일 집에만 틀어박혀 있는 것보다야 차라리 나았다. 손이 부질없이 바쁘면 뇌는 한가로운 법. 3km 남짓 되는 귀갓길을 걸어오면서는 더더욱 그랬다. 켜지지 않는 가로등을 대신해 달빛이 은은하게 길을 밝히는 늦은 밤. 뙤약볕이 진즉 물러간 바깥은 스산한 기운이 감돌았다. 호젓한 심사는 기어이 또 오빠 생각을 불러일으켰다. 설화는 오빠가 조국을 배반한 리유를 알고 있었다. 자본주의의 마수가 그렇게 만든 것. 그 전까지는 멀쩡하다 못해 훌륭했다.

　오빠가 영재들만 간다는 평양제1고중에 입학한 날. 설화는 처음으로 아바지 오마니의 눈물을 보았다. 당장 죽어도 여한이 없다는 말을 반복할 만큼 넘치도록 기뻤던 그때는 그야말로 세상 부럼이 없었다. 위대한 원수님께서 수학하신 남산중학교의 전신인 평양제1고중은 혁명렬사는 물론, 내로라하는 간부 집 자식들만 갈 수 있을 만큼 문턱이 태산보다 높았다. 농촌동원에서도 제외되는 혜택을 누리며, 졸업하면 당에서 일군으로 척척 데려가는 출셋길이 보장된 학교였다. 그런데 그곳에서도 1등이라니. 개천에서 용이 났다며 아바지는 키가 당신만큼 우뚝 커진 아들을 어깨에 태우고 덩실덩실 춤을 추셨다. 만일 누군가 아바지의 가장 행복했던 때가 언제냐고 묻노라면 설화는 한 치의 망설임도 없이 바로 그 날이라고 대답할 것이다. 행운은 끊이지 않았다. 귀한 닭알 구이 반찬도 밥상 우에선 언제나 독차지했던 오빠는 기대에 부응하듯 국방종합대학에 떡하니 합격했다. 이번엔 차석이었다. 국방종합대학은 그 당시 원수님께서 조선의 핵탄은 태양과도 같다고 천명하시면서 더욱 그 위상이 높아졌다. 김대(김일성종합대학)는 감히 비빌 바가 못 될 만큼. 그러던 어느 날, 오빠는 당의 배려로 중국 유학이라는 행운을 손에 거머쥐게 되었다.

　"더 큰 세상을 보고 오갔시요."

　그렇게 떠난 반 년간의 유학. 그것도 중국에서 가장 좋다는 북경대학교였다. 그곳에는 파란 눈 외국인들이 직접 영어도 가르치고, 오빠도 그 이들과 말도 나눈 적 있다고 했다. 몸서리칠 만큼 신기했다. 여하튼 공부를 마치고 돌아올 때 꼭 중국산 치마를 한 벌 사 오겠다고 약속했던 오빠는 치마뿐 아니라 처음 보는 외국 노래 테이프도 사 가지고 돌아와 설화를 들뜨게 했다. 오빠가 평양으로 돌아오던 날, 모든 일가친척이 수일 전부터 집에 모여 있던 터라 명절이 따로 없었다. 그 날의 주인공이 오빠였음은 당연지사. 아바지의 어깨에는 잔뜩 힘이 들어갔고, 오마니는 동네 아주마이들 앞에서 생전 안 하시던 거드름까지 피우셨다. 그렇게 집안의 대들보라며 잔치 분위기였는데. 예기치 못한 부분에서 문제가 터졌다.

북경을 떠나기 전, 몇 푼 가진 돈을 모두 요상한 종교 무리에게 갖다 바쳤다고 자백한 것. 그러니까 조국해방전쟁이 나기 전, 그 옛날 리씨 봉건왕조시대에 파란 눈 외국인들이 설파하는 예수쟁이 뭐 그런 비슷한 무리라고 했다. 그랬다. 오빠는 불순한 리념에 물들어 온 것이었다. 가족들의 충격에도 아랑곳하지 않고, 틈만 나면 사회주의를 비판했다. 중국으로 유입된 남조선 신문을 가져와 설화에게 읽어주는가 하면, 남조선의 가장 인기 있는 노래 '사랑의 미로'를 불렀다.

"그대 작은 가슴에 심어준 사랑이여~~"

생전에 아무것도 모르는 오마니는 일평생 수령님 원수님 타령하는 노래만 듣다가 그것이 마냥 중국 노래인 줄 알고 듣기 좋다 하셨다.

"기거이 연변 가욘줄 알았는데 알고 보니 남조선 노래란다. 니 오라바이 미쳐도 단단히 미쳤다야. 아바지한테 혼쭐이 나야 정신 차리디!"

그토록 마음 어질던 오마니가 처음으로 역정을 내셨다. 그뿐만 아니었다. 오빠는 자본주의 랄라리풍에 푹 빠져서는 옷이라군 순 엉터리같이 괴상하게 걸치고 다녔다.

"남조선에서는 젊은 청년 중에서도 자알 놀구 저들만의 신문화를 개척할 줄 아는 아들을 오렌지족 아니면 알파벳 엑스, 엑스세대라 부른다더라."

일부러 멀쩡한 바지를 칼로 난도질하질 않나, 바지 밑단을 손가락 한 마디 정도 접고 다녔다.

"아이참, 오빠 자꾸 남조선 얘기하문 끌려간다!"

"또 남조선에는 태백산맥이라는 훌륭한 작품이 있는데, 남조선에서는 그 훌륭한 이야기를 두구 국가관에 맞네 안 맞네 입방아를 쩌대구 있으니 한심한 노릇이지…. 우리 공화국에서도 출간 된다문 얼마나 좋을까."

오빠는 영 딴사람이 되어서 돌아왔다. 뭐에 얼이 빠진 것 마냥 온종일 부르죠아적 개소리만 늘어댔다. 문민정부가 어떻고, 몇 년 전에는 남조선에서 학생들이 민주운동인가 뭔가를 했다질 않나. 심지어는 매울 신 자가 그려진 남조선식 꼬부랑 국수(라면)도 먹어봤다는데, 그것이 그렇게 칼칼하니 속이 풀린다며 그걸 가져오지 못한 걸 그렇게 밤낮 애석해 했다. 혹시 중국에서 그 국수를 먹어서 머리가 어떻게 됐나 싶었다. 그런 오빠를 두고 굿을 해야지 않겠냐고 했다가 아바지한테 한소리 들은 오마니. 오빠는 아바지에게 얻어터져도 소용없었다. 빛나는 견장을 달고 국방종합대학생으로 살아갈 날들이 비단처럼 펼쳐졌는

데 왜 자본주의 구정물을 먹고 와서 속을 썩이느냐고. 남들은 죽은 조
상을 바꿔치기 해서두 못하는 입당을 손바닥 뒤집듯 수월하게 먹구 들
어갈 팔자를 타고 나서 왜 갑자기 불효를 저지르냐고.

귀하디 귀한 아들. 손찌검 한 번 안 하고 키운 집안의 대들보를 비
오는 날 먼지 나게 패는 일이 부지기수였다. 집안의 '복'이 거꾸로 '북'
이 된 것이다. 설화는 그때 처음 깨달았다. 오뉴월 개꿈에 지독하게 빠
지면 신세 조지는 것도 한순간이란 걸. 그렇게 넋 빠져 지낼 때, 오마
니가 폐병으로 돌아가셨다. 김일성 수령님께서 돌아가신 지 얼마 후의
일이었다. 장례 후 아바지도 설화도 슬픔에 빠져 있을 때, 오빠는 그
폐병도 남조선에 가면 뛰어난 의료기술로 낫는 법이라며 그때까지도
정신 못 차리고 개나발을 불어대는가 하면, 아직도 발전이 미미한 조
국을 떠받들며 사는 아바지를 답답하다며 비난했다. 그 통에 아바지랑
엎치락뒤치락 씨름까지 했다. 그 날도. 장례 기간이던 그 날도 오빠는
맞았다. 돌아가신 오마니를 생각해서라도 날래 마음 잡으라 온갖 말로
설득했지만 이미 돌아선 신념은 요지부동이었다.

"야, 이 샛기야. 정신 날래 안 차릴래? 너 정말 죽구 싶어?"

"와 때립네까? 내래 뭘 잘못했습네까?"

고분고분하던 오빠는 눈에 핏대를 세우고 들이댔다.

"뭐이? 어자어자(오냐오냐)하니까! 아바지 말하는데 말대꾸나 허구!
너 이리 와서 수령님과 접견한 사딘 보라! 똑똑히 보라!! 너 이 아바지
가 쌓아 올린 저 영광을 단숨에 차버리는 기야?! 알기나 해? 앙?!"

"기거이 찍으문 돈이 나옴네까? 쌀이 나옴네까?"

"뭐어이?"

"사진이 아니여두 기렇디요. 조상 적부터 내려온 그릇이며 문서며 어디 밖에 나가서 거간꾼한테 팔아보십쇼. 얼마나 쳐주나! 아바지 그 자랑스런 훈장들이래 저어기 평성 장마당 나가서리 반나절 늘어놔 보시라 이 말임다. 누가 사 가기나 할 줄 아십네까? 불쏘시개로두 못 쓰는 무용지물 대체 언제까지 끌어안구 사실 작정임까?!!"

"너 이 자식…."

"중국에서는 기런 거 발에 채일 정도루 남아 돈담다. 원수님이네 당이네 백날 해봐두 당장 우리 사는 데 도움될 거 하나 없다 이 말임다!"

"당은 높고두 위대한 거이야. 당을 배반한다는 것은 널 낳은 부모를 버리는 거나 마찬가지다 이 말이다!!"

"어째서 당이 부모란 말입네까? 내 부모는 아바지 오마니야요! 당이 대체 뭘 해준 게 있단 말임까? 아바지도 얼른 헤어나와야디요. 기케 한평생 조선 땅에 청춘과 노고를 바쳐서이 보십쇼. 남은 게 뭐 있습네까? 토대가 그렇게 좋던 용각삼춘은 또 어떻구요? 기래 잘 나갔어두 디금 보십쇼. 살았는디 죽었는디 모르구. 대체 다른 나라보다 나은 게 뭐이 있단 말임까? 말씀해 보시라요!"

배울 만큼 배워 머리가 제법 굵어진 자식의 입바른 말대꾸를 빛바랜 잔소리가 이기기엔 역부족이었다. 믿었던 아들 녀석의 방자한 언행에 온몸이 부르르 떨렸다. 설화는 아바지의 입에서 무슨 말이 나올까 기다렸지만, 말 대신 주먹이었다.

"긴말 하지 않갔어! 국방종합대학이래 어데 헐한(만만한) 덴 줄 아네? 아가리 닥치구 아바지가 시킨 대루 하라! 당장 니 대가리 뜯어 고치구 내일 당장 학교부터 나가라!"

집안의 자랑이 애꾸러기(골칫덩이)가 될 줄이야. 아바지는 만시름에 머리를 싸매고 드러누웠다. 별짓 다 해보았다. 때려도 보고 사정도 해봤다. 그 정도에서 그만둬 준다면 젊은 혈기에 별치 않은 일탈쯤으로 넘길 생각이었다. 정말 깨끗하게 용서할 작정이었다. 그러나 낮말은 새가 듣고, 밤말은 쥐가 듣는다 했던가. 그로부터 며칠이 지난 어느 늦은 밤. 맹렬하게 쏟아지던 장대비를 뚫고 건장한 보위원 여럿이 들이닥쳤다. 누군가의 밀고가 있었던 것이다.

"야, 여기 반동분자 어뎄어?"

구둣발로 작은 보금자리를 밟아가며 찾아낸 것은 아바지가 독에 억지로 숨긴 오빠였다. 그들은 오빠를 끄집어내더니 다짜고짜 귀싸대기부터 날렸다. 그리고 량쪽에서 오빠를 꽉 붙들더니 말릴 틈도 없이 한참을 두들겨 팼다. 명치를 맞은 오빠의 입에서 피가 터져 나왔다. 그리고 오랏줄에 온몸을 꽁꽁 묶였다. 순식간에 벌어진 일이었다.

"내 자식새끼 교육을 잘못시킨 탓이니끼니 차라리 날 잡아가시우."

"동무 디금 정신 있소?"

"이놈은 고저 영특하고 공부밖에 모르는 놈임다. 1고중 선생들도 다 보장하는 놈임다. 다만 중국에 가서 동무 잘못 사귀어서리…. 기러니까니 차라리 날 잡아가시우!"

"이보시오 동무. 기러니까니 더 문제란 거디. 인텔리란 족속이 조국을 배반해? 기건 더 큰 죄악인 줄 모르나?"

그러자 아바지는 한 치의 망설임도 없이 무릎을 꿇었다. 동정의 여운을 붙잡기 위해서였다. 1호 사진을 찍을 때도 수령님께 안 꿇었다던 무릎을 일개 자식뻘 되는 보위원에게는 기다렸다는 듯이 내어 주었다. 그저 굳은 표정으로 서 있기만 해도 위압감을 풍기던 아바지가 그 순간은 순한 양, 아니 비굴한 개가 되어 있으니 참으로 영문 모를 일이었다. 어쩐지 우쭐해진 보위부 녀석 하나가 으스대며 오더니 아바지의 무릎을 구둣발로 걷어찼다.

"걱정 마라. 인차 보위부에서 면회 오라고 부를 테니까니 그때 오려무나. 어쩌갔니?"

저승사자 붙잡듯 울고 매달리는 어린 설화가 안쓰러웠던지 이번엔 다른 보위원이 그리 일러 주었다. 희멀끔한 낯빛에 어려 뵈는 것이 이런 경우는 처음인 듯 보였다. 겁먹은 설화만큼이나 그이도 몹시 불안정해 보였다. 오빠가 끌려갈 때, 함께 집 밖까지 따라나섰다.

"오빠! 오빠!! 아바지! 이를 어쩜 좋아요?"

설화도 대단히 세게 울며 외쳤다. 하나뿐인 동생 속이 끓는 줄도 모르고, 오빠는 보위원들의 가슴 섶에 달린 위대하신 김일성 수령님과 김정일 원수님의 휘장을 감.히. 손가락으로 가리키며 이렇게 개나발을 지껄였다.

"똑똑히 봐두라! 저들은 독재자일 뿐이다!!"

보위원들도 그때만큼은 충격을 받았는지 잠시 멍해 있더니, 이내

사정없이 오빠를 두들겨 팼다. 아까보다 더 세게 때렸다. 그렇게 끌려
간 뒤로 종 무소식이었던 오빠. 그것이 벌써 이 년 전의 일이었다. 그
토록 지우고 싶었던 오빠의 마지막 모습은 며칠 전 주희를 통해 다시
삼삼히 떠올랐다.

'언니, 북한은 미래가 없어. 더 힘들 거야!'

나서 자란 조국을 배반한 오빠와 마찬가지로 배반하라고 종용하는
주희까지…. 설화는 떨쳐버리기라도 하듯 고개를 절레절레 흔들었다.
반평생을 혁명의 군복을 입고 살아오신 아바지. 그래, 아바지만 믿고
살자. 그런데 무슨 리유에서인지 한숨이 나왔다. 어쩐지 가슴 한구석
이 답답한 게 아려왔다. 괜히 통화했다. 남조선에 사는 주희와 통화한
후로 설화는 자꾸 딴생각에 빠지는 저를 발견하고 소스라치게 놀란 적
이 한두 번이 아니었다. 괜히 돌 무리에 헛발질도 하는 설화.

"야! 너 디금이 몇 신줄 아네? 오딜 쏘다니다 이 시간에 오는 기야?
일찍이 다니라구 하지 않았어?"

집 어귀에서 서성이는 검은 그림자가 차츰 가까워지더니 이내 익
숙한 얼굴이 환하게 보였다. 아빠트 현관 채양 밑에 서 있는 이는 다름
아닌 아바지였다. 지은 죄도 없이 덜컥 놀랐다.

"와 나와 계심까?"

"올 시간이 한참 지났는데 안 오니끼니."

"아바지두 참. 내래 아도 아이구…."

"아가 아니니끼니 걱정이 되는 거디. 와 늦었어?"

"일감은 진작 끝났는데 지배인 동무가 좀 보자 해서리."

"무슨 일루?"

"병원엘 가자길래요."

"병원…? 어디 다쳤어?"

"아니이. 병문안 가자길래 따라갔디요. 11호 병원 말이어요."

"11… 11호 병원?"

"예."

"거길…! 니가 거길 와 가네?!!"

갑자기 버럭 하는 바람에 주춤하는 설화. 다 기어들어가는 목소리로 대꾸했다.

"아바진 와 소리는 지르구…. 당의 명령이라는데 어째 안 갑네까?"

"당, 당의 명령?"

"기래요. 얼른 들어나 가자요, 아바지."

아바지는 세상을 잃은 얼굴을 하고 있었다.

야, 이거 야단났다!

인민무력부 정찰국

이튿날 늦은 밤이었다. 인민무력부 정찰국 본관 2층. 오래된 목조
건물에 증축한 것이라 복도 마룻바닥은 걸을 때마다 언제나 삐걱거리
는 소리가 들렸다. 맨 안쪽에 있는 열 평 남짓의 집무실. 홀로 기다린
지도 벌써 한 시간이 흘렀다. 책상 옆에 뚫린 창문 너머로 비치는 황철
나무의 그림자가 달빛에 비쳐 어쩐지 오싹하게 흔들렸다. 대좌는 침을
꼴깍 삼켰다. 그동안은 강등당했어도 정찰국에 간신히 기생할 수 있음
에 천만 번도 더 감사해왔던 그였으나 이번만큼은 상황이 달랐다. 그
래. 사생 결단이다.

그때 빵빠앙-. 밖에서 나는 소리에 흠칫 놀라 반사적으로 창가로
달려가 얼굴을 내밀었다. 짙게 깔린 어둠 사이로 라이트를 켠 까만 외
제 세단에서 누군가 내렸다. 언제나 요통을 달고 살 만큼 풍만한 배가

두어 걸음은 먼저 나가 있는 그의 별명은 모택동에 빗대어 리택동일 만큼 거대한 몸체였다. 잔뜩 경직된 보초병들에게 보는 둥 마는 둥 대강 거수경례를 하는 정찰국장. 그가 3층 집무실로 올라오기까지 대좌는 몇 번이고 마른 침을 삼켰는지 몰랐다. 한 손에는 바트 담배 한 보루가 처량하게 매달려 있었다.

"아직두 안 가구 섰네?"

리동혁 국장은 올 줄 알았다는 눈빛으로 위아래를 훑었다.

"이제 오십네까."

"보고할 거라두 있어?"

"예…."

대좌는 오래도록 손에 쥐고 있어 땀 자국이 선명하게 베인 담배부터 앞으로 내밀고 봤다. 전투적으로 살아온 삶의 흔적이 묻어있는 손이었다.

"이거이 뭐이네?"

"담뱁다."

"내래 두 눈은 달려 있어서리 뭔 줄은 알갔는데, 와 내게 주냔 말이다."

리동혁은 관심 없다는 듯 책상 위의 널브러진 서류 더미로 눈길을 떨어뜨렸다. 그 틈에 그의 안색을 찬찬히 살폈다. 푸석푸석한 살결에 켜켜이 쌓인 실주름이 달빛에 더욱 환히 보였다. 차라리 드러내놓고 밟아줬으면. 닥치는 대로 트집이라도 잡아주었으면. 아들놈의 배반사건이 국장 동지에게까지 불똥이 튀었을 때도 별다른 질책이나 복수가 없었던 점이 오히려 대좌를 괴롭게 했다. 두렵게 했다. 책으로 비유하자면 그는 <김일성 대원수님의 혁명력사>처럼 거칠고 강인한 기운을 뿜어내는 사나이였다. 자신의 분노를 표출하기 전에 먼저 어떤 형태로 내보낼지를 머릿속으로 차분하게 구상하는 인간. 분노의 형태가 완전히 만들어질 때까지의 그 시간이 대좌는 못 견디도록 지옥 같았다.

여전히 그는 무심한 눈길로 서류를 검토하고 있었다. 책상에는 한반도가 그려진 지도가 있었고 어느 지형마다 붉은 마지크(매직)로 곳곳이 표시되어 있었다. 나태하게 붉은 몸에 검버섯 가득한 살가죽. 평소에는 이빨 빠진 호랑이의 비루함으로밖에 비치지 않은 것마저 이제는 하나하나 공포로 다가와 두렵다. 조급했다. 직통배기로 질러버리자.

"동지! 어째 그러십네까?!"

겉으론 따지는 듯 보였으나 표정은 자못 간절했다. 리동혁은 담배를 물었다. 팟! 하고 담뱃불을 켜더니 이내 뿌연 연기가 꾸역꾸역 피어올랐다.

"동지! 두 해 전에 안해가 듁구… 고조 딸련 하나가 전붑네다."

"기란데?"

그는 자신이 노여워하고 있음을 알리기라도 하듯 눈을 질끈 감았다가 떴다. 꾸역꾸역 피어오르는 연기가 앞을 가렸다.

"고거이 아직 어립다. 살 날이 구만립다."

"아아…. 그 예능적 특기가 대단했디 아마?"

끈적하게 말하는 그 웃음에 많은 함축적 의미가 담겨 있었다. 그 뱀 같은 모습에 소름이 돋았지만 애써 눈을 피해 대답했다.

"예…. 동지! 고거이 노래도 잘 부르구 춤도 잘 추구. 학교에서 선생들이 침이 마르도록 칭찬을 할 만큼 모범적입네다."

"……."

"11호 병원이라니…. 다시 생각해주십시요!"

"이보오 동무."

"예."

"내래 동무를 그간 아꼈던 리유가 뭔디 아네?"

뱁새눈을 하고 그가 물었다. 그렇게 눈을 가늘게 뜨고 빤히 볼 때면 정말이지 좀처럼 감정을 읽을 수 없었다. 인제 보니 그는 이빨 빠진 호랑이가 아니라 늙은 너구리 쪽에 더 가까웠다. 긴장이 전류처럼 온몸에 흘렀다.

"모릅네다…."

"경보부대 출신으루 기동안 내래 안 해본 거이 없어. 기란데 작전부 아새끼들이래 툭하문 우리를 마치 저들 수족 다루듯 했다 이 말이디. 아주 골치였어."

"……."

"경보부대의 위상이 그야말로 곤두박질쳤을 때, 한 번은 옥류관엘 갔었디. 기억나네?"

"예."

"그때 동무 나이가?"

"스물 후반이었습네다."

"벌써 기래 됐구만. 림용각이보다 두 살 많았디?"

"예."

"고조 랭면을 먹고 있는데 우리 쪽 하나가 시비가 붙은 기야. 와 그렇게 주눅이 들었나 보니끼니 거 상대가 독일에서 유도루다가 은메달 따온 김호길이 아니갔어? 그 아새끼한테 다 뒤지게 처맞을 때 동무가 어떻게 했디?"

"기건…."

"괜찮아. 뭐 지난 일인데."

"죽여버렸습네다."

"바로 기거야. 기거이 동무가 출신 성분이 드러워도 융숭한 대접을 받은 리유다 이 말이야. 경보부대는 우리 김일성 수령님의 자존심이디. 거 자존심을 드높였으니 살려 둬야디 않갔어? 팔자에 없는 입당두 하구 5과 처녀한테 장가도 들구 출세했디? 기대루만 잘 살았으문 얼마나 좋았갔어?"

"모두 저를 거둬주신 국장 동지 덕분입네다."

"암, 길티 길티."

"……."

"긴데 동문 고 은혜를 뭘루 갚았네?"

여유작작하게 묻는 음성에는 금방이라도 분출할 것 같은 활화산의 그것을 억누르는 것이 느껴졌다. 리동혁이 담뱃불을 비벼 끄며 한 번 더 답을 채근했지만, 고개를 들 수 없었다. 누런 가래침에 짓이겨지며 소멸하는 담배. 푹하고 꺾였다.

그의 말이 맞았다. 대좌는 출신 성분이 그다지 좋지 않았다. 집안에 남노당 인사가 있다는 까닭으로 산간벽지로 쫓겨나 살던 어린 시절. 가진 거라곤 무쇠 같은 힘.

"형! 우리 삼춘이 뒷배 봐줄 테니까니 나랑 같이 평양 가자요!"

알고 지내던 동생 용각이가 끓어 넘치는 혈기를 그리 돋웠을 때만 해도 인생이 술술 풀릴 줄 몰랐다. 그저 입에 풀칠이나 하면 다행이라 생각했지. 동네 동생인 용각이의 삼춘은 안전부 부장이었다. 용각이도 그 뒷배로 군 생활이 신선놀음이라 염치불구하고 부탁하자 우연히 경보부대의 말단자리 하나 꿰찰 수 있었던 것. 기대도 안 했었다. 평양에 입성만 해도 가문의 영광인 것을, 거기다 떡하니 입대하니 그 시절 언제나 몸은 뜨거운 열정으로 들끓어 있었다. 그래서인지 힘만 무식하게 팔팔 세던 그를 처음 봤을 때, 적당한 부와 먹고 살 직업만 준다면 기꺼이 한 몸 바쳐 충성을 바칠 그릇이라는 것이 대좌에 대한 리동혁의 평가였다. 물론 결과적으로 보자면 틀린 판단이 됐지만.

리동혁이 말한 '옥류관에서 생긴 일'은 그가 막 대대군관(장교)이 되었을 때의 일이었다. 난생처음 랭면을 맥여 주겠다길래 들떠서 따라간 옥류관. 그곳에서 그는 경보부대를 무시한 유도 은메달리스트 김호길의 급소를 쳐 죽인 일로 하루아침에 영웅이 되었다. 처음부터 죽일 생각은 아니었다. 김호길 그자는 세계적 대회에서 메달을 따온 유도선수였기에 명성이 자자했던 인물. 심지어 평소에는 흠모의 마음조차 있었는데 그가 빼또칼(주머니칼)을 들고 설친 게 화근이었다. 사내대장부가 되가지군 맨주먹을 안 쓰구 비겁하게. 게다가 유일하게 저를 인정하고 받아준 경보부대를 깔보고 무시하자 거기서 뻴(부아)이 난 게다.

아니 어쩌면 그 일을 기회 삼아 간부들의 눈에 들고 싶었다고 해야 맞다. 집안도 별 볼 일 없는 데다 백도 기술도 없는 무지렁이인 그에게는 육체적 힘이 곧 무기요 전부였다. 젊은 혈기에 힘 조절을 못 한 데다가 옆에서 간부들이 지켜보고 있으니 어떻게든 이겨야 하는 싸움. 정신을 차리고 보니 김호길이 반은 죽사발이 되어 나자빠져 있는 것을 보고, '아, 난 이제 죽었구나!' 싶었다. 메달까지 따와서 김일성 수령님도 만나고 온 접견자를 죽였으니. 그리하여 보위부에 끌려가 조사를 받던 그 날 밤. 어차피 딸린 식구도 없고 기껏해야 래왕도 없는 남노당 삼춘의 핏줄들만 몇 있을 뿐.

'그래. 죽일 테면 죽여라. 생에 미련도 없다.'

자포자기한 채 사위어가는 명줄만 우두커니 보고 있던 그때였다. 반 식경 만에 불려 나가더니 느닷없이 까만 수건으로 눈가림을 한 채 새까만 차에 태워졌고, 그렇게 보내진 곳은 다름 아닌 묘향산 특각이었다. 차에서 내리자마자 대우부터 달랐다. 차 문도 열어주고, 밥도 주고, 뜬금없는 목욕에, 또 의사들이 들러붙어 피검사니 세균검사니 뭘 그렇게 하더니 생전 구경도 못 한 미끄덩한 새 옷까지 입혀 주는 게 아닌가? 이런 경우는 드물다고 검은 양복을 빼입은 누군가가 훈계하듯 연설을 늘어놨다. 나중에 알고 보니 그가 수령님 사위, 그러니까 장성택이었다.

그리고 그로부터 서너 시간 후에 놀라운 일이 벌어졌다. 안내에 따라 들어간 커다란 홀. 천장은 대좌 같은 장정이 다섯은 올라가야 겨우 닿을 만큼 높았다. 삼십 분쯤 흘렀을까? 대좌가 들어온 문 반대쪽에 있는 거대한 서양식 문이 열리는 순간 심장이 멎을 뻔했다.

"이렇게 가까이서 보니 참 든든하구만."

그것이 김일성 수령님의 첫 마디였다. 얼마나 떨었는지 모른다. 이게 꿈인가 생시인가. 고개를 차마 들 수 없어 수령님의 구두코만 뚫어지라 본 기억뿐이다. 대좌는 '옥류관에서 생긴 일'로 뜻밖에도 김일성 수령님으로부터 큰 칭찬을 받았다. 이는 해외에 나가 메달을 따 국위를 선양한 운동선수보다 수령님의 경보부대를 더 우로 쳐준 셈이다. 부강조국의 핵심인 선.군.조.선.(군 우선주의)의 최대 수혜자가 되었다이 말이다. 그곳에서 대좌는 '죽을죄'만 짓지 않는다면 평생의 영광을 보장받는 선물을 받게 됐다. 집 거실에 걸린 1호 영접사진(김부자 접견)이 그 증거.

특각에서 나온 후부터 주변의 모든 환경이 달라졌다. 바라보는 사람들의 눈빛도, 배급 수준도, 근무 처우까지도. 게다가 방 세 칸짜리 선물집까지! 길을 걸어도 에미나이들이 먼저 알아보고 달겨들어 서로 저랑 얘기나 하잔다. 내 생애 이렇게 밝고 환한 날이 있었던가. 갑자기 살고 싶어졌다. 열심히 재밌게 전투적으로 살아보고 싶은 욕구가 마구 치솟았다. 그렇게 모든 게 탄탄대로였다. 그뿐인가? 당의 명령으로 얼굴은 달덩이 같고 몸매는 늘씬한 곱디고운 5과 처녀와 결혼도 했다. 그 사이에서 낳은 토끼 같은 자식들은 하나는 영특하고 하나는 꾀꼬리 같으니 남부럽지 않게 오순도순 살아왔다. 적어도 그 영특한 자식 놈이 재를 뿌리기 전까지만 해도.

"기때나 디금이나 동문 대체 모가지가 몇 갠디 모르갔서."

"……."

"림용각이가 수령님 따님 험담을 하고 다니다가 쫓겨날 때두 말이야. 자네 막아준 거이 누구였디?"

"국장… 동지의 은혜는 잊디 않고 있습네다."

"잊디만 말구 행동으로 보였어야디."

"……."

"내래 동무가 싸지른 아들 새끼 덕분에 석 달 혁명화를 다녀왔어. 이야, 나는 돼지우리에서 똑똑히 알았어. 거 돼지 새끼들이래 처먹을 게 없으니까니 까딱하문 사람도 먹갔더라?"

"……."

"너무 맥여 놓으니깐 천지 분간을 못 하는 거지. 돼지 새끼 주제에. 그럼 오카야갔어?"

"……."

"사람 잡아먹기 전에, 맥을 따버려야디 않갔어?"

"국장 동지! 기건…! 제가 다 짊어지고 가겠습다! 그러니까니 이번 한 번만…."

"오디 그뿐이간? 평양 돌아와서눈 말이야. 상장 강등당해서이 세상 비웃음만 샀어. 기거이 내 죽탕 치갔단 뜻이 아이구 뭐네?"

"동지! 기필쿠 아입네다! 내래…."

"개도 안 물어갈 토대를 갖고 태어났으문 은혜를 알아야디!"

좌라락 하고 허공에 하얀 것이 흩날렸다. 서류를 난폭하게 집어 던지는 그의 두 눈이 걷잡을 수 없는 분노로 이글거렸다. 저 깊은 곳에서 우르르 뜨거운 것이 사정없이 공중으로 파팟 하고 튀기 시작했다.

"원수님의 기대와 믿음을 줴버리구 부르죠아적 사상에 물든 아들새끼 간수도 제대로 못 한 주제에 뭐? 다시 생각해애? 개새끼. 지 딸년이 11호 병원 다녀왔기로서니 어째 이 지랄발광이냐 이 말이야!!"

쨍그랑!

순식간에 벌어진 일이었다. 그때, 복도 널마루가 심하게 혼들리는 소리가 들리면서 위병 둘이 집무실 문을 벌컥 열었다.

"무슨 일이십네까?!"

그들 눈에 들어온 것은 그야말로 살벌한 풍경. 곳곳에 부서져 흩어진 유리 조각, 그리고 산산이 쪼개진 도기 재떨이. 대좌의 이마에서 붉은 피가 흘렀다.

"핏줄은 다 알아보디 않갔어?"

　　동네에서 보기 드문 흑색 텔레비죤이 설화의 집에는 있었다. 이것
으로 말할 것 같으면 또 그 유래가 별나다. 텔레비죤은 아바지가 댐 건
설하는 데 차출되어 나갔다가 부실공사로 무너져 사고가 났을 때 받은
것이다. [달리는 천리마에 속도전을 가하여 눈부신 비약을 이루자!] 라
는 수령님의 지시를 내걸고 단 삼 개월 만에 공사를 마무리한 것이 화
근이었다. 그 전부터 우에서 독촉이 내려온 데다 곧 시작될 장마가 두
려워 서두른 결과가 그랬다. 누군가는 책임을 져야 했다. 총감독은 쥐
도 새도 없이 사라졌고, 그 밑으로는 줄줄이 교화소 신세를 피하지 못
했다.

　　계급의 고하를 막론하고 처벌을 받던 와중에, 수 개월간 집 나가 계
시던 아바지는 도리어 텔레비죤을 선물로 들고 오셨다. '고조 살아만

돌아오게 해주십시요' 하며 물 떠놓고 매일같이 기도하던 오마니가 눈이 휘둥그레져서 뒤로 나자빠질 뻔한 것은 어느 새벽의 일이었다. 뜬금없이 문을 열고 들어온 아바지는 퀭한 몰골로 씨익 하고 하얀 이를 드러냈다. 오마니가 지르는 비명에 놀라 잠에서 깬 어린 남매는 얼른 방에서 나왔다. 아바지의 한 손에는 선물이 들려 있었다. 1호 접견 사신에 이어 집안의 보물이 두 개나 생긴 셈.

어떤 곡절인고 하니 과연 아바지가 했음 직한 업적이다. 댐이 우에서부터 무너져 내려 모두 깔리거나 도망치거나 아비규환인 마당에 아바지만이 몸을 날려 그 구렁텅이로 뛰어든 것이다. 그리고 한참 후, 피투성이가 되어 나온 아바지의 품에는 고이 액자가 안겨 있었다. 수령님과 장군님의 액자가.

"어째 제 목숨만 살갔다고 수령님과 장군님을 배반한단 말인가!"

아바지는 액자에 흙탕물이 튀었다며 몇 번이고 옷으로 문질러 닦고 또 닦으니 모두 눈물을 흘리며 그 기개와 충성에 박수갈채를 보냈다는 후문이다. 이 이야기가 알려지자 당에서는 아바지의 충성심을 높이 평가했다. 한 계급 특진은 물론이고 텔레비죤을 준 것이다. 텔레비죤을 받았다는 소식은 삽시간에 퍼졌다. 말로만 듣던 배우 장선희가 나온 '사랑사랑 내사랑'이 나올 때는 온 동네 사람들이 모두 설화네 집 앞에 문전성시를 이룰 정도였다. 춘향이가 노래를 부를 때는 사랑이 뭐니 하는 남사스러운 노랫말 탓에 오마니가 못 보게 한 건 아직도 천추의 한으로 남을 지경이다.

***

　조선중앙텔레비죤에서는 주말특집으로 보천보 전자악단의 전혜영이가 나왔다. 지루한 기록영화가 언제 끝나나 끝까지 지켜본 것도 모두 전혜영의 무대를 놓치지 않기 위해서였다. 화면에서는 나리옷을 입고 사뿐사뿐 율동을 하는 전혜영은 설화의 시선을 빼앗을 만했다. 오늘은 그녀의 인기곡인 '휘파람'.

　어젯밤에도 불었네~ 휘파람 휘파람~.

　"리경숙이는 안 나오나….."

　아쉽게 두어 곡만 더 부르고 무대가 끝나더니 급하게 화면이 바뀌었다.

　'남조선 뉘우스'

　리춘히 방송원이 또 골이 단단히 난 얼굴로 소식을 전했다. 그녀는 방송원을 꿈꾸던 여학생들의 동경 대상이었다.

[남조선은 근래에 정권이 교체되면서

지난 정권의 잔당 무리를 잡아들이었다.

재판장에 그 우두머리들이 나타나자

남조선 인민들은 이에 분개하여….]

　바짝 앞으로 붙어 앉아 저게 무슨 소린고 하니, 뜬금없이 '남조선의 전직 지도자 두 명을 잡아다 사진기 앞에 세운다' 뭐 이런 내용이었다. 이마가 시원한 사람과 시무룩한 표정을 한 사람들이 나란히 섰고, 방송에서는 그들을 지도자가 아닌 말끝마다 '씨'로 불렀다. 공화국의 력사, 가깝게는 중국의 력사를 보아도 세상천지에 임기를 마친 지도자를 끌어내 벌을 주는 것은 흔하지 않은 경우였다. 그야말로 부관참시에 버금가는 처사였다. 어떻게 저런 짓거리를 한단 말인가! 남조선은 참으로 개판이구나. 이어지는 화면에는 정말 분개하는 남조선 인민들의 울분을 토하는 장면이 전파를 탔다.

"오마나⋯."

남조선이 한바탕 뒤집히려나? 이거 야단났다 싶은 설화는 저도 모르게 어딘가로 전화를 걸기 시작했다.

따르르릉⋯.

따르릉⋯.

그러다 문득, 일전의 일도 있는 데다 이미 수화기 너머는 2019년이라는 까마득한 미래에 살고 있다는 사실. 황급히 끊으려는 순간.

- 언니!!!

친숙한 목소리가 귀를 붙잡았다.

- 언니지?! 왜 이제 전화한 거야?

아차 싶었지만 늦었다. 괜히 걸어놓고 끊기도 뭐해서 제 머리를 한대 쥐어박는 설화.

- 내가 미안해. 화 풀어. 응?

- 뭐⋯.

- 나도 그 날 예민했어. 미안해.

연거푸 사과하자 도리어 미안한 마음이 드는 건 설화였다. 사실 그리 매몰차게 전화를 끊고도 후회가 안 됐다면 거짓말. 악다구니 쓰고 덤벼들었으니 아마 주희가 많이 놀랐으리라. 거기다 실은 주희가 '언니!' 하며 반가워하며 전화를 붙잡았을 때부터 탓할 마음은 진즉 사라지고 없었다.

- 기래 뭐. 별일 없었구?

- 별일 있었지.

- 할아바디 일이구나?

- 할아버지도 그렇고…. 언니는?

- 내래 공장 일군으로 살디.

- 공장…? 예술가가 꿈이었잖아?

- 일단은 다니문서… 학교에 못 가면 선전대라도 들어갈 생각이야. 기란데 어째 숨이 그리 차?

- 밖이야.

- 밖?

- 응. 여기 파주야!

- 파주? 들어본 것도 같구… 거가 어덴데?

- 응. 북한하고 제일 가까운 곳이야. 지도 보면 알겠지만 평양에서 쭉 내려오면 파주일걸? 개성 밑!

- 아아, 개성 밑이구나! 지도에서 본 적 있다. 기란데 밖에서 어째 전화를 받네? 주희 니 또 거짓말하디?

- 뭐하러 거짓말을 해.

- 전기는 어쩌구?

- 스마트폰. 그러니까… 이걸 어떻게 설명하지…. 전화선 없이도 통화할 수 있어. 발달했거든.

- 허풍 떠는 거 아이디? 아무리 기래두 전기선 없이 어째 쓰네? 뭐 연결을 해야 쓰디.

- 정말이래도?

- 기래 뭐. 신기하다. 거긴 왜 갔는데?

- 고모 부탁받고 왔어. 큰고모 제사라도 지내줘야 하는 거 아니냐고 해서. 병원은 고모한테 맡기고 혼자 왔어.

- 제사아? 행방불명됐다더니?

- 그게 말이야…. 음… 돌아가셨을지도 몰라서. 고모가 지내재서.

그러면서 주희는 할아버지의 꿈이 자식보다 먼저 죽는 거라는 것까지 이야기했다. 그래서 큰고모의 제사도 나중에 지내고 싶었지만, 그것은 또 어쩌면 돌아가셨을지 모르는 큰고모에 대한 예의가 아니라며….

- 진작 통일이 되었으문 좋았을 텐데.

- 지금 만나도 얼굴도 모를걸. 세월이 얼만데. 할아버지가 전쟁 때 남한으로 오셨거든.

태연하게 말하는 걸 보니 주희는 모르는 눈치였다. 그렇게 누구 하나라도 남조선을 택하면, 남은 가족들은 월남자 가족으로 평생 손가락질받으며 살아야 하는 게 실정. 택수네처럼 말이다. 저기 멀리 농사도 못 짓는 산간벽지나 탄광으로나 안 쫓겨나면 다행이게. 하지만 이미 돌아가셨을지도 모른다는데, 없는 사람 얘긴 해서 뭐하려고.

- 기래두 핏줄은 다 알아보디 않갔어?

이렇게 적당히 얼렸다.

우리 민족 제일일세

- 통일이 돼야 말이지.

- 슬하에 자식은?

- 없대. 시집도 안 가셨나 봐.

그러면서 저는 문득 이상한 생각이 들었어요.

큰고모가 90년대인 고난의 행군 때 굶어서 돌아가셨다 해도 자식은 있어야 하거든요?

물론 지금도 그렇지만, 그 당시의 북한에서 결혼도 안 하고 사는 여자는 드무니까.

여하튼.

돌아가실 즈음이면 큰고모가 40대일 텐데 자식도 없다는 건… 어쩌면 큰고모가 돌아가신 시기가 그 훨씬 이전일 거란 생각이 들었어요.

그러니까 시집가기도 전에 돌아가셨을 수도 있다는 거죠. 어린 나이에 말이에요. 내 나이도 되기 전에.

- 돌아가신 날은?

- 것두 몰라. 세상에 그런 죽음이 어디 있어.

눈치 채셨는지 모르겠지만, 제 말엔 여전히 가시가 남아 있었어요.

그 잘난 북한 체제에서 멀쩡하던 사람이 갑자기 사라졌는데도 이렇다 할 사인이나 기록도 없는 게 말이 되냐며 탓하고 있었던 거죠.

적어도 죽었는지 살았는지는 알아야죠.

언니 잘못이 아닌데도, 또 들으란 듯이. 휴 사실 안 그러려고 해도 이게 마음대로 잘 안 되는 거 있죠.

그래서 이념이라는 게 참 무섭구나 하고 느꼈어요.

우리는 아무 잘못이 없는데, 우리가 헤어지고 싶어서 헤어진 것도 아니고, 3.8선을 긋고 싶어서 그은 것도 아닌데 이렇게 오래 떨어져 지내다보니까 그 사이에 '너는 너, 나는 나' 뭐 이런 게 생겼나 봐요.

그런데 모처럼 야외에서 통화를 하니까 사뭇 느낌이 다르더라고요.

파주 임진각 가보셨죠? 특히 봄에 가면 평화누리공원에 바람개비가 얼마나 보기 좋은지 아세요? 참 신기한 게 그렇게 바람이 불고 그렇게 날개가 돌아가는데도 세상 고요하고 평화로워요. 꼭 텔레토비 동산처럼요. 나중에 한 번 가보세요. 갈 일 있으면.

제가 갔을 땐 한창 여름이라 공원까진 가진 않았어요. 물론 목적이 제사였으니 망배단이 우선이었죠.

아마 아실 걸요. 실향민들이 명절마다 와서 제사지내고 그러는 곳.

뉴스에도 종종 나오잖아요. 네 거기.

제사를 끝내고 자유의 다리로 가려는데 문득 바람이 불더라고요.

저 멀리 오른편에 강가를 가로지르는 다리가 뭐냐고 안내원에게 물어보니까 그 옛날에 현대 정주영 명예회장이 소 끌고 방북했을 때 지나가던 다리래요.

그럼 건너편이 북한이라는 건데. 제가 맞는 바람은 북한에서 불어온 바람이라고 생각하니까 뭔가 뭉클했어요.

바람의 속도는 10초면 충분해요. 10초 만에 그 안에 섞여있을 북한주민들의 한숨, 웃음소리, 말소리…. 잘 생각해보면 머릿결이라도 한번 쓰다듬고 스쳐왔을 바람이잖아요.

나에게 닿기까지 이렇게 오래 걸리지 않는다는 사실이 슬프기까지 했어요.

티켓을 끊고 자유의 다리 끝까지 가보기로 했어요. 평일이라서 그런지 의외로 노인 분들이 많이 계시더라고요.

그 중에는 아까 망배단에서 제사를 지낼 때 함께 제사를 지내던 할머니도 계셨어요. 아마 실향민이겠죠? 실향민일거예요. 누구를 그리며 오신 걸까요? 두고온 부모님? 형제자매?

메마른 그리움은 언제나 고독한 법이죠.

전 알고 있었어요. 그 할머니는 눈물을 흘리는 대신 눈물을 삼키는 중이란 걸요.

할 말이 너무 많을 땐 외려 아무 말도 안하는 편이 훨씬 나을 때가 있어요. 슬픔도 마찬가지죠. 눈물이 나는 건 그나마 다행이에요. 너무 슬프면 안으로 삼키죠. 그래서 속이 문드러진다고 하나 봐요.

'지금도 북한에 살고 있을까?'

왠지 저 산 너머 가다보면 만날 수 있을 것만 같고.

좀 웃긴 상상이지만, 언니가 탈북해서 저 산 너머 올 것만 같았어요.

왜 JSA 넘어서 탈북한 북한 병사처럼요. 물론 희망사항이에요. 그랬으면 얼마나 좋을까.

- 바람 소리 좋다….

- 들려?

- 들리구말구. 디금이나 기 때나 바람소리는 매한가지구나야.

- 잠시만 들어봐 그럼. 이게 바로 남한의 소리야.

언니한테 남한 소리를 들려줄 수 있다는 생각에 신이 났어요.

스마트폰을 머리 위로 높이 올렸죠. 하늘을 향해 더 높이.

이 바람소리, 새소리, 물소리, 사람들 말소리가 언니 귀에도 들릴 수 있게.

문득 임진강을 가르며 나는 새 한 마리가 보였어요. 6·25 전쟁 당시의 총탄 자국이 남아있는 끊어진 다리를 지나서 북쪽으로 날아가더라고요. 마치 약속이라도 있듯이 바쁘게.

아 이래서 사람들이 새가 되고 싶다고 하는구나. 누가 그랬냐고요? 우리 할아버지요.

항상 새가 되고 싶다고 하셨어요. 죽어서 저 세상이라는 게 있다면 꼭 새로 태어나고 싶다고. 물론 저는 듣기 싫다고 몸서리쳤지만요.

언니는 보답이라며 노래를 불러 주겠다네요?

- 보아라 곳곳에 쌓인 꽃청춘의 노고를! 보아라 곳곳에 쌓인 자랑스런 위훈을! 불꽃같은 혁명의 길! 불꽃같은 미래의 길! 보아라 동무들이여 자랑스런 조국을!

어찌나 노랫소리가 쩌렁쩌렁한지 이게 옆에까지 다 들렸나 봐요. 아까 그 할머니가 소리에 흠칫 놀라시는 것 같더니 저를 처다보시더라고요. 얼른 자리를 피했죠.

정말 웃음 참느라 죽을 뻔 했어요. 아니 북한 노래는 왜 다 그래요?? 불꽃, 혁명, 동무… 뭐 그리 비장들 한지. 힘 좀 빼고 부르지.

왜 있잖아요. 2018년 '봄이 온다' 공연 때 북한에서 온 예술단의 무대 말이에요. 솔직히 말하면 촌스럽다는 게 대다수 남한 사람들 생각이었잖아요. 갑자기 그 공연까지 생각나니까 웃음이 터지려는 걸 간신히 참았어요.

- 어떠네? 요거이 '보아라 조국을'이라는 노래야. 신명나디?

- 잘 부르네 언니.

그건 빈 말이 아니었어요. 진심이었어요. 언니는 노래를 정말 잘 불렀거든요. 그저 기계에 녹음해서 립싱크로 부르며 말도 안 되는 가사에 복잡한 음율이 판을 치는 우리나라 대중가요보다 훨씬. 귀에 쏙쏙 들어왔어요.

새침하고 앳된 목소리에서 어떻게 그런 굵직한 힘이 나오는지. 북한에서 노래한다는 애들은 다 그렇다네요? 뭐라더라? 주체발성이라나? 원래 그렇게 힘차고 굵직굵직하게 부른대요. 물론 우리나라에선 인기 없겠지만.

- *이번엔 하나 되어 만나리.*

자유의 다리 끝에서 강을 바라보며 그렇게 노래를 감상했어요.

23년 전, 언니가 불러주는 노래를.

- *이 나라 이 땅이 얼마나 되었나~ 천년도 아니오 이천년도 아니오~ 내 나라 고국강토 오천년 유구하네~ 아리랑~ 스리랑~ 내 조국이 으뜸이네~ 아리랑~ 스리랑~ 내 강산이 으뜸이네~ 한민족 한핏줄 우리 하나 되어 만나리.*

내 나라 고국강토 오천년 유구하네

아리랑 스리랑 내 조국이 으뜸이네

아리랑 스리랑 내 강산이 으뜸이네

한민족 한핏줄 우리 하나 되어 만나리

옥주

주희와의 통화는 너무 즐거웠다. 이렇게 웃어본 게 얼마 만인지 모를 만큼. 어찌나 까무러치도록 좋아하던지 남조선에서도 하루빨리 이런 질 높은 혁명의 노래가 퍼져야 할 텐데 하는 아쉬움. 주희가 답가로 불러 주는 '붉은 융단 떼거리'의 '빨간 맛'이라는 노래는 뭐라 지껄이는지 통 모르갔지만 남조선에서는 유행하는 녀성 소조라고 했다.

- 말두 아이 된다!

- 정말이래도? 2018년에 남한 가수들이 북한으로 가서 이 노래를 부른다니까?

- 우리 평양에서 그런 노래가 가당키나 하네? 롱질(농담)두 작작해라.

- 북한 지도자가 초대했으니까 가능하지.

- 지도자 동지께서???

말도 안 된다. 김정일 원수님께서는 아랫다리가 보인다시며 녀성 동무들이 자전거를 타는 것도 지양하라 하셨는데, 주희 말을 듣자 하니 아래가 훤히 들여다보이는 짧은 옷에 도깨비 분장을 한 어린 여학생들이 그따우 노래를 부르며 평양 한복판에서 엉덩이를 흔들어 재낀단다. 그뿐인가? 벌건 맛이 궁금하다나, 사랑에 빠졌다나 하는 요상한 노랫말로 인민들을 홀렸다는데…. 학교에서 배운 대로 남조선에는 머리에 뿔 달린 미제앞잡이들이 판을 치는 것 같아 개탄스러웠으나 더티를 냈다가는 주희가 서운해할 것 같아 그쯤에서 그만두기로 했다.

똑똑!

때마침 밖에서 들려오는 손기척 소리가 수다의 흐름을 끊었다. '내 다시 전화하갔어'라며 서둘러 전화를 끊고 송수화기를 숨겼다. 초저녁에 누구일까? 아바지께서는 언제나 자정이 다 되어서야 돌아오시는데, 인민반장 아주마이일 리는 없고 찾아올 동무도 없는데. 혹시 보위원? 지은 죄도 없이 떨리는 가슴을 부여잡고 조심스레 문을 열었다.

"내 너무 늦었디?"

옥주가 희멀끔한 얼굴을 하고서 있었다. 학교를 관둔 뒤로 근처는 얼씬도 안 하거니와 되도록 또래 학생들이 있는 길은 부러 피해서 가는 설화였지만, 그래도 보위원이 오는 것보다는 다행이었다. 같이 손 붙잡고 다닐 때는 몰랐는데, 인제 보니 옥주는 키도 크고 늘씬한 데다 허리가 잘빠진 절구통을 닮아 교복이 제법 잘 어울렸다. 토대가 한미한 데다 아바지 오마니 모두 로동자라 그다지 주목받지 못했는데도 가만 보니 다른 아이들처럼 꽤 간부 집 딸래미 같아 보였다. 묻어두었던 질투가 하필 이럴 때 고개를 들다니.

"니가 이 시간엔 우리 딥엔 어쩐 일루?"

"이거 주려구."

옥주는 뒤늦게 나온 성적증을 설화에게 건넸다.

"이걸 와 니가…."

"내래 너랑 가장 친하디 않았냐문서 선생님이 전해주라드라."

반으로 접힌 누릿한 종이 쪼가리. 그것을 혹시 옥주가 보진 않았을까 걱정한 것이 아니었다. 어차피 봤을 게 자명한 그 안의 내용을 저보다 옥주가 먼저 알고 생글생글 웃는 낯을 마주하기가 껄끄러웠다. 공평하게 지 껏두 깔 일이지. 제 자랑이어서가 아니라 실제로 기량으로 보나 노래하는 품새로 보나 모든 면에서 설화 자신이 월등하다고 자부했었다. 그런데 언제부턴가 옥주가 자신의 경쟁자로 주변에서 입방아를 쩌대는 바람에 전혀 견줄 깜냥이 못 되는데도 괜히 신경이 쓰이기 시작했다.

"필요도 없는 걸 뭐…."

"다시 학교 다녀야디 않갔어?"

"언제 갈 줄 아네? 말 마라. 내래 꿈 접었다야."

손사래를 쳤지만 은근히 떠보듯 하는 건 도리어 설화 쪽이었다. 내심 자신이 그만두어서 옥주가 좋아하진 않을까? 하지만 모든 게 현재 처지에서 비롯된 열등감에 지나지 않는다는 걸 깨닫기까지 오래 걸리지 않았다.

"설화 니가 독창으로는 제일이잖아. 정작 다녀야 할 너가 그만두는 게 말이 되네? 기다릴 테니끼니 언제고 학교루 오라."

　너무나도 쉽게 패배를 인정하는 건지, 아니면 동무로서 비위를 맞춰주려는 의도에서인지 모르겠지만 아무리 봐도 옥주는 거짓말을 할 위인이 못됐다. 련습을 할 때도 중앙에서 선창하는 것도 저보단 설화가 기량이 더 뛰어나다며 고백(?)하고 양보한 것만 봐도 그렇지 않은가? 문득, 척을 지고 미워했던 본심을 들킨 것 같아 얼굴이 붉어졌다.

　"기러디 말구 들어오디 그러니?"

　"아니야. 다 늦은 저녁인데 뭐얼."

　그러면서 옥주는 설화 너머로 집안 풍경을 뜯어보기라도 하듯 찬찬히 훑었다. 역적의 가족으로 사는 집이 어떤 꼴을 하고 있는가 들킨 것 같아 사뭇 부끄러움이 들었지만, 그래도 옥주라면 그나마 참을 만했다. 택수 새끼보다야 훨씬 낫지. 그래도 그간 사상투쟁에서 다들 모서리를 줄 때 유일하게 설화 편이던 이가 옥주 아니었나. 그러자 남들이 다 멀리하고 손가락질할 때, 그래도 옛정을 잊지 않고 이렇게 해 저물 때 찾아와 주는 게 고맙게 느껴졌다.

　"기래도 여까지 왔는데…."

　마음에도 없는 말을 구색 맞추자고 한 번 더 했더니, 역시나 됐다며 얼른 사라지는 옥주. 문 앞에 서서 (이미 옥주가 봤을지 모르는) 성적증을 얼른 펼쳐봤다. 혁명력사 과목은 물론이고 성악과 기악 심지어 작곡에 률동까지 모두 5점 만점을 받았을뿐더러 도덕 품성은 '모범' 평가를 받았다.

　우수한 퇴학생이라…. 설화는 빈칸으로 남아 있는 보호자 수표란을 물끄러미 보더니 씁쓸히 반의반으로 접어 넣었다. 언제고 다시 학교로 돌아가고 싶지만, 헛된 기대를 하고 싶진 않았다. 또 옥주는 어떤 성적을 받았는지 혹은 집안을 들여다보고 어떤 생각을 했는지 더는 마음 쓰이지도 않았다. 분명한 건 거실에 걸린 1호 사진을 분명히 봤으리라는 것. 그걸로 됐다.

천기누설

제가 집에 거의 도착했을 무렵, 언니에게서 또 전화가 걸려왔어요. 잠깐 친구를 만났다나? 언니 친구 얘기는 그때 처음 들었던 것 같아요. 원체 착하고 괜찮은 앤데, 언니가 아무래도 학교를 안 다니다 보니 자격지심이랄까? 그냥 먼저 멀리하게 되더래요. 안 그러려고 해도 그게 어디 뜻대로 되겠어요? 저도 재수할 때는 속이 좁은 건지 몰라도 친구 잘되는 일에는 축하한단 소리가 잘 안 나오더라고요. 뭐 북한이라고 다르겠어요. 사람 사는 건 다 똑같지. 그것보다 언니가 조잘조잘 일러 바치듯이 친구 흉보는 게 너무 웃겼어요. 솔직히 말하면 귀여웠고요. 언니도 말이 언니지 어쩔 수 없는 애구나 싶더라니까요. 아, 열일곱 살인데 그럼!

- *벌써 집이네?*

- 이제야 왔지.

- 날래도 갔구나야.

- 날아가기는. 지하철 탔어.

- 아니이. 날래 갔다구.

- 뭔 소리야.

- 아이, 됐다. 기나저나 남조선에두 주말에는 인민들이 많이 나다니디?

- 당연하지. 오늘 파주에 엄청 몰리더라고.

- 거기가 인기 명소인가 보다?

- 응. 게다가 예전에 여기서···.

그때 딱 말문이 막혔어요. 말하려던 게 판문점 회담에 대한 거였거든요. 왜 파주에서 김정은 위원장하고 문재인 대통령이 만났잖아요. 그게 아마 4월 27일이었죠. 2018년? 그뿐이에요? 2019년 6월 30일에는 트럼프 미국 대통령, 문재인 대통령, 거기에 김정은 위원장까지 셋이 갑자기 만나기도 했잖아요. 덕분에 주말에 사람들 바글바글했죠. 기념이다 뭐다 해서 인증샷도 찍을 만큼 핫플레이스였잖아요. 물론 그 중엔 저도 있었지만요. 그런데 혹시라도 언니가 저번처럼 민감하게 반응해올까 봐 차마 입이 떨어지지 않았어요. 한 번 화를 내면 아주 혼을 쏙 빼놓는다니까요. 괜히 잠자는 사자의 코털을 건드리고 싶지 않은 기분이랄까. 그런데도 언니는 제 마음을 아는지 모르는지 천연덕스럽게 되묻더라고요.

- 와 말을 하다 마네?

- 그게 말이야.

- 응.

- 실은 남한 대통령하고 북한 지도자가 만났어. 거기다 미국 대통령까지.

- 뭐어?? 김정일 장군님이? 남, 남한 대통령에다 미, 미구욱??

- 응. 근데 김정일이 아니라….

- 아니라니?

- 됐어. 말 안 할래. 또 화낼 거잖아.

일부러 퉁퉁댔어요.

- 궁금하게 해놓구 와 입을 닫네?

- 약속해. 화 안 낸다고.

- 무슨 말인데?

- 약속하라니까? 그럼 말할게.

- 주희 니 또 실없는 소리 할라는 건 아이겠디?

- 어쩌면?

- 야, 그럴거문 말도 꺼내지 말라우.

- 정말?

- 기래.

- 그래, 좋아. 난 해도 그만 안 해도 그만이니까. 궁금한 건 언니지 나겠어.

- 약 올리네?

- 그렇잖아. 난 미래에 살고 있으니까 과거를 다 알고. 언니는 아직 그 뭐냐. 주체… 주체 80…. 아, 몰라. 아무튼, 1996년이라며. 어휴, 그럼 몇 년 차이야. 궁금해서 어떡해? 나라면 못 견뎌.

언니 입장에서 보면 제가 덫을 놓은 거나 마찬가지죠. 들어선 안 될 남조선 이야기. 그것도 수십 년 후의 모습. 꽤 구미가 당기지 않나요? 언니는 뭐라 뭐라 구시렁대며 저를 원망하는가 싶더니….

- 기래. 말해보라.

- 화 안 낼 거지?

- 기렇대두.

너무 쉽게 백기를 들있어요. 역시 단순해. 그제야 시간의 괴리감을 여실히 느꼈나 봐요. 그쪽의 현실이 이쪽에선 먼 과거라는걸. 얼마나 궁금했겠어요. 그런 거 보면 영락없이 애라니까. '이때다' 하고 말했어요.

- 김정일이 아니라 그 사람 아들.

- 아드을?

- 응.

- 아들이라니…?

오히려 제가 놀라웠던 건요. 김정일의 아들이라는 존재에서 놀란 게 아니라, 아들이 자리를 이었다면 김정일은 죽어야 한다는 게 돼요. 근데 언니는 김정일의 죽음을 인정하기가 여전히 힘들어 보였어요. 아마 언니뿐만 아니라 다른 북한사람들도 김정일을 신으로 알고 있나 봐요. 농담 아니고 정말로요. 뭐랄까. 불사조? 그렇게 믿고 있더라고요.

- 내가 아는 그분인가 그럼?

- 알다니? 언니 대체 얼마나 고위급인거야?

- 기게 아니라…. 실은 장군님한테 아들이 하나 있다구 들었어.

- 정말?? 어디서?

- 아바지가 그라는데 다른 간부들 말하는 거 들었단다. 아바지랑 친한 동무가 딸이 특각에서 일하는데 거기서 봤단다. 어느 날 외부 일정 다 멈추시군 돌아오셨대. 오시더니 번쩍번쩍 빛나는 새까만 차에서 장군님이랑 쏙 빼닮은 듬직한 아들이랑 내리시는 걸 봤대. 그리곤 여기저기 데리구 다니더라구. 거까지만 안다.

- 쏙… 빼닮아? 듬직하고…?

- 기래.

뭔가 의아했죠. 언니는 1996년이라면서요. 근데 그 시기에 듬직한 아들? 그때 무릎을 탁! 하고 쳤죠. 불현듯 떠오르는 인물이 있었어요. 바로 김정남! 언니는 김정남을 말한 거였어요.

1996년이라면 김정은 위원장은 그때 겨우 13살인걸요? 84년생이니까. 또 인터넷 검색해보면 아시겠지만, 외모는 어머니인 고용희를 더 닮았어요. 김정일을 안 닮았다고요. 게다가 지금이야 뚱뚱하지 그때는 체격도 꽤 작고 마른 편에 속했고요. 그러니 김정일이 데리고 다녔다던 그 '쏙 빼닮은 듬직한 아들'은 당시에 이미 성인이었던 김정남을 두고 한 말이었어요. 저는 이제까지 없었던 천기를 누설했어요.

- 그 사람 이름은 김정남이야, 언니!

- 김뎡… 남? 기거이 장군님 아드님의 존함이네?

- 응, 김정남. 김정일의 큰아들.

- 이야… 더욱이 큰 아드님이시구나! 기러문 주희 니가 말한 미래의 공화국 지도자시다 이 말이디?!

- 음… 아니….

- 아니라니?

- 그 사람은 북한 지도자가 되지 못해.

- 아들이람서? 그것두 장나암?

뭘 그렇게 뜨악한 표정을 짓고 있어요? 뭐라고 대답했냐고요? 사실대로 다 말했죠. 숨길 거 뭐 있어요? 게다가 언니도 더는 듣기 싫다며 화내지 않았어요. 아니 좀 더 적극적이랄까? 결국 김정남 그 사람 나중에 권력투쟁에서 밀려나서 외국을 떠돌다 죽는 것까지 모두 말했어요.

그 유명한 말레이시아 공항 사건 말이에요. 독극물 테러라고 기사에도 나왔죠. 언니는 보통 놀란 게 아니었어요. 전화통화에 지나지 않는데도 누가 들을까 걱정되는지 목소리를 엄청 낮추더라고요.

- 야야야, 주희 니 설마 내 갖고 노는 거이 아이디?

- 내가 왜? 뭐하러 그런 짓을 해. 거짓말 아니야.

- 기렇디?

- 그럼. 이 통화부터 봐봐. 말이 된다고 생각해?

- 안 되디!

- 그래! 우린 공간과 시간을 초월하고 있다고.

- 야, 기케 말 안 해두 안다. 무섭게서리….

- 지금부터 내 말 똑똑히 들어 언니.

- 응!

전 침을 한 번 꼴깍 삼키고 이어서 말했죠.

- 2011년에 말이야.

- 응.

- 2011년 겨울에….

- 아이, 참! 날래 말하디 않군!

- 김정일은 죽어.

- ……..

때로 침묵은 긍정을 뜻하죠. 전 옷도 갈아입지 않은 채 통화를 이어 갔어요. 언니 마음이 또 언제 변해서 전화를 끊을까 봐 빨리 진실을 알려 주고 싶었죠. 언니는 노여워하는 대신 묵묵히 듣고 있었어요. 꽤 침묵이 길었어요. 생각보다. 전화기 너머로 언니가 어떤 표정, 무슨 생각을 하는진 모르지만 확실한 건 언니는 제 말에 귀를 기울이기 시작했다는 거예요. 지루할 만큼 긴 침묵을 깨고 언니가 나지막이 입을 열었죠.

- 기럼… 우리 공화국은… 남조선 괴뢰군이….

- 아니.

- 기럼?

- 대신 셋째아들인 김정은이 3대 세습을 이어나갈 거야.

- 김뎡…은? 아아, 생각났다! 주희 니가 며칠 전에 말했던 그 이름 맞디?

- 응, 맞아. 언니가 듣도 보도 못한 아새끼라고 했지, 아마?

- 야!! 내가 언제 그랬니?! 너 입조심 하라!

- 알았어. 알았어. 아무튼, 그 셋째아들인 김정은이 차기 지도자야.

- 둘째 아드님도 건너 뛰구?

- 응.

- 이야… 대체 얼마나 영민하신 분이시길래? 기럼 그분은 오디 계시네?

- 김정은? 언니가 살고 있는 1996년 그때쯤이면 아마 유학을 준비하겠지? 아마 언니보다 몇 살 더 어릴 거야. 아마 북한사람들도 모를 거야. 베일에 감춰져

서.

- 나보다 어리시다구? 게다가 류학도 가시구!

- 응. 그 사람 스위스로 유학을 다녀와서 후계자 수업을 받거든.

- 이야… 정말 놀랍다야. 내래 디금 꿈을 꾸는 거 아닌가 모르갔어.

- 그리고 여기 남한 대통령은 문재인.

- 뭐이? 김영삼이는 어쩌구??

- 진작 돌아가셨지.

- 돌아가시다니? 며칠 전에두 텔레비죤에서 봤었어! 우리 공화국을 '주적'이라 했다문서?

- 여기 미래잖아.

- 아, 기렇디 참.

- 그뿐이게? 그 후로 김대중, 노무현, 이명박, 박근혜가 있었어. 또 우리는 투표로 새로운 대통령을 뽑아.

- 골고루들 해 잡쉈구나야.

제가 너무 많은 걸 알려줬다고 생각해요? 인정해요. 하지만 언제 또 마음이 변할지 모르는 언니였기에 허용된 시간 안에 진실을 알리고 싶었어요. 또 보이진 않아도 대화하면 할수록 언니의 심경과 생각에도 차츰 변화가 생기는 게 느껴졌고요. 북한에서는 감히 상상도 못 할 이야기를 하는데 거리낌이 없어졌을 뿐 아니라, 처음에는 신념에 거슬리는 제가 밉고 이가 갈렸지만 이젠 아니라고 했거든요. 그거면 된 거 아니에요? 처음엔 꼬박꼬박 김정일 이름 뒤에 직함 안 붙이면 화를 냈는데, 나중엔 말이 짧아져도 자연스럽게 받아들이더라고요. 그야말로 역

사적인 변화죠. 이것 말고요? 사실 생각나는 건 다 말해줬어요. 1997
년도의 KAL기 추락사고, 북한 시각으로 몇 달만 있으면 황장엽이란
고위급 인사가 곧 탈북할 거라는 것, 그리고 1999년도의 서해교전,
2000년 6월 1일 남한의 김대중과 북한의 김정일의 만남까지….

　언니는 당연히 믿죠. 물론 처음엔 저의 모든 천기누설에 의심했던
건 맞아요. 하지만 결국은 믿었어요. 차츰 말수가 적어진 게 그 증거
죠. 그만큼 '생각'을 하게 됐다는 거예요. 그게 중요해요. 생각. 자기만
의 생.각. 언니가 정말 넘어왔냐고요? 글쎄요. 아직까진 그래 보이진
않았어요. 호기심도 있고 또 두려움도 있을 테죠. 하지만 그렇다고 언
니가 북한의 실체를 알고 두려워한다거나 증오한다거나… 그런 낌새
는 아직까진 없었어요. 대체 이념이라는 게 뭔지… 언니는 내 말을 믿
어주면서도 경계의 끈을 늦추지 않는 느낌이었어요. 맞장구치며 대꾸
하면서도 북한 인.민.으로서의 기본 애국심에는 흔들림이 없어 보였어
요. 물론 어디까지나 제 느낌이에요. 언니 속은 언니만 알 수 있으니
까. 그래도 그 정도면 많이 발전한 셈이죠.

　근데, 참! 언니가 정말로 까무러치게 놀란 게 하나 있었어요. 바로
북미 정상회담이었어요. 김정은과 트럼프의 만남. 봐요. 지금 21세기
에도 북한엘 다녀왔다는 외국인들의 유튜브 영상을 보면, 아직도 미국
은 북한 입장에서는 쓸어버려야 할 적으로 인식하는 사람들이 대다수
라고요. 그런데 하물며 1996년에는 오죽했겠어요? 자기들이 그렇게
믿고 떠받드는 위대하신 지도자가 미제 우두머리와 만나 악수를 하고
화합을 다진다? 저래도 안 믿죠.

Пхёньян

Seoul

Пхёньян

3장

네 이웃을
의심하라

**THE CALL FROM
PYEONGYANG**

Seoul
●

Пхёньян

Seoul

조선인민군 11호 병원

무학에 가까웠으나 그나마 인민학교 시절 력사 시간에 배운 바에 따르면, 1905년 고국 강산이 왜놈들에게 외교권을 빼앗길 때가 을사년 (乙巳年)이라 했다. 외교권이 무엇인가. 바로 나라 밖 세계에서 다른 나라의 간섭 없이 당당하게 뜻을 펼칠 수 있는 자격인바, 그것을 빼앗겼다는 것은 사람으로 따지자면 집 밖에서 행동결정권을 빼앗겼다고 볼 수 있다. 그 침통하고 분통한 일이 을사년에 일어나 시간이 흐르면서 발음이 변형되어 '을씨년스럽다'라고들 한다. 대좌는 생각했다. 오늘이 그 날이라고. 어딘가 불길하고 스산하고 초조하며 절망스러운 날. 명줄을 남의 손에 빼앗긴 기분을 떨칠 수 없었다. 어두운 먹구름은 안개처럼 하늘을 뒤덮었고, 인차 뭐라도 올 것처럼 종말의 얼굴을 한 날씨.

***

평양직할시 대동강구역 문수동 조선인민군 11호 병원. 이미 중앙 입구에는 작년에 현지지도 오셨다는 김정일 원수님의 말씀이 적힌 구호판이 강한 바람에도 끄떡없었다. 오히려 그 위용을 떨치기라도 하듯 사정없이 나부끼는 모양새가 대좌의 멍한 망막에 무심히 맺혔다.

영웅적 조선인민군 장병들에게 영광 있으라!

주체84(1995)년 6월 4일

무슨 정신으로 여기까지 왔는지 모른다. 구호판을 뒤로하고 외과병동을 찾는 두 눈이 분주한 대좌가 키가 170은 넘어 뵈는 무력부 보위사령부 군인 하나와 맞닥뜨렸다. 거충하고 서 있는 그는 스물여 댓 살 먹어 보였는데 한눈에 보아도 그동안 살아온 인생길이 '투쟁' 그 자체로 덕지덕지였다. 꼭 다문 입술과 강한 눈빛은 그 자체만으로도 묵직한 병기. 갑자기 그 면상을 보자니 흠씬 패주고 싶었다.

"어째 오셨습까?"

"병문안 왔지. 뭘 어째 와?"

못 미더운지 위아래로 연신 훑으며 경계를 늦추지 않았지만, 대좌가 다짜고짜 역정을 내자 어정쩡하게 길을 비켜줬다. 딸 설화가 공장 지배인을 따라서 다녀왔다는 외과병동으로 직행했다.

"어떻게 오셨습네까?"

계단을 타고 4층 병실로 들어서자 이번엔 나이 지긋해 보이는 간호원이 물었다. 이번에도 역시 듣는 체도 안 하고 무작정 아무 병실이나 문을 벌컥 열고 들어가자 이번엔 다른 간호원 처녀 서너 명이 일제히 달라붙었다.

"무슨 일루 오셨나 묻지 않습네까?"

18평(한국 평수로 50평 정도) 남짓의 병실에는 병상이 열 개가 다닥다닥 붙어 있었고, 이어서 퀭한 눈빛들을 한 군인들이 송장처럼 천장만 바라보고 누워 있었다. 마치 약속이라도 한 듯 이불을 턱밑까지 덮고선. 어느 병상 앞에 서자 깔끔한 인상의 십 대 병사가 해맑게 미소를 지으며 물었다.

"이야…. 대좌 동지 아입네까? 어데 소속이십네까? 해군이십네까?"

"야이, 새끼야! 딱 봐도 무력부잖아!"

다른 초급병사 하나가 냅다 베개를 던지자 어느새 병실 안은 조소를 보내는 분위기가 되었다. 눈 씻고도 위계질서를 찾아볼 수 없는 분위기. 대좌가 어린 병사의 이불을 거칠게 걷어 재끼자 다리 하나가 없었다. 이번엔 그 옆의 병사 이불을 들췄다. 마찬가지로 여러 겹으로 붕대를 감은 한쪽 다리가 다른 쪽보다 눈에 띄게 짧았다. 그렇게 일고여덟을 확인했다. 어느 병사는 아예 온몸을 붕대로 칭칭 감싸고 있었다.

"그 새낀 일산화탄소가 터져서리 온몸이 화상을 입었디요."

묻지도 않았는데 누군가 소리쳤다.

"목숨이 왔다 갔다 하는데두 저 새끼래 지 아랫도리도 병신 됐을까 봐 울었담다!"

그러자 병실 안은 웃음바다가 되었다. 다음, 그다음…. 팔 하나, 다리 하나, 심한 경우에는 하반신이 전부 없는 경우까지. 누구 하나 사지가 멀쩡하게 달린 몸이 없었다. 전부 불구의 영예군인들이었다. 자신들의 몸이 그렇게 된 것을 받아들인 것인지, 아니면 포기한 것인지 모를 공허한 웃음들. 절로 뒷걸음질을 쳤다. 모두가 깔깔대며 웃는 그 풍경이 어딘가 오싹했다. 그렇게 도망치듯 뛰쳐나온 병원. 중앙입구 계단을 내려올 때 조금씩 휘청거리는가 싶더니 결국엔 꼬꾸라져 바닥에 처박혔다. 넘어진 통증이 대단했으나 일어날 힘이 없었다.

투둑 투두둑….

그대로 주저앉은 머리 위로 비방울이 하나둘 떨어졌다. 점차 비방울이 굵어지면서 쓰거운 눈물도 함께 섞여 흘렀다. 조금씩 흐느끼더니 기어이 울었다. 아니, 통곡했다. 심장은 당장에라도 뼈와 살을 뚫고 튀어나올 것처럼 불방망이질을 쳐댔다. 땅을 내리친 주먹이 기어이 피로 흥건해졌다.

"개새끼…."

어젯밤. 집무실에서 리동혁 정찰국장과 나눈 대화를 떠올렸다.

"어째 거 어린 것을 영예군인한테 시집 보낸단 말입네까? 제 딸년 이래 아직 지 양말 한 짝도 빨 줄 모르는 반푼이 같은 압네다."

"동무 디금 전선에서 몸 바쳐 싸운 공화국 전사를 욕보이네? 영예군인에게 시집 가문 좋디 뭘 그래? 집이고 쌀이고 당에서 평생 대주갔다는데 뭐이 안 된단 말이네?"

"……."

"기케 딸자식이 눈에 밟히문… 공작임무를 수행하라!"

그때 그 사람

I must be strong and carry on~.

파주 다녀온 다음 날이었어요. 고모와 교대하려고 병원을 갔죠. 그
때가 점심시간이 막 지날 때라 병실 천장 스피커에서는 에릭 클랩턴의
'Tears In Heaven'이 희미하게 흘러나왔고 꽤 나른한 오후였어요. 병
실에 가보니까 할아버지는 오수에 빠진 지 오래. 고모도 그새를 못 참
고 씻고 오셨는지 젖은 머리를 털면서 나오시더라고요. 할아버지 병실
이 1인실이에요. 환자용 욕실이 따로 있었기 때문에 굳이 복도에 마련
된 샤워장을 이용하지 않아도 됐죠.

"나 왔어. 고모."

"어제 거기 사람들 많든?"

"장난 아니야. 혼자 하느라고 창피했어. 후다닥 했지."

"창피하기는. 제사를 정성으로 지내야지. 너 나중에 결혼하고서도 그럴래?"

"또 시작이야."

"그분 봐라. 자식도 없이 죽으니까 제사도 조카가 지내지. 그게 비참한 거야."

제가 말했잖아요. 그냥 안부 차 하는 말이라고. 그냥 한 귀로 흘러들어야죠. 저한테는 부모님이나 마찬가지인 분이니까요. 마냥 '네네' 하고 듣고 있으면 신나서 계속해요. 얼른 다른 화제로 돌리든지 해야지.

윙———.

근데 마침 구원의 전화가 걸려오더라고요. 언니였어요. 설화 언니.

"남자친구?"

"아니거든?"

눈을 반짝이는 고모를 뒤로하고 1층 로비로 내려왔어요. 시간을 보니 오후 2시를 막 지나고 있었어요.

- 이 시간에 어떻게 전화한 거야? 공장 안 갔어?

- 사실 기것 때문에 전화했어. 내래 다시 학교 나가게 생겼다.

- 학교? 갑자기?

저도 모르게 너무 기뻐서 소리 지른 것을 그만 지나가는 사람들이 보길래 입을 막았죠. 정말 기뻤어요. 내 일마냥. 그렇게 예술가가 되고 싶다던 언니였는데, 공장 나간다는 소식 듣고 속상했었거든요, 내심.

한국에서 살았으면 웬만한 노래 프로그램에 나와서 상을 싹쓸이하고도 남을 만한 실력인 거 아니까요.

  - 으응. 나도 아침에 들은 기야. 아바지 일하시는 국장 동지께서 힘을 써주셨다디 뭐네. 이 올마나 고맙네?

  - 잘됐다, 정말! 그래도 언니네 아빠가 부탁하셨나 보네.

  - 으응. 꼭 다시 학교 나가게 해준다 해서리 기대도 안 했는데 말이야. 제일 먼저 주희 니한테 말해주는 거이야!

  - 정말? 영광이네! 고마워. 나한테 제일 먼저 말해주고.

  - 히야, 참···. 오빠 때문에 영영 학교 문턱은 다신 못 밟나 했는데 이런 날두 다 오구 꿈만 같다야!

언니는 그러면서 언니네 오빠가 보위부에 잡혀간 이야기까지 다 했죠. 그야말로 영욕의 시간들을 보냈더라고요.

  - 에이, 언니 잘못도 아닌데.

  - 기래도 피를 나눈 형젠데 잘못이 와 없네. 덮어 놓구 모른 체할 수야 없디. 핏줄 그거이 말처럼 쉽게 끊어지는 것두 아이구.

언니는 가족의 죄가 연좌되는 것을 당연시하는 것 같았어요. 물론 북한이라서 그런 것도 있고 시대가 시대이니만큼 그런 생각을 하는 것도 영 무리는 아니죠. 제가 외동딸이라 잘 모르겠지만, 만약 형제자매 때문에 앞날이 막힌다면 저라면 못 참을 것 같아요. 너무 냉정한가요? 문득 복도 중앙데스크에서 일어나는 실랑이가 눈에 들어왔어요. 옆 병실 할머니의 자식들인데 형제끼리 병원비를 두고 서로 고성이 오가더라고요. 아마 서로 더 내라고 치고받고 싸우는 것 같았어요. 뭔가 전화

건너의 세계와 사뭇 다른 것 같아 기분이 이상했어요.

- 그나저나 잘됐어, 정말. 저번에 보니까 언니 노래 정말 잘 부르던데!

- 기래애? 내 졸업하문 꼭 피바다 가극단에 들어갈 거야.

- 피바다 가극단?

- 예술단 말이야. 제일 유명한 곳이야. 다들 못 들어가서 안달이라구.

- 아, 예술단 이름이구나. 한 번 들으면 안 까먹겠네.

- 자랑하는 것처럼 들리갔디만, 디금도 거 가문 우리 금성학교 출신 가수들 많아. 다음은 내 차례라구!

순간 뭔가 뇌리에 스치는 게 있었어요!

- 언니 방금 뭐라고 했어?

- 다음은 내 차례라구.

- 아니. 방금 무슨 학교라고 했지?

- 응! 금성학교 말이야. 나 금성2고중에 다니거든. 뭐 주희 닌 말해두 모르갔디만….

- 잠깐만! 잠깐만 기다려?

모르긴! 그때 그 기분은 마치 뭐랄까? 로또에서 네 자리를 맞춰서 오만 원에 당첨된 기분? 아니지. 전혀 예상 못 했던 학창시절 동창생이 연예인으로 데뷔해서 출연한 TV 프로그램을 보는 기분? 전 통화를 그대로 켜둔 채, 스마트폰으로 서둘러 검색하기 시작했어요. 예전에 할아버지랑 같이 탈북민 예능프로그램을 보면서 주워들은 게 생각났거든요.

[금성학교] 엔터
[금성2고중] 엔터

그중에 눈길을 끌던 인터넷 신문기사 내용이 있었어요. 기사가 작성된 날짜는 2004년이었죠.

[1990년대 중후반 재학생의 대부분이 여학생으로 이루어진
금성제2고등중학교는 평양 출신만 입학이 가능한 교육기관으로
그들은 대개 당 간부의 자녀 또는 소위 말해
평양 '상류층' 집안의 자녀들이었다.]

이번엔 다른 기사를 클릭했어요.

[2002년까지 금성제2고등중학교로 불린 이 교육기관은
2004년 현재 금성제1중학교로 개칭되어 불리고 있으며,
국내에는 북한 김정은 위원장의 부인이 수학한 곳으로
잘 알려져 있다.]

"대박…!"
입이 쩍 벌어졌어요! '와…. 언니 정말 대단한 사람이었구나! 정말 상류층 집안이 맞았구나' 하는 깨달음과 함께 저는 말을 더듬었어요.
- 언니, 놀라지 말고 잘 들어!!!

- 주희 니는 항상 놀랄 이야기만 해놓구 놀라디 말란다?

- 아이참. 정말 놀라지 마?

- 기래.

- 내가 알아보니까 한 십 년 후에 언니 후배 중에 진짜 유명한 사람이 나올 거야.

- 유명한 사람? 전혜영이보다?

- 비교도 안 될 만큼!!!

금성2고중

남조선에 금성학교가 어떻게 알려져 있는지는 몰라도 어쩐지 어깨가 으쓱했다. 물론 중앙당 간부 자식들이 많이 다니는 거로도 유명하지만 웬만한 선전대 어른들 실력보다 뛰어난 영재들만 다니는 곳이니. 허풍이 아니고 사실이 그랬다. 유명한 이야기를 하나 들자면 무산 광산에 원수님께서 현지지도를 오실 적에 예술선전대 단원들도 듣지 못한 칭찬을 고작 광산에서 밥 짓고 빨래하는 아주마이의 열다섯 살 먹은 아들 녀석이 들은 것이다. 손풍금(아코디언)을 기가 막히게 연주해 광산에서 살기엔 아까운 인재 중의 인재. 나중에는 평양으로 와 금성2고중에 특별히 입학했다고 전해진 이야기는 너무나도 유명해서 마치 전설처럼 전해져 내려와 금성학교 학생이라면 모르는 이가 없었다. 물론 그 덕에 전국에 있는 예술학교에서 영재들이 물밀 듯이 평양까지 밀려와서 문제라면 문제지만.

그런 학교를 다시 나가게 된 건 무더위가 기승을 부리는 팔월 어느 월요일. 그토록 듣기 싫던 아침 기상나팔 소리가 난생처음 반가웠다. 점심때 먹을 풀 범벅이 든 곽밥 통을 챙겨 들고 집을 나섰다. 두부밥은 아버지에게 양보했다. 계속해서 주린 배로 일하시게 할 순 없었기 때문이다. 선물 옷인 검정치마에 전날 잘 다려놓은 나일론 소재의 흰 남방을 차려입고, 왼쪽 가슴팍엔 김일성 수령님과 김정일 원수님의 휘장을 고이 달았다. 그 선물 옷으로 할 것 같으면 다른 학교나 심지어 대학생들이 입는 옷보다 재질이 좋았다. 중국산이라 특별했다. 쉽게 구김이 가지도 않으며 보풀도 일어나지 않는 고급 원단. 코가 뾰족한 구두를 신는 것이 요즘 유행이나 아직 설화는 신어본 적은 없다. 부끄럽기도 했거니와 신었다간 놀새 소리나 들을 것 같았기 때문이다. 더욱이 보위원 눈에 괜히 책잡히고 싶지 않은 마음도 컸고.

이렇게 잘 차려입은 학생들의 장래는 유망했다. 실력이 뛰어나다면 중앙예술단에 들어가거나 아니면 당 간부집 며느리가 되는 것. 뭐 어느 쪽이 됐든 좋다. 평양 내에서도 금성2고중 다닌다 하면 '있는 집 딸', '배운 집 딸'이란 분위기가 강했다. 그렇다 보니 '아무하고나' 말을 섞는 분위기가 아니었다. 얼마나 콧대가 높았냐면 인물 깨나 곱다는 동무들끼리 나란히 걷노라면 근처 인민학교 다니는 머리에 피도 안 마른 새끼들이 '누나누나' 하고 불러놓고는 막상 눈이 마주치면 수줍어서 저희들끼리 히죽거리며 도망갈 정도였다.

금.의.환.향.

그토록 눈부시게 영광스러운 금성2고중에 나가게 된 것이다. 집에서 금성동에 있는 2고중까지 가려면 무궤도전차를 타고 사십여 분을 가야 했다. 물론 학교에서 먹고 자고 기숙할 수 있었지만, 설화는 자가생이었으므로 아침을 먹고 등교하는 식이었다. 하지만 점점 배급 상황이 좋지 않아 아침은 찐 옥수수를 빙 둘러 딱 세 줄까지만 먹었다. 그래도 마냥 좋았다. 다시 학교를 나가게 된 것만 해도 세상을 다 가진 듯했으니. 차창 밖으로 분주히 지나가는 손수레와 우마차도 마냥 활기차 보였다. 정류장에서 내려서 한 오 분 걷다 보면, 저 멀리 학교 중앙 현관이 시야에 가득 찰 만큼 웅장하게 보였다.

경애하는 아버지 김정일 원수님의 참된 아들딸이 되자!

설화 앞으로는 김정일 원수님의 수많은 '아들딸'이 등교하고 있었다. 아주 어릴 때 들어와 지금까지 다니는 여학생들은 저마다 도도한 미를 뽐내며, 제각기 갈고닦은 기량과 결단으로 최고의 예술단원이 되기 위해 무던히 노력하는 것이다. 또래 동무들의 날리는 가랑잎에도 까르르 웃는 그 소리를 듣자니 절로 웃음이 났다. 오늘따라 인파가 제법 몰리는 듯했다. 2고중에는 더러 인민학교에서 견학을 오기도 했는데 오늘이 그 날. 근처 창전인민학교 아이들이 옹기종기 2고중으로 향하고 있었다. 오전 수업부터 온 모양이었다. 재잘거리는 소리가 귓가에 와 박혔다.

"우리 삼춘이 그라는데 교탁 바꿔주문 이깟 금성2고중 누워서도 들어간단다!"

그러자 다른 아이가 반박했다.

"아니다. 여기는 소조별루 엄격하게 뽑아서이 아무나 못 들어간다구 했어."

"니 어찌 아니?"

"우리 아바지가 그랬디."

"우리 삼춘은 교원이라 더 잘 안다!"

건늠길(횡단보도) 앞에 멈춰서도 계속되었다.

"우리 아바지는 비행기 몬다."

"기러니끼니 뭘 아냐 이 말이야. 니 아바지 2고중 와보지도 못했으문서. 게다가 청진에서 온 지 얼마 안 된 에미나이래 뭘 알아?"

그러자 다른 아이들도 같이 몰아세웠다. 설화는 젖내 나는 아이들의 말다툼을 그저 무심하게 관망 중이었다. 제 편 없던 아이는 막상 할 말이 없자 고개를 외로 꺾은 채 풀이 죽었다. 더 맞받아칠 말재간이 부족한 탓인지 작고 도톰한 입술만 한껏 오므렸다. 아이를 곁눈으로 훑었다. 학교 내에서도 아버지의 당내 계급에 따라 자식들의 힘도 달라진다. 일반 인민학교에 다닐 때는 모르다가 고중 정도 다니면 그것이 눈에 훤히 보인다. 중앙당, 그것도 조직지도부에 몸 담그고 있는 부모를 둔 아이들은 때깔부터 다르다는 것을. 그 아이도 그랬다. 이미 계급차를 몸소 체험한 바 있는 설화는 한눈에 옷 원단의 재질로 집안의 귀천을 예측하는데 그리 오래 걸리지 않았다. 양 갈래로 묶은 단발머리에 일제 손목시계를 차고 얼굴에는 기름크림을 발랐는지 값비싼 단 내까지.

'조종사 아바지를 두었구만 기래…. 니는 토대가 좋아 좋갔다.'

잠시 후, 눈동자가 커지면서 그 아이의 주변이 별안간 환해지는 기분이 들었다. 그러더니 다짜고짜 다른 아이들을 한 대씩 쥐어박았다.

"니들 장 파열 당하고 싶어 환장들 했니?? 날래 싹싹 빌디 못하갔어?! 기래두우?"

그러고는 풀 죽어 있던 그 아이를 향해 결의에 찬 눈빛으로 말했다.

"우리 학교래 니 아바지 말씀하신 대루 아무나 오는 곳이 아이디. 니 말이 백번 천번 옳다! 언니 여기 전문부 1학년이야. 언니 얼굴 봐았디? 나중에 내 잊으문 안 된다! 알았디?! 절대 내 잊디 마라!!"

눈도장을 찍듯 눈을 부릅뜨더니 설화는 비장한 얼굴로 자리를 떠났다. 점차 주변으로 사람이 하나둘 몰리더니 수군거리기 시작했다. 비로소 그 아이가 기세등등하게 말했다.

"내 말이 맞디?? 하두 전투적으로 공부해서 저 언니두 정신이 돌아버린 거이야. 여 아무나 오는 데 아이라구! 내 꼭 들어갈 거라구!"

그리고 때마침 건늠길(횡단보도) 불이 켜지면서 교통안전원의 절도 있는 신호가 떨어졌다. 기분이 좋아졌는지 특유의 반달 눈웃음을 지으며 앞장서 가는 아이. 옆구리에 낀 **<위대한 령도자 김정일 원수님의 어린 시절>** 교과서 단면에는 제 이름이 삐뚤게 쓰여 있었다.

리. 설. 주.

반역자의 길

장마철. 함경남북도에 무더기 비(폭우)로 인한 피해가 극심하다는 소식을 접했다. 집짐승들이며 살림살이며 죄다 떠내려갔다는데 사람들도 많이 빠져 죽었다는 이야기는 아바지로부터 들은 얘기다. 피해가 너무 커서 지원인력이 부족해지자, 인민군2사단은 물론이고 그 옛날 아바지가 몸담고 계시던 경보부대에서도 군인들이 차출되었다고. 그런데 설상가상 동원 나간 군인들도 사고로 다치거나 죽은 이가 많아 현장은 그야말로 아비규환이라고 했다.

이것은 택수네의 일이다. 택수는 위로 한 살 터울의 누나가 있는데 장사를 하다가 군에 입대했었다. 무능한 부모 대신 남동생인 택수가 벌어서 보낸 돈을 쓰지 않고 차곡차곡 모아서 집에 다시 부쳐줄 만큼 속이 깊었는데, 인민학교를 나왔어도 글을 읽고 쓰는 게 서툴러 종종 설화에게 부탁하곤 했다. 그럴 때면 보답으로 옥수수가루를 몰래 집 문 앞에 두고 가곤 했던 그런 심성이 참 고왔던 언니였다. 여기까지가 설화가 마지막으로 기억하는 언니의 모습이었다. 그런데 어느 날. 택수의 집에 초상이 났다. 한밤중에 그 집에서 오열하는 소리가 들렸다. 전사 통지서가 날라 왔는데, 죽은 사람은 바로 군에 입대한 택수의 누나. 훈련 도중에 사고로 숨졌다는 게 군의 입장이었지만, 실은 함경북도에 홍수피해 지원을 나갔다가 변을 당한 거라고 다들 수군거렸다.

아버지도 그 의견에 힘을 보탰다. 지원을 나갔다가 거기서 불어난 저수지에 빠져 죽거나 무너진 건물에 깔려 죽은 군인들에게는 무력부에서 전사증이나 렬사증을 준다고 했다. 이미 죽고 난 다음에 그런 게 다 무슨 소용이겠냐만은 자식을 조국에 바친 대가로 얻은 명예와 흑색 텔레비죤에 마음을 빼앗긴 부모들은 순순히 받아들였다고. 그런데 그 마저도 택수네는 오지 않았다. 할아버지가 월남자기 때문이다. 실은 홍수피해 지역으로 지원을 나가기 훨씬 전부터 택수 누나는 감정제대(남한의 의가사제대)를 받고 집으로 돌아올 예정이라고 들었다. 그런데 뜬금없이 돌아오기는커녕 전사 통지서만 날라 왔으니 동네 사람들이 저마다 수군댔다. 실은 일부러 감정제대 받기 위해 자해를 하려다 정말 목숨을 잃었는지도 모른다며.

그즈음에 그런 군인들이 꽤 많았다. 집에 두고 온 가족들이 먹고사는 게 힘들어지자 군에 가있는 군인들이 저마다 스스로 총으로 다리를 쏘거나 높은 데서 떨어져서 자해한다는 소문이다. 그러다 운이 좋으면 다행이지만, 아닌 경우에는 그야말로 똥 밟은 거다. 병원에서 치료만 해주고 생활제대(남한의 불명예제대)를 시켜버리는 것이다. 그럼 그간 십 년 가까이 쌓아온 게 모두 허사가 되고 만다. 한순간의 잘못된 선택으로 입당이 어려운 건 물론이요, 자신과 가족에게까지 큰 누를 끼치는 것.

택수의 누나가 어느 쪽인지는 모르겠다. 그러나 설화가 아는 한 그 언니는 어쩌면 자해를 했을지도 모른다. 누구보다 식구들이라면 끔찍이 여기던 위인이었으니까. 자기라도 얼른 제대해서 돈을 벌어야겠다고 생각했을 것이다. 허나 차라리 그렇게라도 집에 돌아왔으면 좋았을 걸. 자해에 성공해서 감정제대를 받기 며칠 전, 불행하게도 홍수피해 지원을 나간 것이다. 모두가 팔자소관인가보다. 어쨌거나 그렇게 누나의 시신을 찾으러 간다던 택수는 결국 시신을 찾지 못하고 돌아왔다. 하도 죽은 사람이 많아서 그냥 한꺼번에 어느 이름 모를 야산에다 묻었다는데, 홍수가 심해서 그것도 다 무너지고 떠내려가서 속수무책이더라는 것. 겨우 찾은 건 사고현장이 아닌 부대에 남겨두었던 누나의 군복 상의 한 벌이었다. 그래서 시신도 없이 옷 한 벌로 장례를 치른단다. 오빠를 두고 두만강 건너다 뒈졌다느니 변절자라느니 지껄이던 걸 생각하면 모가지를 비틀어도 시원찮았지만, 그래도 택수의 누나 이야기라면 달랐다. 꽤씸했지만, 택수 누나의 얼굴을 봐서라도 장례를 도와야겠다는 생각을 했다. 그러자 아버지가 한소리 하셨다.

"보위부에서 나와서리 한마디씩들 하는데 뭐하러 가네?"

월남자 가족인 데다 나라를 위해 영광스럽게 죽은 사람인데, 장례 치르면서 눈물 바람을 일으키니 우에서 보기에 안 좋더라는 것이다.

"언니가 불쌍하지 않습까? 기카고 오마니 장례 때 와주지 않았습까? 택수네 아바지 말이야요. 그 언니도 착했구….."

"기쪽이랑 우리랑 뭐이 같네? 나고 죽는 거야 하늘 뜻이라디만, 어떻게 살았는디는 그 사람 탓이야."

그래도 설화는 아랑곳하지 않고 널을 구해다 줬다. 오마니 때 빚을 갚은 셈이라고 치면 그나마 덜 분했다. 택수는 꼴 보기 싫어서 그냥 그 집 앞에 널을 몇 개 쌓아두고 돌아서려는데,

"약 올리러 왔디?"

택수가 불러 세웠다. 눈썹은 짙고, 눈은 부리부리한 데다 코는 땡그래서 영락없는 말썽쟁이 얼굴인데 최근 배급이 안 좋아지면서 누나 일까지 저리되자 몰골이 말이 아니었다. 솔직히 그 맹랑함이 한풀 꺾였다고 해야 맞았다. 일부러 시치미 떼듯 딴청을 피웠다. 빤히 보던 택수가 말했다.

"야."

"와?"

"너 뭐라두 얻어먹으러 왔디?"

"뭐이?"

"줄 거이 없어. 가라. 괜히 초상집에 와서리 얼쩡대디 말구."

"우리 딥에 범벅떡 있다."

"……."

"가져갈라문 따라오든가."

"내래 와 니 딥엘 가네?"

"우리 오빠 반역자라구 기러디 너? 떡에 독 탔을까 무섭네?"

"……."

"느희 누난 조국을 위해 몸 바쳐서 좋겠다야."

"야이, 에미나이야!"

"그래서 안 올 기네? 뭐라두 제사상 우에 올려야디."

그렇게 설화 뒷꼭지를 졸졸 따라 아빠트에 들른 택수는 주는 범벅떡을 들고 고개를 푹 수그리고 나왔다. 택수는 돌아가기 전에 멍한 얼굴로 잠시 어정쩡하게 서 있었다. 한 손에는 범벅떡을 들고 괜히 눈을 찌푸렸다가 부릅떴다가 썩썩 비볐다가 쓸데없이 한참 몸만 베베 꼬며 그러고 있었다. 설화와 눈이 마주칠 때면 괜히 피하고, 발끝만 비비적거렸다. 그러다 갑자기 주변을 살피더니 벌컥 화를 내며 류달리 크게 소리쳤다.

"야이, 반역자 에미나이야!!!"

설화네 아빠트 앞에 세워진 어느 찜차에 들릴 만큼 큰 소리로. 그것이 끝이었다. 그 후로 택수를 보지 못했다. 며칠 뒤, 무슨 일에서인지 보위원 여럿이 쳐들어갔었는데 집은 텅 비어 있었다고 했다. 택수도 택수네 아버지, 오마니도 모두 사라졌다고. 행간에 떠도는 소문에는 이미 두만강을 건넜다고도 했다. 그 탓에 택수네랑 연관된 집은 모조리 쳐들어가서 줄줄이 잡아갔는데 다행히도 설화네만 아무도 찾아오지 않았다. 설화는 생각했다.

아마 택수도 '반역자의 길'을 택했는지도 모른다고.

남파 지령

"오늘은 17과를 배우갔어요. 전 시간에 우리가 뭘 배웠는디 어느 학생이 말해볼까요?"

교실 안을 쓱 훑어보는 선생의 눈에 몇몇 빈자리가 보였으나 거기에 대한 별도의 언급은 없었다. 어차피 다들 미루어 알고 있었다. 더 이상 학교에 나오지 않을 학생들. 누구는 오마니 아바지와 장마당에 나가 장사를 한다고도 했고, 또 누구는 형제자매들끼리 떼거리로 한 기업소에 들어갔다고 했다. 그리고 누구는 중국으로 장사를 간 오마니가 돌아오지 않아 찾으러 갔다고도…. 그러나 어디까지나 학교 밖의 일이다. 선생의 권한 밖이란 말이다.

"제가 말하겠슴네다!"

싸늘한 공기 속에 명랑한 목소리가 울렸다.

"네. 윤성심 동무."

"불놀이하는 왜놈과 동족을 괴롭히는 지주 놈들을 때려눕히신 이야기를 배웠습다."

"기러티요. 참 잘했어요. 우리 위대하신 김일성 대원수님께서는 어린 시절 남다르셨디요. 하루는 이런 고민에 빠지셨어요. 나라를 빼앗은 왜놈들과 또 같은 민족의 피를 빨아먹는 지주 놈들을 어찌하면 벌을 내릴 수 있을까? 어찌하면 우리 고국강토를 편안케 할 수 있을까? 만시름 끝에 하루는 만경봉 맨 꼭대기에 올라 큰 결심을 품었어요. 아! 나는 조국을 해방시켜야갔다…!"

***

온종일 혁명력사와 수령님의 어린 시절에 관해서만 공부했다. 그러나 수업 말미에 내년에 있을 설맞이 공연에도 나가 보는 게 어떻겠느냐는 칭찬을 들은 것이 하굣길 발걸음을 가볍게 만들었다. 설맞이 공연은 금성학교 학생들만의 특혜 중의 특혜다. 몇 해 전, 네 살 우인 상급생 하나가 수령님의 눈에 들어 왕재산 경음악단으로 뽑혀 들어간 건 너무나도 유명한 일화였다. 딸 덕에 부원군이라고. 량강도 촌구석에 쓰러져 가는 기와 밑에서 겨우 살던 부모는 평양으로 올라와 대동강이 한눈에 보이는 선물집에서 새 출발을 하는 호강을 누렸고, 사진을 찍을 때도 수령님 바로 옆에 들러붙어 있어 동무들의 새암을 한몸에 받았다고. 한동안 그 언니가 텔레비죤에도 나올 때, 설화도 바싹 앞에 다가가 시선을 처박고 마냥 부러워했다.

'나도 저렇게 될 거야.'

종일 붕 떠 있는 기분이었다. 출셋길이 눈앞에 있는 듯했다. 우선 무대에만 서자. 역할이 크고 작은 게 중요한 게 아니었다. 노래 실력도 실력이지만, 무엇보다 '눈에 띄는 것'이 중요했다. 입술은 잘 쪼갠 먹음직스러운 수박처럼 씨익 벌리고, 방긋방긋 환희에 찬 웃음을 지으며, 열성을 다해 노래를 부른다면…!

'잘만 하문 아바지 다시 진급되갔지. 오빠두 다시 원수님의 배려로 평양 땅 밟을 테구….'

성숙하고 아릿다운(아리따운) 선녀의 모습이 절로 그려졌다. 그런 행복한 상상에 젖어있자 왠지 두 어깨가 무거워지는 착각마저 불러일으켰다. 어느덧 집 근처에 다다랐다. 아빠트 입구에서 인민반장 아주마이가 대뜸 아는 척을 하고 나섰다. 오마니 생전에는 형님 아우 하며 친한 척하더니, 오마니 돌아가시고 오빠 그리된 후로는 거들떠보지도 않던 아주마이였다. 정승집 개가 죽으문 문상객으로 발 디딜 틈이 없지만, 정작 정승이 죽으문 파리 날린다는 말이 딱이다. 저만치서 보일 때부터 재수가 없었다.

"이제 오는구나?"

"예."

일부러 시큰둥하게 대답한 건 저가 학교에서 내쫓기다시피 했을 때 여기저기 소문을 나르던 것에 대한 나름의 앙갚음까지 덤이었다. 그러지 않고서야 학교 문턱도 못 넘어본 까막눈인 동네 늙은이들이 알 턱이 있나. 두고 보라지. 다시 학교두 나가게 됐구 설맞이 공연에두 곧 나갈 거다. 나중에 텔레비죤 앞에서 턱 빠지게 우러러 보라우.

"시딥 간다더이 아이갔구나?"

"예?"

"앞으로 니 아바지한테 잘해야갔다?"

"기거이 무슨 뚱딴지같은 소립네까? 내래 시딥간다이?"

"몰랐구나?"

"뭘 말임까?"

"이제 다시 학교 나간다이 뭐 지나간 얘기디만….."

인민반장 아주마이의 허튼소리의 정체는 아바지께서 예정보다 이른 저녁 일곱 시에 퇴근하고 와서야 알게 됐다.

"이리 와 앉으라."

오자마자 저녁상도 마다한 채 아바지는 방으로 불렀다. 그리고 장롱 밑으로 바짝 엎드리더니 안에 손을 넣고 한참을 그렇게 더듬거렸다. 먼지가 뽀얗게 앉은 손바닥만 한 수첩. 몇 장을 넘기며 신중하게 살피더니 마치 보물이라도 찾은 듯 표정이 밝아졌다. 그리고 그중 한 쪽을 심혈을 기울여 주욱 찢더니 다시 그것을 반으로 접었다.

"기거이 뭡네까?"

"니 디금부터 아바지 하는 말 잘 들으라."

꼭 보위부에 오빠가 붙잡혀 가던 날과 같은 눈빛을 하고 있었다. 거기다 한동안 안 나던 알싸한 술 냄새까지. 설화의 시선이 혼란스러웠다. 한참 영문도 모른 채 눈만 깜빡이는 토끼 같은 딸아이를 가만 보더니 아버지가 결심한 듯 입을 열었다.

"이 아버지는 두 달 뒤에 장군님의 위대하신 지령을 품구… 남조선
으로 출정한다."

"예에?"

"……."

"뜬금없이 기거이 무슨 말입네까? 아버지가 와 남조선엘 갑네까?
장난치디 마시라요."

"내 말하디 않았어? 장군님의 위대한 지령을 위해서라구."

"아버지…."

"이번에 공작업무가 내려졌다 이 말이야. 아버지가 투입됐다."

혼란스러웠다. 언제고 출세 가도를 달리던 아버지께서 반드시 어머
니 조국을 위해 보답하겠다며 울부짖던 것이 떠올랐다. 설화 역시 그렇
게 생각했다. 은혜에 보답하자고. 그런데 오빠가 조국을 배반한 뒤로
간신히 목숨을 부지하던 아버지에게 뜬금없이 남파공작이라니. 위대
하신 아버지 원수님의 숭고한 지령이라는데, 양심에 찔리게도 전혀 달
갑지 않았다. 순간, 아빠트 입구에서 만난 인민반장의 말이 떠올랐다.

"인민반장 아주마이가 내래 시딥 갈 뻔했다던데 기거이 무슨 뜻임
까?"

"알 거 없어."

"내 얘기 맞디요?"

"……."

"대체 무슨 일이 벌어지고 있는거야요. 아버지? 혹시… 저 때문에

안 좋게 된 거디요? 기렇디요? 말씀해주시라요!"

"뭐 기렇게 말이 많네? 다 큰 처녀애가 말이 많으문 못 써!"

"너무두 쉽게 학교 나가게 된 것두 길코… 시집 얘기 나오는 것두….”

"야, 됐다이까 기러네? 다 아바지가 알아서 할 테니까니 넌 열심히 노래나 갈고 닦으라우. 금방 다녀올 거야."

"안전하게… 금방 오시갔디요? 별일 아니디요?"

"임무 성공해서 돌아오문 아바지는 이제 공화국 영웅이 되는 기야."

"공화국 영웅….”

"기래! 아바지 영웅이 되문 제일 큰 백화점에 가자. 너 그토록 갖고 싶다든 살결물(스킨로션) 사주마. 좋지? 다른 동무들은 저마다 하나씩 들 갖구 있담서?"

쉬이 기쁨의 환호가 나오지 않았다. 이미 영웅과 출세를 눈으로 본 바가 있다. 오빠를 통해서.

그러나 오빠의 말로는…. 아바지는 영웅이 되는 영광스러운 길을 떠나는 게 아닌, 얼마 전 애육원 공터에서 봤던 죄인들의 모습을 연상케 했다. 그런 아바지를 닮은 큰 눈을 깜빡거리며 설화가 다시 물었다.

"아바지 없는 동안 내 혼자서 어째 지냅네까?"

"당에서 보살펴 줄 거이야."

"아바지가 그 전에 날래 오시문 될 거 아입네까."

"금방 못 올 수두 있어."

"와 자꾸만….”

무엇에 대한 건지 모를 권태가 확 밀려왔다. 가슴 한구석이 돌덩이가 앉힌 듯 답답했다. 코끝이 시큰해 오는 걸 느낄 수 있었다. 그 속을 아는지 모르는지 아바지는 아까 수첩에서 뜯어낸 글쪽지(메모지)를 손에 쥐여주었다.

"이거이 뭐야요, 아바지?"

"중국서 사는 아바지 동무 알디?"

"중국이요?"

"기래. 록음기 사주던."

"아아! 식당 한다는 삼춘 말이디요?"

"기래. 거 딥주소다. 외우라."

"……."

"호주머니에 놓지 말구! 외우라! 디금 당장 달달 외우라, 이 말이야!"

"예에?"

아바지는 영 딴 사람 같았다. 눈빛도 말도, 행동도. 금방 쉬이 오겠다는 말이 영 석연찮게 들렸다. 어딘가 쫓기는 사람처럼, 길이 급한 사람처럼. 그게 뭐라고 자꾸만 외우라고 닦달했다. 설화가 그제야 글쪽지를 보고 외우는 시늉을 했으나 눈에 들어올 턱이 없었다. 느닷없는 상황에 주눅이 들어 눈치만 살폈다.

"머릿속에 주소 잘 넣었으문 쥐도 새도 모르게 찢어버리라."

"아바지… 자꾸만 자꾸만… 무섭게 와 그러십네까…. 와 아바지 동무 주소를…."

"만에 하나 아바지가 잘못되믄….."

"예…?"

"기러니까 이 아바지가 만약….."

"싫습네다!!"

엉엉 울었다. 무서웠다. 종이 쪼가리를 내팽개치며 노여움과 원망 서린 눈빛으로 아바지를 노려보았다. 하나뿐인 혈육마저 없는 세상을 준비해야 한다는 건 열일곱 살 설화가 감당하기엔 너무도 벅찬 고통이었다. 애마냥 발길질하며 떼쓰며 울었다. 아바지는 설화의 마른 두 어깨를 쥐고 나지막이 말했다. 눈빛은 아까와는 달리 결의에 차 있었다.

"디금부터 울디 말고 똑똑히 들으라. 이 아바지가… 잘못 되믄…!"

설화는 여전히 두 손으로 얼굴을 감싼 채 흐느꼈다. 잠시 후, 아바지가 숨죽여 말했다.

두 눈이 크게 벌어진 설화.

취업

시간은 흘러서 어느덧 해가 길어지기 시작했어요. 삼복 더위가 찾아온 거죠. 아무리 고모와 교대로 본다지만, 병원생활이 편할 리가 없잖아요. 어쩌다 집에 돌아오는 날에는 아무것도 하기 싫을 정도로 몸이 고단했어요. 그렇다고 취직자리 알아보는 걸 게을리할 순 없구. 내심 현실적인 걱정을 했던 것 같아요. 아무리 프리랜서로 아르바이트한다지만, 평생직장이 될 순 없고. 할아버지한테서 나오는 연금과 부모님이 남기신 유산, 사망보험금으로 경제적 어려움은 없었지만, 나중 일을 생각하지 않을 수 없었어요. 저도 어른이니까요. 제 밥벌이를 해야 했으니까요. 그렇게 불쌍하게 보지 마요. 아시다시피 한국사회에서 여자 나이는 20대 후반으로 갈수록 취업이 어려워지잖아요? 아홉수 되기 전에 취직하자… 정말 그 일념 하나뿐이었어요. 종교는 없지만 모든 신에게 기도했다니까요. 그리고 약발이 먹혔는지 구직사이트를 방황하던 어느 날 오후, 모르는 번호로 전화가 왔어요.

윙———.

- 여보세요.

- 얼마 전에 면접 봤던 민족상사입니다.

잊고 있었어요. 면접 본 지 벌써 한 달도 더 지났거든요. 일찍도 연락 준다 싶어 원망스럽기까지 했죠. 마음 같아선 실컷 비웃어주고 끊고 싶은 심정이 굴뚝같았는데. 아시잖아요, 대한민국이란 사회에서 '을'의 삶이란 '갑'이 되기보다는 '병, 정, 무'로 떨어지지 않기 위해 고군분투하는 거란 걸. 그늘진 목소리 톤이 비겁하리만큼 누그러진 건 그런 천간 생태계에서 흔히 일어나는 반응이죠. 기꺼이 '을'이 되어줄 수 있으니까요. 취업을 위해서라면.

- 아, 네! 안녕하세요!

- 늦게 연락 드려서 미안합니다.

- 괜찮습니다!

- 혹시 취직하셨나요?

- 아뇨. 아직이요.

- 저희 내부에서 상의한 결과, 영업 관리직 적임자로 채용하기로 했는데 입사 의사 있으신가요?

- 그럼 제가 뽑힌 건가요?

- 네. 맞습니다.

- 감사합니다! 정말 감사합니다!

- 그럼 9월 말쯤 입사 가능하실까요?

책상 위 탁상달력으로 눈길을 옮겼어요. 그 날이 9월 6일이었죠. 13일이 추석인지라 아무래도 입사하자마자 바로 명절을 맞이하는 건 좀 애매한 관계로 명절 지나고 정식 출근하기로 한 거예요. 얼마나 기분이 좋던지 전화 끊고서 한참을 거실에서 방방 뛰며 환호를 질렀는지 몰라요. 부끄러운 얘기지만 대학 졸업하고 제대로 된 첫 취직이나 마찬가지였거든요. 한참을 그렇게 들떠서 꿈인가 생시인가 싶었는데 생시더라고요.

근데 말이에요. 그런 흥도 얼마 못 가더라고요. 뭐랄까. 팔팔 끓는 냄비 물에 찬물을 부었을 때처럼? 금세 가라앉더라고요. 재미없었어요. 혼자 기뻐한다는 건 세상에서 제일 재미없더라고요. 못 할 짓이에요. 심지어는 그 후에 더 뒤숭숭해지기까지 했고요. 결코 취업이 두려워서는 아니었어요. 꿈에도 그린 취업이었고, 더구나 민족상사라니. 기자님도 아실 거예요. 거기 대기업 계열사인 거. 코스닥도 상장되어 있고 대졸 초임도 꽤 세고, 더구나 영업부문이니까 말 안 해도 알죠? 보수 부문에서는 로또 당첨된 거나 마찬가지죠.

음… 솔직히 말하면, 어디에다 이 기쁜 소식을 알릴 데가 없더라고요. 친구들도 뭐 대학 들어오면서 많이 연락도 끊겼고, 또 졸업 후 취직하면서도 많이 끊기고 게다가 설화 언니에게 이 기쁜 소식을 자랑하고 싶었는데 전화할 방법조차 없구. 그쪽에서 먼저 전화가 와야 하는데, 언니는 그동안 전화도 안 했어요. 통화 내역 한참 내리다 보면 8월 20일. 네, 그 날이 마지막이었어요. 그동안 열흘이 훨씬 넘도록 언니에겐 아무 기별도 없었죠. 딱히 서운하게 한 것도 없는데 무슨 일일까···. 나와 통화한 걸 높은 사람한테 들켰나 싶고. 왠지 불안하고 걱정이 됐어요. 물론 저까지 연루될 일은 없죠. 설령 남한 사람하고 통화한 걸 들킨다 해도 거긴 1996년인데요? 그때 전 유치원생이었다고요. 무엇보다 언니의 신변이 걱정됐죠.

그렇게 또 며칠 연락이 없다가 주말이었나? 갑자기 전화가 왔어요. 고모였어요. 할아버지가 갑자기 위급하시다면서···. 오전까지만 해도 사람도 알아보고 고개를 끄덕이던 분이 아침에 갑자기 숨을 헐떡이시더라는 거예요. 한달음에 달려갔죠. 이번엔 꽤 심각한지 고모부도 회사를 조퇴하고 병원에 이미 와 계시더라고요. 스물여덟 살이면 다 컸지만, 그럴 때마다 저는 마치 어린아이가 된 기분이었어요. 고모부는 의사 선생님하고 자꾸만 심각한 이야기 주고받지 고모는 충격받아서 링거 맞으시지···. 취업했다고 알릴 마음도 안 나더라고요. 대기실에서 몇 시간이고 우두커니 앉아있을 때였어요.

윙———.

'85001160918'

전 반사적으로 바로 통화버튼을 눌렀죠. 언니였어요. 설화 언니요!

- 언니!!

- 잘 지냈구?

- 말이라고 해? 그동안 왜 연락 없었어? 무슨 일 있었던 거야? 혹시 위에 걸

린 거야? 아니면 아빠한테?

  - 아니이… 기런 건 아니구우.

  - 그럼 뭔데? 걱정했잖아.

  - 뭐… 벨 일 없었지, 뭐….

근데 참 이상했던 게 공기가 평소와 사뭇 다르더라고요. 어떻게 알
긴요. 여자들에게는 순전히 촉으로 판단할 수 있는 무언가가 있어요.
게다가 언니하고 저는 거의 단짝이나 마찬가지였으니까요. 숨소리만
들어도 그게 한숨인지 들숨인지, 또 웃음소리만 들어도 얼마나 즐거워
하는지까지도 척하면 척이라고요. 언니는 말끝을 흐렸어요.

뭔가 하고 싶은 말이 있는 것처럼.

말 못한 사정

지난밤, 아버지가 유언처럼 하신 말을 떠올렸다.

'아무에게두 말하디 마라.
잠꼬대루두 해서이 아이 된다.
물러설 수두 돌이킬 수두 없어.
이거이 아버지가 가야 하는 길이야.'

- 언니 왜 말을 하다 말아?
주희가 재촉했다.
- 그건 그렇고. 나 취직됐다, 언니.
- 기래애?? 거 잘됐다야.

- 근데 기분이 별로인 거 있지.

- 와 또.

- 할아버지도 누워계시고 언니한테도 연락이 없으니까 이래저래 마음이 무거웠나 봐. 재미가 없더라. 이럴 때 만나서 수다라도 떨면 얼마나 좋을까. 속상해.

아랫입술을 꼬옥 깨물었다. 그저 몇 달 통화한 게 전부인데, 어디 사는 또 어떻게 생긴 인물인지도 모르는데. 다른 시간을 살며, 이대로 영영 보지도 못할 텐데 주희는 그새 정이 들어 걱정했단다. 울컥하는 마음. 들리지 않게 작은 한숨을 토했다. 그리고 아바지가 오셨다는 핑계로 서둘러 전화를 끊었다.

마음에 소용돌이가 쳤다. 주희와 통화하기 시작하면서 저도 모르게 머릿속으로 별나라 같은 그곳의 풍경이 절로 그려지고, 자려고 눈을 감으면 주희가 다녔다는 대학교에 대한 동경이 고개를 쳐들곤 했다. 함께 남조선식 남새 겹빵을 먹으며 미제 노래를 듣는 꿈을 꾼 날은 사람을 마주치는 것조차 무서웠다.

그리고 무엇보다 두려운 것은 흔들릴까 봐. 오마니 뱃속에서 나오자마자 저를 감싸 안던 이 위대한 어머니 조국의 신념을, 또 뼛속 깊이 새겨온 공화국 인민으로서의 정체성을. 저 삼팔선 너머에 사는 주희라는 아이 하나로 송두리째 흔들릴까 봐. 송수화기에 손을 가만히 얹었다. 그리고 눈을 질끈 감았다.

***

며칠이 지났다. 수업이 파하고 집으로 돌아왔을 때 제일 먼저 눈에 들어온 건 방에 놓인 허름한 가방. 그 안에는 각종 권총과 탄창, 야시경, 밧줄, 칼, 지폐 뭉치가 살벌하게 누워 아바지의 미래에 대해 저희끼리 떠들어대는 것 같았다. 들어온 기척을 느꼈음에도 아바지는 묵묵히 짐만 싸고 있었다. 다짜고짜 쏘아붙였다.

"아바지! 오늘 무슨 날인지 아심까?"

"······."

"오늘 오마니 제삿날이야요!"

"내 갔다 와서 으리으리하게 한 상 차려줄 테니까니 걱정하지 말라."

"제사 기거이 어데 아무 때나 차리는 겁네까?"

"디금 상 차릴 량식두 없어."

"······."

두 해 전, 추운 겨울 아침. 오마니가 돌아가실 때 설화는 열다섯 살, 오빠는 열일곱 살이었다. 진료소에서 중한 병이라고 진단을 받았지만 약을 지어 먹을 돈도 치료할 길도 없었다. 어린 마음에 계속 기침만 하는 오마니를 위해 집에 있는 콩을 내다 판 돈으로 해열제 두 알을 구해 왔으나 소용없었다. 동의학(한의학) 책을 뒤져 본 대로 어렵사리 배를 구해 속을 파다가 거기에 꿀 한 숟갈, 마늘 두 쪽을 넣고 푹푹 삶아 그 즙을 먹였지만 역시나 소용없었다. 물론 이 모두가 오마니가 그저 감기에 걸린 줄만 알던 무지에서 저지른 일들이었다. 실은 폐병이었다. 결국 오마니는 꼬박 석 달을 끙끙 앓다가 어느 날 아침에 깨워보니 싸늘하게 식어 있었다. 아바지는 그래두 잠들다 갔으니 울디 말라고 오히려 잘된 일이라고 했지만, 그야 모르지. 어쩌면 새벽에 혼자 발버둥을 치다가 외롭게 숨을 거두셨을지도. 그 생각에 설화는 펑펑 울었다. 떼도 써보고 울어도 보고 꼬집어도 봤으나 오마니는 두 번 다시 기침하지 않았다. 가래를 뱉지 않았다. 반쯤 벌어진 허여멀건 입술 사이로 알약을 억지로 들이밀어도 통 삼키는 법이 없었다. 물을 부어도 도로 입 밖으로 흘러내렸다. 그렇게 오마니는 떠났다.

장례는 이웃들이 와서 도와줬다. 오마니는 외할아버지가 월남자였기 때문에 외할머니와 단둘이 살았다고 했다. 그래서 친척도 몇 없었는데, 뒤늦게 저 멀리 명태의 고장 함경남도 북청에 사는 친척들이 왔을 땐 이미 오마니를 묻고 난 후였다. 묻기 전 설화는 싸늘하게 누운 오마니에게 따뜻한 겨울옷 한 벌을 입혀드리고 싶었다. 류달리 추위를 타 항상 겨울이면 지독한 감기를 달고 사신 오마니였다. 그리 해달라고 울며불며 사정했으나, 이웃 아주마이들이 죽은 사람에겐 그래선 안된다며 완강하게 말려서 하는 수 없었다. 오마니의 차츰 식어가는 손을 자꾸만 쓱쓱 비벼서 열을 내려 애썼다. 동네 사람들과 아바지 부하들의 도움으로 널들을 모아다가 그것으로 관을 짰다. 혹시나 눈을 뜰까 봐 오마니의 얼굴만 뚫어지라 봤는데, 마지막 모습이 관 뚜껑을 덮을 때의 평온한 모습이었다. 산에서 내려오는 길에 몇 번이고 고개를 돌렸다. 발이 쉬이 떨어지지 않았다. 저대로 두어도 될까. 만약 오마니가 중간에 기적처럼 깨기라도 하면 어쩌나. 관에 못을 박아서 못 열면 어쩌지. 흙을 너무 많이 덮어서 못 나오면 어쩌지. 숨어 있다가 어른들 다 내려가면 오마니를 꺼내서 집으루 데려갈까. 그때도 아바지는 앞만 보고 내려오셨다. 울지도 않았다. 아니 오히려 평온을 잃지 않는 낯빛에 설화의 설움은 배가 되었다. 아바지는 오마니를 아끼지 않은 걸까. 힘든 살림에 입이 줄어 다행이라 여기는 걸까. 울지 않았다.

오마니는 아주 젊은 시절, 빼어난 미모와 싹싹한 성격 탓에 5과에 뽑혀 들어갔다. 그런 오마니의 과거는 내심 설화의 어깨에 힘을 실어 줬다. 나이가 차서 일을 그만두고 나올 즈음엔 당의 명령으로 당시 평양 바닥에서 소문이 난 무쇠 주먹을 가진 사내에게 시집을 갔다. 그게 아바지다. 그런데도 언제나 '월남자 가족'이란 꼬리표가 달렸다. 외할아버지가 전쟁 때 남조선 괴뢰군인 데다 전쟁이 끝난 뒤에도 그곳에서 눌러산 게 화근이었다. 외할머니는 홀로 오마니를 키우다가 삼십 대에 일찍 세상을 뜨셨고, 오마니는 먹고 살기 위해 어린 시절 친척 집을 전전하며 애꾸러기로 사느라 고달팠다고 했다. 그래서 '진짜 내 식구'를 만드는 것이 일생일대의 꿈이라고 했다.

그런 오마니가 아바지와 결혼한 것은 꿈도 이루거니와 좋지 못한 토대를 중화시킨 것이나 다름없었다. 아바지는 군에서 공이 상당한 데다가 수령님도 뵙고 온 장래가 유망한 청년이었으니까. 그렇게 아바지가 군에서 승승장구한 덕에 입당도 하고 자식들도 낳고 살며 잘 살았다. 하지만 잘 나가던 아바지도 때때로 진급에 밀리거나 부당한 일을 겪을 때면 술에 취해서 오마니에게 손찌검을 했다. 자기가 어떻게

이 자리까지 올라왔는데 얼굴도 모르는 장인 때문에 발목이 잡혀야 하냐며 툭하면 오마니의 더러운 출신 성분을 걸고넘어졌다. 오마니도 갑갑한 노릇이었다. 오마니조차도 얼굴도 모르는 생부 탓에 맞고 살아야 하니. 오빠가 조금씩 덩치가 커지면서는 그 횟수가 줄었지만. 때릴 오마니도 막을 오빠도 없는 지금 아바지는 이빨 빠진 호랑이나 다름없었다. 그래서 더 낮보이고, 그간 쌓인 설움에 대단히 미웠다.

***

벽에 등 기대고 앉아 입이 이만큼 붓도록 이빨 빠진 호랑이는 쳐다보는 법이 없었다. 뭐 좋다고 꾸역꾸역 가방에 뭘 그렇게 구겨 넣었다. 그러다 문득 어디 멀리 떠나는 사람처럼 짐을 야무지게 싸는 모습에 덜컥 겁이 났다. 저도 모르게 홀린 사람처럼 불렀다.

"아바지⋯."

"와."

"실은⋯."

"⋯."

"내래 실은⋯."

"뭔데?"

뭐든지 망설여질 땐, 직통배기로 질러 버리는 게 제일이다. 세상에 비밀은 없다. 그래, 언제고 말해야 했다. 지금이 그때다.

"실은 내 얼마 전부터⋯ 남조선 아하고 전화했습네다."

이미 엎질러진 물이다. 가방을 싸던 아버지의 손길이 멈췄다. 겁먹은 듯 설화의 어깨가 반사적으로 움츠러들었다.

"뭐이?"

"실은 올봄에 회령 장 선생 댁에 전화한 적이 있습네다."

"기란데?"

"자꾸만 전화가 이상해지더니… 남조선으로 전화가 가디 않습네까…. 기케 통화를 했는데…."

"뭐가 어쩌구 어째?!"

"저두 잘 모르갔슴다. 와 기케 전화가…"

"헛소리 하디 마라. 기카고 와 장 선생댁에 전화하네?"

아버지의 얼굴에서 잠시 안도의 기미가 보이더니 다시 짐을 꾸렸다. 아무래도 믿지 않는 눈빛이었다. 물론 당연한 반응이다.

"학수 그 새끼 뒈졌는지 살았는지도 모르는데, 와 여기저기 들쑤시고 다니냐 이 말이야. 그 새끼 때문에 1고중 선생들 줄줄이 끌려 들어간 거 모루네? 장 선생한테까지 뭐하러 폐를 끼쳐? 니 아버지 말 단단히 들으라."

손목을 잡아끌더니 앞에 앉혔다.

"아버지 내일 남파임무 완수하러 가는 거 알구 있디?"

"……."

"와 대답이 없네?"

"예에."

"아버지가 며칠 전에 한 말두 명심하구 있디?"

"……."

"또!"

"아바지! 내 안 되갔습다! 내래… 맞아 죽는 한이 있어도 말해야갔
어요!"

주희에게서 들은 대로 모두 말했다. 몇 해 전에 있었던 김현희 동무
의 남조선 비행기 폭파사건의 전말에 대해. 결국 그 동무는 남조선에
붙잡혀 공화국의 소행임을 털어놓고는 잘살고 있다는 것을. 또 리웅평
이도 전투기 몰고 가드니 죽었다는 소문과 달리 남조선에서 예쁜 처도
얻고 자식새끼 낳고 영웅 대접받아가며 호의호식 살았더라는 것을. 어
디 그뿐인가? 앞으로 2년 뒤에는 정주영이라는 남조선 기업소 회장이
소를 떼거지루 몰고 올 거라는 것과 딱 4년 뒤에는 남조선에 김영삼이
말고 김대중이라는 새로운 지도자가 탄생하는데 평양에 올 거라는 것.
또한 지금은 나는 새도 떨어뜨리는 장성택 부부장도 결국 말년에는 조
카 손에 죽을 운명이며, 덩달아 호가호위하던 장 씨 가문도 햇볕에 바
싹 말린 북어마냥 씨가 말라 버린다는 것.

아바지는 아연실색한 얼굴로 제대로 말을 잇지 못했다. 설화는 아
랑곳하지 않고 이어서 말했다. 실은 장군님한테 아들이 셋이나 있는
데, 장남은 나라 밖에서 객사하고 둘째를 제치고 셋째가 저 지도자 자
리에 오를 것이며 그분의 존함은 김.정.은.이라고. 나중에 그이가 미제
우두머리도 만나는데, 웰남(베트남)에서도 만나고 판문점에서도 갑자기
만나고 아주 뭐 옆집 동무 보듯 하는 날이 올 거라고. 게다가 지금 다
니는 금성2고중에 곧 미래 지도자의 안해 되실 분이 입학하게 되는데,

이름은 리.설.주.이고 설화 저도 며칠 전에 그 설주라는 꼬마를 봤더라는 것. 그리고 '고난의 행군'이 지나고 나면, '심화조 사건'이다 해서 목숨 부지도 어려울 거라고. 여기서 이렇게 살다간 죽도 밥도 안 되게 생겼으니 흰 쌀밥도 질리도록 풍족하게 먹는 곳으로 함께 떠나자고. 그곳이 어디든 간에.

하지만 돌아온 대답은

"이 정신 나간 에미나이, 니 귀신 씌웠네?! 대체 디금 뭐라고 지껄이는 기야?"

아바지는 누가 들을까 두려운지 단둘이 있는 방 안에서도 연신 사방을 살피며 어쩔 줄을 몰라 했다.

"거딧말 아입네다! 주희라고 서울 살구, 그 뭐더라… 아, 스물여덟 살이라 했댔어요. 할아바디랑 살구 아직 시딥두 아이 갔다구. 대학두…."

"뭐가 어쩌구 어째?"

"대학두 나왔담다. 거는 대학이 하두 많아서리 공부를 못해두 다 간담다! 여자두 수월하게 간담다! 내 정도문 거기 남조선 교수들이 업어 갈 정도람다."

"허…! 야, 니 돌았구나?!"

설화는 쉬지 않고 말했다.

"기쁘이게요? 남조선이래 낮이고 밤이고 불이 훤하담다! 기야말루 별나라 아니갔어요?! 일 년만 바짝 벌문 십 년은 먹고 살 식량은 거뜬히 마련할 수 있대요! 더 신기한 것은요, 아바지! 밥때 되면 밥가마에서 고운 녀성이 말두 한담다! 또 상점에서 식량을 사두요. 하자가 있으문 공장에서 미안하다문서 다 새것으루 바꿔준대요! 내 아바지랑 같이 갈 겁네다. 와 우리가 이래 생리별을 해야 됩네까?! 예? 같이 가자요, 아바지! 남조선이 싫으문 중국두 내래 좋아요! 어디든 가자요!"

"내 아들 새끼만 돈 줄 알았드만 딸년까지 정신 나간 줄은 꿈에도 몰랐구만 기래! 뭐이? 남조선 아랑 전화를 해애? 별나라아?"

"예에! 별나라! 상점에 굴이 넘쳐나는 별나라요!"

"너도 니 오라바이마냥 죽구 싶어서 환장했디? 아니문? 아주 아바지 죽으라고 고사를 지내는 기야?! 어데서 그런…! 정신이 나가도 유분수지 이 미친 에미나이야, 개꿈 꾸디 마라!!"

"개꿈은 아바지가 꾸는 거이디요!!!"

"뭐어이?"

"기렇디 않습네까?! 실은 김정일 그 사람이래 백두산에서 태어난 기 아이라 로씨야에서 태어난 거람다! 로씨야!"

찰싹!!!

귓방망이를 후려쳤다. 설화의 얼굴 한쪽이 금세 발갛게 부어올랐다. 놀란 얼굴로 뺨을 움켜쥔 설화. 부릅뜬 두 눈에서 폭포수처럼 눈물이 세게 흘렀다.

"감, 감히 태양이신 장군님을 욕보여?? 니… 돌았구나야?!"

"와 때림까? 와!! 오마니두 오빠두 없으니끼니 인젠 나한테 화풀이 하심까?! 이러니까니 오빠가 도망갔디요! 오마니두 아바지 때문에 죽은 겁다! 다 아바지 때문이야요! 나두 아바지 버리구 갈 겁다! 혼자라두 갈 검다!"

지지 않고 대들었다. 차라리 흠씬 두들겨 맞는 게 속이 시원할 듯싶었다. 악에 받쳐 소리 질렀다. 일부러 못이 박히게.

"내래 이랜 못 살갔슴다! 내래 시집갈 뻔했디요? 기거이 다 밉보여서 길티요? 아바지 남조선 출정가는 거래 나 때문 아임까?! 내래 이젠 모르갔시요! 어머니 조국? 세상천지에 어떤 어머니가 제 속으로 낳은 딸련을 반병신 군인한테 시딥 보낸담까? 당장 남조선으루 가야갔시요! 아니디! 오빠 찾아 중국에라두 가야갔시요! 피를 팔아서라두 오빠 찾고야 말갔다 이 말임다!"

"야! 이 집안 말아먹을 에미나이야! 기껏 가르쳐 놨더이 뭐어? 니도 니 오래비처럼 살 거문 이 딥에서 날래 나가라! 가서리 병신한테 시딥을 가든가 말든가 니 요량껏 살다 뒈져버려 이 개 같은 에미나이야!!"

아바지의 어깨도 덩달아 들썩였다. 기력 없이 풀썩 주저앉았다. 모든 게 멸망해버린 기분이었다. 자포자기와 분노 그 사이쯤 되는 공기 속에서 흐느낌이 들려왔다.

"이미 한 번 변절자의 집안으로 찍힌 거 모루네? 니 목 끝까지 총대들이민 거 모르냐 이 말이야! 니 오래비 저리된 마당에 아바지라두 남조선에 가서 임무를 완수해야만이 공화국의 인정을 받는다 이 말이다. 니라두 산다 이 말이다! 더구나 니는 살날이 창창하디 않네? 와 아바지 뜻을 헤아리딜 못 해?! 와 자꾸 죽을려구 명을 재촉해. 이 철딱서니 없는 에미나이야!"

얼마 전, 11호 병원에서 본 불구의 영예군인들을 불시에 떠올렸다.

먹은 게 없어 비쩍 마른 모가지는 한층 더 가냥은(가냘픈) 딸 설화. 앞날이 구만리인 저 어린 것을 평생 불구자의 뒤치다꺼리로 갈아 넣을 순 없었다. 아바지마저 공화국을 떠나면 혼자 살 것이 퍼그나 두려워 온갖 말을 지어내는 것이 속을 아리게 했다.

"기란데 와 죽는다 소릴 합네까?! 살아 돌아오문 되지. 와 자꾸 죽는다 죽는다!! 기 소리 듣구 내래 두 발 뻗구 잘 수 있갔시요? 아바지 돌아올 때까디 내 살아도 산 게 아니다 이 말임다!"

아바지는 설화의 어깨를 움켜쥐었다. 키 큰 건 아바지를 닮고, 얼굴이 고운 건 꼭 제 오마니를 빼닮은 딸 설화. 꼭 제 속으로 낳은 자식이라서가 아니라 실제로 밖에 데리고 다니면 항상 곱다고들 한마디씩 안 하고는 못 배길 정도였다. 누구는 리경숙이를 닮았다고 했는데 어데 감히 비빌 데가 되나. 죽은 안해도 딸아이가 이만큼 잘 큰 것을 알고 있는가 하는 눈으로 보았다. 대견함과 안쓰러움이 뒤섞인 눈빛이었다. 눈물 콧물 쓱쓱 눈가를 비비고 결의에 찬 얼굴로 말했다.

"잘 들으라. 이 아바지 기필쿠 돌아온다. 길티?"

한층 누그러진 목소리로 달래듯 말했다.

"……."

"아바지 꼭 돌아올 거라구. 길티?"

"예에."

사는 게 권태로운 듯한 표정을 짓고 대답했다. 뺨은 이만치 부어 있었다. 턱밑에 대롱대롱 맺힌 눈물방울을 닦아주며 아바지가 말했다.

"이 아바지 돌아오문 내년 니 설맞이 공연은 맨 앞서 볼 거이야. 알아들네?"

"예에….."

"기릴라문 열심히 기량 닦구 준비해야갔지? 너 꿈이 아바지 진급되는 거라며? 니가 열심히 기량 닦아서리 장군님 눈에도 들구 인정을 받아야 아바지도 잘 되디. 응? 학수두 돌아오구. 응?"

"기카문 꼭 살아 돌아오셔야 됩네다. 내 아바지도 없으문 천지간에 고아 아입네까?"

이렇게 얼싸안고 울며 밤을 지새우다 보니 어느덧 날이 밝았다. 새 지저귀는 소리에 눈부신 햇살까지.

잠에서 깼을 땐 오전 일곱 시.

아바지는 이미 떠난 후였다.

식량난

하루를 시작하는 평양은 언제나 무채색 풍경이다. 새벽 일찌감치 집을 나서자마자 부리나케 배급소 앞에 가서 줄을 섰다. 평소 같으면 혹 아는 동무를 만날까 두려울 법했지만, 삼일 내리 물만 마신 터라 얼굴이 부어 거기까지 신경도 안 갔다. 점점 배급사정이 어려워지면서 한 달 중에 삼사 일분만 지급이 되면서부터는 일찍 서두르지 않으면 그마저도 없었다. 이미 기다랗게 이어진 줄. 칭얼대는 애를 등에 업은 아주마이부터 허리 굽은 늙은이, 서로 의지하며 손 붙잡고 온 자매 등등. 다소 불안한 그 정렬은 금방 와르르 무너져 버렸다. 그러자 순식간에 여기저기서 저마다 달라고 외치기 바빴다.

말 그대로 식량 전선이었다. 틈바구니에서 설화도 덩달아 배급카드를 흔들었다. 그러나 차마 남들처럼 "저도 주시라요!" 이 소리만큼은 쑥스러워 쉬이 나오지 않았다. 어쩌다 용기를 내 입을 떼도 다 기어들어가는 목소리라 설화 제 귀에도 들리지 않았다. 인파는 점점 몰렸다. 기껏해야 한 줌의 옥수수가루를 쟁탈하기 위해 배급소 안은 서로 밀치고 당기고, 밟고 밟히는 아수라장이 되었다. "아, 이거 밀치지 마시라요!" 서로 소리 지르며 한데 뒤엉키자 넘어지는 사람도 생겼다. 한 할아버지는 넘어져 카드를 놓쳤으나 사람들은 아랑곳하지 않았다. 카드를 줍기 위해 더듬는 할아버지의 야윈 손이 이리 밟히고 저리 밟혔다. 그러다 아예 쓰러져 버렸다.

'고난의 행군이 더 심해지면 언니도 힘들어질 거야!'

억센 어른들의 전투력에 밀려 오도 가도 못한 그 상황에서 언제고 주희가 한 말이 아지랑이처럼 피어올랐다. 미래를 예견한 주희의 말을 그 상황에서 곱씹어볼수록 등에서 소름이 끼쳤다. 어느 정도 인파가 빠지고 나서야 뒤늦게 배급을 받았는데 남들 다 받아가고 남은 후라 1kg도 채 안 됐다. 그마저도 애국미니 절약미니 하면서 양이 눈에 띄게 줄어든 데다 집에 돌아가서 채에 걸러 쭉정이다 뭐다 빼고 나면 온전히 먹을 것도 없었다.

'주희는 정말 2019년에 사는 걸까…?'

금성2고중에 곧 입학할 리설주라는 인민학교 꼬마아이를 알아본 것도 그랬다. 굳이 2019년이 아니라 해도 남조선에 사는 주희가 어떻게 평양 사정을 훤히 들여다본다는 것인가? 게다가 고난의 행군까지…. 인정하기 싫지만 정확했다. 다들 말은 안 했지만 대원수님께서 돌아가시면서 살림 사정이 어려워졌다. 아마 염라대왕도 열흘 굶으면 인간

밥그릇에 손댄다는 말이 생길 만큼 도둑질도 더 이상 창피한 일이 아니었다. 창피한 것은 아무것도 안 하고 오롯이 골방에 들어앉아 온 식솔이 굶어 죽는 것이다. 당 간부는 물론이고, 하다하다 과학원에 과학자들도 굶어 죽는 사람들이 속출한다고 했다. 조국에 으뜸가는 인재들도 그 지경이니 이제는 더 바랄 것도 없이 그저 배만 채워준다면 내 조국 만세다. 그렇게 주희에 대한 의문이 경탄으로 변할 즈음엔 이미 조국의 비참한 현실 앞에 부딪힌 이후. 신념은 뿌리부터 흔들리고 있었다. 그것도 세차게. 배급소에서 나오자 곡소리가 들렸다.

"내래 이럴려구 의용군 입대해서 청춘을 바쳤는가!"

백발이 성성한 늙은이가 땅을 치며 울었다. 아까 배급카드를 놓쳐 쩔쩔매던 그 할아바지였다. 인제 보니 백발이 아니라 누런빛에 가까웠다. 정황을 미루어보니 배급을 받는 데 실패한 게 분명했다. 자식들은 뭐하고. 안해는 뭐하고. 폭삭 늙은 할아바지가 혼자 배급소엘 나왔을까 싶어 측은한 마음이 들었지만 지금 남 걱정 할 때가 아니다. 할아바지의 눈길이 설화의 두 손에 든 꾸러미에 향하자 황급히 손을 뒤로 감추었다. 코앞에서 코 베가는 세상이다. 적선할 것도 없거니와 아버지 돌아올 때까지 무조건 내 배부터 채우자던 설화였다. 울상이던 늙은이의 얼굴이 노여움으로 변하더니 누구든 들으란 듯이 다시 푸념을 늘어놓았다.

"하두 소나무 껍질 벗겨 먹어서리 산이 다 민둥산이야. 여북하문 두만강을 도망강이라 하갔서? 중국 가문 흰 쌀밥 풍족하니끼니 다 넘어가는 거디. 여는 답 없어! 량강도? 함경도? 거는 이미 배급이 진작 끊겠다야. 핑양이니까니 이만큼 주워 먹는 기야!"

그때 한 찦차 한 대가 서더니, 보위원 둘이 내렸다. 이쪽으로 성큼 성큼 걸어오고 있는 모양새가 먹이를 노리는 매서운 독수리처럼 꽤 살벌했다. 다가오는 소가죽 군화 소리에 심장도 따라 흔들렸다. 괜한 소리를 했다 싶은 늙은이. 그러나 이미 늦었다. 그 모습을 보는 설화의 입이 다 바짝 타들어갔다. 실컷 조국 탓을 하던 것을 후회라도 하듯 늙은이는 순간 움찔하며 일어났지만 다리를 절어 도망가기엔 역부족이었다. 금세 그들이 늙은이 옆까지 따라붙었다. 그리고 양쪽에서 세게 팔을 잡아 묶었다.

"와 그러십네까?!"

붙잡힌 설화가 소스라치게 놀라 외쳤다.

탈북자를 찾습니다

9월 말에 첫 출근을 하게 됐으니 더 이상의 구직활동은 할 필요가 없어졌어요. 얼마나 다행인지 몰라요. 더는 구직사이트에 들락거리는 따분한 일을 안 하게 된 것만으로도. 할아버지는 의식이 왔다 갔다 하셨지만 분명 기뻐하셨을 거예요. 물론 고모는 눈물바람을 일으켰고요. 초반에 말했잖아요. 저한텐 엄마 같은 분이세요. 그동안 구박한 게 다 저를 위해서였다면서 이제야 빛을 본다면서 친딸 일처럼 좋아하셨어요. 알죠. 그 마음. 그러면서 출근하려면 옷이 필요하다고 정장 맞춰주겠다는 걸 됐다고 했죠.

사실 그 전에 해야 할 일이 있었어요. 일을 다니면 아마도 시간이 없을 것 같아 그 전에 하기로 마음먹었죠. 바로 설화 언니의 오빠를 찾는 일이었어요. 고모한테도 말했느냐고요? 에이, 어떻게 말해요? 생각해보세요. 설화 언니의 오빠를 찾으려면 먼저 설화 언니와 저의 얘기부터 해야 하는데요? 뭐라고 해요? 어느 날 타임머신을 타고 1996년도에 사는 북한 언니랑 통화하게 됐어, 고모. 근데 그 언니한테 오빠가 있대. 이럴까요? 아마 우리 고모 제 손 붙잡고 병원부터 가자고 할 걸요. 혼자 해야만 했어요. 혼자 하고 싶었고요. 언니의 오빠 이름은 학수예요. 언니가 알려준 건 아니고요. 워낙 경계심도 많고 조심성이 많아서 알려 줄 리 없죠. 그런데 말했잖아요. 아직 덤벙대는 애라고. 열일곱 살이니까. 어쩌다 저랑 전화통화를 하던 와중에 자기도 모르게 오빠 이름이 튀어나온 거예요.

"야야, 단상 우에서 오빠가 올라가서리 기거 보구 아바지랑 오마니랑 부둥켜안고 울었디 뭐네? 난 그때까지만 해두 우리 학수 오빠가 최곤 줄 알았다야."

그때 들은 이름을 기억하고 있었죠. 탈북자 예능을 많이 본 덕에 그 사람들이 처음 한국에 올 때 하나원(북한이탈주민정착지원사무소)이라는 기관을 반드시 거친다는 걸 알아냈어요. 모든 탈북자가 직업이나 학벌, 성별, 나이의 고하와 관계없이 남한정착에 대한 교육을 받는 곳이죠.

전화를 걸었어요.

- 네. 하나원입니다.

- 안녕하세요. 저 문의사항이 있어서 전화했어요.

- 네. 무슨 일이시죠?

- 다름이 아니라…. 혹시 탈북자를 찾을 수 있나요?

- 탈북…자를 찾는다고요, 선생님?

- 네. 아는 사람이 있는데 탈북을 했다고 들어서…. 음… 중국으로 갔는지 남한으로 들어왔는지 모르겠어요.

- …….

- 혹시… 남한으로 들어온 거면 하나원에 정보가 있을까 해서….

- 죄송합니다만 선생님, 그것은 저희가 알려드릴 수 있는 부분이 아닙니다.

- 네? 왜요?

- 개인정보이기도 하고요. 탈북자들의 경우에는 법적으로 대한민국 사람이 됐다고는 하지만 신분상 특수성을 갖고 있기 때문에 더욱 조심할 수밖에 없습니다.

- 아…. 제가 이상한 사람일까 봐 그런가요? 저 이상한 사람 아닌데….

- 하하. 꼭 그런 건 아니고요. 다른 분들이 문의해도 저희는 이렇게 대응할 수밖에 없습니다. 죄송합니다.

- 그렇군요…. 네… 알겠습니다.

- 꼭 그분을 찾으시길 바랍니다. 탈북하셨다면 남한으로 들어오셨겠지요.

너무 쉽게 생각했어요. 사전 정보가 너무 허술했던 탓이에요. 그래요. 하기야 생각해보니 저라도 안 알려줄 것 같아요. 탈북자들을 노리는 나쁜 사람(?)들도 많을 테니까요. 그러고 보니 북한에서 고위급이었던 태영호 공사도 남한에 왔을 때 북한에서 마구 비난했다는 기사를 본 기억이 나요. 그런데 1996년도면 더 했겠죠. 맥이 탁 풀렸어요. 그래도 취업 전에 언니한테 짠 하고 좋은 소식 알려주고 싶었거든요. 오빠 때문에 집안이 망했다고 욕하면서도 은근히 오빠를 그리워하고 찾고 싶어 했으니까요. 그런 언니한테 걱정하지 말라고, 오빠가 남한에 잘 들어왔다고, 여기서 잘 먹고 잘살고 있다고…. 뭐 그런 선물을 주고 싶었는데. 왜요? 너무 짠해 보이나요? 맞아요. 전 알고 있었는지 몰라요. 언니와의 통화가 어느 날 갑자기 기적처럼 이루어진 것처럼, 어느 날 갑자기 끊길 수도 있다는 걸. 내심 두려웠는지도 몰라요. 하나원에서 그렇게 퇴짜 아닌 퇴짜를 맞고, 이런저런 방법을 연구해봤어요. 포털 지식 묻고 답하는 곳에도 올려도 봤고요. 그랬더니 국보법 위반이라느니 뭐라느니…. 국정원에서도 단칼에 답변을 거부했고요. 기대한 건 아닌데 참 험난하더군요. 정말 답답했어요.

무슨 뾰족한 수가 없나 고민하던 찰나에 좋은 생각이 났어요. 바로 새터민 동지회 홈페이지예요! 그곳은 탈북자 대부분이 가입한 곳이거든요. 옛날 황장엽 선생이 만든 곳이죠. 어쨌든 홈페이지에 가보면 〈사람 찾기〉 메뉴가 있어요. 그곳에 가면 다른 탈북자들도 서로의 행방이 궁금해서 글을 올리죠. 헤어진 가족이라든지 같은 동네 사람이라든지…. 아니면 이산가족이라든지. 그곳에 올리기로 했어요. 언니에게서 들은 오빠의 이름을 쓰고, 거주지는 평양, 과학 분야의 대학을 나왔고, 몇 살이고, 가족관계. 이런 식으로요. 아아… 소설이요? 네, 맞아요. 박 PD님도 그곳에서 저를 처음 알게 됐죠. 그런데 소설은 그 뒤에 쓴 거고요. 우선 급한 목표가 있었다고요. 언니의 오빠를 찾는 목표요.

제목 : 탈북자를 찾습니다.

안녕하세요. 저는 남한 사람입니다. 탈북자분들만 계시는 이 홈페이지에 와서 쓰게 된 점 너그러이 이해 부탁해요.

다름이 아니라… 저에게는 북한 지인이 있습니다. 그리고 찾고자 하는 분은 그 지인의 친오빠예요. (지인은 현재 북한에 거주 중…. 아, 이건 확실히 모르겠네요. 현재도 거주 중일지요.) 그 친오빠는 1994년 겨울쯤에 남한 물건을 접했(?)다는 이유로 보위부에 끌려갔대요. 그리고 또 며칠 후에 실종됐다고 합니다. 제 지인은 아직도 친오빠의 생사는 물론이고 어디서 사는지도 모른다고 하네요.

친오빠를 몹시 찾고 싶어 해요. 살아 있다면 중국 혹은 한국으로 왔을 것 같은데…. 아시는 분 보시면 연락 부탁합니다. 생사라도 좋으니 연락 주세요.

1. 나이 : 78년생 (빠른 연도생일 수도 있으니까 77~79도 포함)

2. 거주지 : 평양

3. 학력 : 최고 좋은 대학까지 들어갔다고 하네요. 이름은 까먹었어요. 핵 과학자 나오는 대학교라고 알고 있습니다. (졸업은 못 하고 중간에 보위부로 끌려갔대요.)

4. 특이사항 : 중국유학 경험 有, 체구가 굉장히 왜소.

제 연락처는 010-4659-XXXX입니다.

네 이웃을 의심하라

다섯 평 남짓의 공간. 콘크리트 벽에는 온갖 총포가 즐비하게 걸려 살풍경을 자아냈고, 그 아래로 정체불명의 바께쯔와 반으로 부러진 각목 따위가 나뒹굴었다. 그저 질겅질겅 뭘 씹을 뿐인데도 공포를 심어주는 보위원은 철제 책상 앞에 놓인 서류를 뚫어져라 쏘아 보았다.

"여긴 와 끌려왔는디 알아 몰라?"

"……."

"니 오빠 어데 갔어?"

바닥에 무릎을 꿇고 앉은 설화가 기어들어가는 소리로 말했다.

"무슨 말씀인지 잘 모르갔습다….."

타앙!!!

올려두던 군홧발을 내리치자 철제 책상에서 귀청을 찢어발기는 소리가 터졌다.

반사적으로 움츠러드는 어깨. 어느새 등줄기는 땀으로 흥건했다.

"시간 없으니끼니 묻는 말에 날래 대답하라우! 뒈지기 싫으문!"

너 같은 건 아무것도 아니라는 듯이, 이미 많은 변절자를 상대해서 도가 틀만큼 튼 단련자의 분위기를 풍기며 다시 채근했다. 정말 그이 앞에서 설화는 저 자신이 아무것도 아닌 것처럼 느껴졌다. 피와 살에 굶주린 매서운 독수리 앞에 갓 난 새가 된 듯했다. 재빠른 협조만이 살 길이다.

"마지막으로 본 게 언제야, 니 오빠?"

"재작년… 겨울… 임다. 기때 보위부에서 끌구 가구선 보지 못했슴다."

"진짜야?"

"예! 기때 오마니 돌아가실 때라서 똑똑히 기억함다."

"기래? 기럼 니 집에서 나온 이 옷은 뭔데?"

그러면서 언제 집을 수색했는지 오빠가 중국 류학에서 돌아올 때 사온 중국산 곤색 주름치마를 설화의 얼굴에 집어 던졌다.

"이거이 오빠가 류학에서 돌아올 때 사온 검다."

"이따우 미제 물건은 반입이 안 된다는 건 알았서 몰랐서?"

"미제라니요. 중국산이라고 들었슴다. 믿어주시라요!"

알고 보니 미제 회사의 옷인데 공장이 중국에 있고 중국 사람이 만들어서 오빠는 중국산인 줄 알고 사 왔다는 것이다. 그러나 보위부에서는 옷 안감에 붙은 미제 기업소 명찰을 트집 잡았다. 거기까지 알 턱이 없는 설화는 답답해 미칠 지경이었다. 오빠 하나 잡자고 이래 아무 것도 모르는 동생을 붙들어 와도 된단 말인가. 당장에라도 아바지에게 일러바치고 싶었지만 아바지는 이미 출정을 나간 후라 그야말로 혈혈 단신이 돼버린 상황.

"너 근래에는 간첩질두 한다디?"

"간첩질?! 내래 추호도 그런 벼락 맞을 질 한 적 없습다! 정말임다! 믿어주시라요!"

사형선고라도 받은 듯 이번엔 절규에 가까운 소리를 질렀다. 진실을 증명이라도 하듯 엉덩이를 들썩이며 어쩔 줄 몰라 했다. 보위원은 대체 설화에게 왜 이러는 걸까. 무엇을 얻어 내려는 것일까. 만일 고문 받다 도망친 오빠의 행방에 대한 거라면 맹세코 결백하나 그게 아니라 면 얘기는 달라졌다.

'기래…. 우리 아바지는 조국을 위해 출정 나간 공화국 전사다. 니 들은 나를 함부로 못 해!'

"게다가 장마당에서는 중국 돈을 다발로 들구 다녔디?"

"아임다!"

"또 있서! 리택수. 그 간나새끼 누나 장례 치루라고 떡까지 해다 바 쳤다문서? 이야, 너 돈이 그리 많아? 뭔 돈으루다가 그래 살았어?"

"집에 있길래 기냥 불쌍해서리."

"불쌍? 조국을 위해 몸 바쳐 죽었으문 영광스러워야지. 불쌍?"

"……."

그 밖에도 보위원은 모르는 게 없었다. 마치 속을 훤히 들여다보는 귀신 같았다. 그때 불현듯 머릿속을 스치는 무언가가 있었다. 찦차! 주희와 통화하던 어느 한낮 창밖에 보이던, 또 한 번은 장마당에서, 그리고 택수가 범벅떡을 가지고 가면서 어딘가를 향해 들으란 듯이 반역자라고 욕했을 때도 보이던 그 찦차. 설화는 그제야 깨달았다. 감시가 붙었던 것이다. 그것도 아주 오래전부터. 오빠가 조국을 배신한 순간 기실 '용서'란 애당초 존재하지 않는 개념이었다. 아무리 기량을 닦아 예술인으로 성공한다 해도 아바지가 묘비에서 오빠 이름을 흔적도 없이 지웠다 해도. 그리고 아바지가 자신을 위해 다시 집안을 일으키기 위해 출정을 나갔어도 서슬 퍼런 감시의 눈길은 한순간도 소홀해진 적이 없었다. 오히려 더했으면 더했지. 속았다…! 학교에 다시 나가게 된 것도 모두 함정이었다. 그리고 아바지의 출정도… 막았어야 했다!

"기건… 기건…."

"야이, 에미나이야. 느 집은 대체 오마니가 뭘 처먹구 낳았길래 남매가 쌍으로 지랄이야?"

보위원의 양 아구에 힘이 들어간 듯 볼 근육이 부자연스럽게 움직였다. 그리고 한 톤 낮은 목소리로 이렇게 말했다.

"남조선하고 내통했다는 걸 본 증인이 있어. 이래두 발뺌할래?"

"예?!!!!!!"

"들어오라우!"

순간 인민반장 아주머니의 얼굴이 번갯불처럼 스쳐 지나갔다. 수십 가구를 관리하며 감시하는 제1선에 선 인물. 그러고 보니 설화가 11호 병원에 다녀온 후 시집을 가네 마네 하던 사실을 귀신같이 알고, 학

교를 그만둔 날 보통강 저변에 배회했을 때, 그리고 비료공장에 취직을
시켜준 것 등등 설화의 일상 곳곳에는 꼭 그 아주마이가 있었다. 맥이
탁 풀렸다. 왜 몰랐을까. 인민반장은 당의 충실한 눈이고 귀 노릇을 하
는 인물이란 걸. 증인을 부르자, 취조실의 문이 열렸다. 등을 돌렸을 때,
비로소 조국의 민낯을 보고야 말았다.

Пхёньян

Seoul

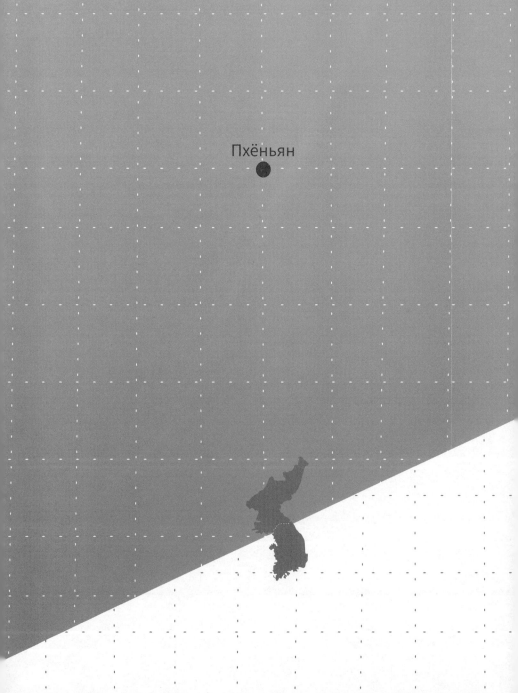

Пхёньян

4장

1996년
9월 18일

**THE CALL FROM
PYEONGYANG**

Seoul

Пхёньян

Seoul

보위부의 하수인

키도 크고 늘씬한 데다 허리가 잘빠진 절구통을 닮아 교복이 제법
잘 어울리는 옥주가 서 있었다. 도무지 속을 알 수 없는 눈빛으로. 꾀
꼬리처럼 노래를 부르던 입술은 태연하게 살짝 다문 채, 그러나 눈빛
엔 극심한 경멸로 가득한 채, 한 치의 떨림도 없이 이쪽으로 걸어오더
니 의자에 치마를 펄러럭 하곤 새초롬하니 앉았다. 바닥에 무릎 꿇고
앉은 설화 쪽은 본 체도 안 하고 말했다. 턱은 높이 치켜들고는.

"내래 다 들었슴다. 뭐라구 하는디."

"말해보라우."

"혼잣말로 남조선 이야기하는 거이 다 들었다 이 말임. 김현희 동
무에 대해서도 말했구, 더구나 장군님 아들에 대해서도 입방아 찧어대
디 뭡네까. 남조선 대학이 어떻구… 뭐 미제가 어떻구…. 아! 남조선

지도자 얘기하는 것두 같고…. 뭐 암튼 말끝마다 남조선 남조선 했습다. 더 가까이 듣구 싶었는데 모르구 화분을 발로 차서리 그 소리에 재가 문을 열고 나오는 바람에 더 듣진 못했습다."

"이래두 발뺌할래?"

성적증을 가져다주러 온 그 날. 그 날부터였다. 내용은 대강 이랬다. 그 집에 가서 무슨 소리가 나는가, 뭘 먹고 사는가, 수상한 자와 접선하진 않는가, 집에 물건은 어떤 것들이 있는가, 입은 옷은 중국산이 아닌가, 또 록음기로 수상한 짓을 하진 않는가 등등. 옥주는 저가 보고 들은 것에 대해서 한 톨도 빠뜨리지 않고 종알종알 고해댔다. 보위원이 고개를 끄덕이다가 때로는 놀라는 표정을 지을 때는 더욱 신이 나서 일러바쳤다. 그러고 보니 학교에서 쫓겨나 나오던 그 날도 옥주는 다른 동무들과 달리 제일 먼저 설화에게 달려왔다. 위로가 아닌 '확인 사살'을 하기 위해서 말이다. 택수 똘마니들 앞에서도 나락으로 떨어진 설화를 두 눈으로 '구경'하기 위함이었으리라. 옥주가 그토록 말이 많은 아인 줄 처음 알았다. 어떤 부분에서는 제멋대로 살을 붙여가며 일러댔다.

'너가… 보위부의 하수인 노릇을 하고 있었구나…. 개 같은 에미나이….'

하지만 아랑곳하지 않는 얼굴이었다. 인두껍을 쓴 종자라면 응당 노려보는 눈빛이 무서울 법도 한데 꿋꿋했다. 그렇다. 철저한 감시와 신고는 일개인적 배신이라기보다 오히려 공화국 인민의 의무요 자랑거리다. 옥주는 친구로서의 의리보다 어머니 조국에 대한 충성을 택했을

뿐이다. 그뿐이다. 허나 그렇게 생각해도 배신과 미움이 쉬이 가시지 않았다.

공포와 배신감에 허우적거리던 설화가 풀려난 것은 반나절쯤 지난 후의 일이었다. 아버지 오마니 뒷조사를 하던 와중에 무력부 소속으로 인민군 군관(장교)으로 있는 아버지의 소속과 계급이 확인되었다. 그러면서 자연스레 이번 비밀출정 임무를 갖게 된 사실 또한 드러나면서 수월하게 풀려날 수 있었다. 빈 총구 앞에서도 움츠러드는 게 인간이다. 제아무리 보위부라도 금박으로 새겨진 당 마크 앞에서는 누구나 겸손해질 수밖에 없는 것. 조국을 배반한 역적의 여동생이라는 '붉은 줄' 하나 때문에 잡혀 온 보위부. 그러나 조선로동당 중앙위원회의 '붉은 도장' 덕분에 풀려난 것이다. 더욱이 그것이 남파 임무 중이라면 얘기는 또 달라지는 것이다. 그것 역시 설화가 숨 쉬고 살아가는 조국의 민낯이었다.

집으로 돌아가는 길. 다리에 힘이 풀려 비틀거리자 벽을 짚고 걸었다. 아, 이제 나는 혼자구나. 세상천지 고아가 된 기분을 떨칠 수 없어 눈물이 앞을 가렸다. 그리고 아버지가 떠나기 전에 했던 말을 다시 떠올렸다.

"중국서 사는 아바지 동무 딥 주소다. 외우라. 기카고 머릿속에 주소 잘 넣었으문 쥐도 새도 모루게 찢어버리라. 응? 만에 하나 아바지가 잘못되문…."

"공화국을 탈출하라!"

사인(死因)과 유인(誘引)

그렇게 새터민 동지회 홈페이지에 글을 올리고 연락을 기다렸죠. 모르는 번호로 전화가 올 때마다 받았지만 모두 허탕이었어요. 정보가 부족한 탓일까요? 언니의 오빠를 찾기란 하늘의 별 따기더군요. 뭐 간혹 장난전화도 왔고요. 어쨌거나 저는 입사 시 제출할 서류를 떼기 위해 주민 센터에 방문했어요. 그리고 볼일을 보고 막 나오는데 02로 시작하는 전화가 걸려왔어요. 혹시나 했죠.

- 안녕하세요. 통일부 이산가족과입니다.

- 이산가족과요? 네네!

- 할아버님께서 번호를 손녀분 번호를 적으셨더라고요. 안내사항이 있어 전화 드렸습니다.

- 그런데 지금 입원해 계셔서⋯ 통화가 좀⋯. 저한테 말씀하세요. 무슨 일이

시죠?

- 아쉽게도 이번에 신청하신 상봉단 명단에는 실리지 못했습니다.

- 아….

기운이 쭉 빠졌어요.

- 그것과 관련해서 안내드릴 내용이 있어 전화드렸습니다. 선생님 혹시 통화 가능하십니까?

- 네. 말씀하세요.

- 찾고 계시는 북측의 가족분. 그러니까 고모님이시죠? 저희 측에서 알아본 결과, 사망하신 것으로 확인되었습니다.

- 사, 사망이요??

충격이었어요. 물론 그럴 거라 미루어 짐작하고 제사까지 지냈지만, 공식적으로 결론이 나자 이제 정말 끝이구나 싶었어요.

- 네…. 저희 측에 전달된 자료에 의하면 1951년 1월 16일 함경남도 함흥 출생으로 기록되어 있고요. 사망 시기는 1996년으로 기록되었고, 정확한 일자는 8월 6일입니다. 그런데… 당시 북한 내부사정상 정확한 사망 사유까지 확인은 어렵습니다. 다만 진료소에서 폐 관련 진단을 받은 기록은 한 차례 남아 있고요.

함흥은 할아버지의 고향이었어요. 전쟁 나기 전까지 계속 거기서 사셨다고 했고요. 큰할머니께서는 아마 전쟁 중에도 다른 곳으로 피난 가지 않고 그곳에서 출산하셨던 것 같아요. 남편이 돌아올 거라 철석같이 믿었던 거겠죠. 곧 전쟁이 끝날 거라고…. 자그마치 그게 70년이란 세월이에요. 통일까진 안 바래도 큰할머니께서 돌아가셨다 해도 큰고모라도 이산가족 면회소에서 만날 거라 기대했는데 다 소용없게 된 거죠. 이제 다 끝난 거예요.

고모에게 이 소식을 전했을 때 오히려 담담해 하셨어요. 다 예상하셨나 봐요. 그렇죠, 뭐. 옛날도 아니고 다섯 번이나 신청했는데 고배를 마신 건 다 그럴만한 이유가 있는 거니까. 그러면서도 진작 망배단에서 제사 지내주길 잘했다고 하셨죠. 하지만 고모는 "아마 그 냥반 굶어 돌아가셨을 거다. 뻔하지"라며 고난의 행군 탓을 하셨어요. 더는 TV에 탈북자들이 나오는 것도 보기 싫어하셨어요. 이제 찾을 사람도 없는데 그 사람들 나와서 탈북 얘기 들려주고, 서로 부둥켜안고 울고불고하는 거 이젠 보기 싫으시대요. 속만 상한다고…. 그렇게 큰고모를 떠나보냈어요. 더는 기대도 미련도 안 하게 됐다고요.

대신, 저는 저대로 다른 한 사람을 찾고 싶었어요. 바로 언니의 오빠 말이에요. 글을 보면 조회 수가 200명이 넘었는데…. 어떻게 한 통도 안 올까 싶었죠. 처음엔 장난전화도 반가웠는데 이젠 그마저도 안 오니까 불길한 거 있죠. 어쩌면 중국으로 갔을 거란 생각 때문이 아니에요. 중국'도' 못 갔으면 어쩌지…라는 생각에서였어요. 살아는… 있을까….

윙---.

언니로부터 걸려온 전화였어요.

- 여보….

- 야.

- ???

찰나의 직감으로 심장이 마구 뛰었어요. 병원 복도에 걸린 시계를 쳐다봤을 때는 오후 세시. 그 시간이면 언니는 학교에 있을 시간이었어요. 평소에 다섯 시에 끝났다고 했거든요. 순간적으로 머릿속에서는 모든 사고회로가 갑자기 정지된 기분이었어요. 뭐라고 대답해야 좋을지 모를 때, 다시 한 번 전화기 너머에서는… 낯선 남자의 목소리가 낮고 짙게 고막을 침범했어요.

- 야. 대답하라우.

정말 생각도 하기 싫어요. 지금도 그때만 생각하면 심장이 쿵쾅거리고 무서워요. 솔직히 꿈에도 나온 적 있어요. 식은땀을 줄줄 흘렸죠. 잠시만요. 갑자기 목이 타네요. 저기요. 여기 아이스 아메… 아니, 얼음물 좀 한 잔 주세요. 네 감사합니다. 후… 죄송해요. 갑자기 그때를 생각하니까. 그때… 네, 맞아요. 예상하셨겠지만, 그 사람은 언니가 아니었어요. 무슨 경로로 저한테 전화했는지 몰라요. 북한학 석사 따셨다니까 제가 거꾸로 질문 드릴게요. 혹시 북한 전화기… 그러니까 그 시절 북한 전화기에도 재다이얼 버튼이 있나요? 아… 없었을 거라고요? 그럼 제 번호를 어떻게 알았을까요? 언니 집에 전화번호부라도 뒤진 걸까요? 어쨌든, 상대는 언니가 아닌 낯선 남자였어요. 그리고 기분 나쁜 웃음소리가 희미하게 들렸죠. 아직도 그 목소리가 소름 끼치게 생생해요.

- 야. 너 누구야?

내가 누군지 정말 궁금하다기보다는 마치 이미 내 정체를 알고 다 알고 있고, 넌 독 안에 든 쥐다… 뭐 이런 뉘앙스? 아차! 싶었죠. 그 당시 저는 머리를 굴리지 않으면 안 됐어요. 전화야 끊으면 땡이죠. 번호? 바꾸면 땡이죠. 근데 생각해보세요. 저는 2019년이에요. 근데 거기는 1996년이라고요. 게다가 상대는… 언니예요. 대체 설화 언니에게 무슨 일이 생겨서 그런 일이 벌어졌는지는 몰라도 제가 모른 체하면 언니가 위험에 처한다고요. 목숨이 걸린 일이었어요. 탈북자들 하는 얘기 들어보면요. 그들 생살여탈권은 아주 허무하고 어이없는 곳에서 아무렇게나 버려져 있다고요.

저는 얼른 정신을 가다듬고 어떤 꾀라도 생각해내야 했어요. 상황을 직시해야 했죠. 상대는 언니가 아니라 보위원이다. 이것은 즉, 언니가 나와의 통화를 들킨 것이고, 들켰다는 것은 언니가 현재 위험에 처해있다는 것. 그런 언니를 구하는 마지막 기회는 제 말 한 마디에 달렸다는 거죠. 저는 눈을 질끈 감았다가 떴어요. 하느님 부처님 제발… 저에게 행운을 주세요….

- *你是谁?* (당신 누구야?)

- *야… 뭐?*

- *是谁,打电话?* (누군데 전화질이야?)

- ……

- *忙死了! 别打恶作剧电话!* (바빠 죽겠는데 장난전화야?!)

- ……

- ……

- 뚝.

죽자니 청춘, 살자니 눈물

신발도 벗지 않은 채 설화는 그대로 굳어 버렸다. 옴짝달싹도 할 수 없었다. 천근만근인 것처럼 발을 한 발짝도 뗄 수 없었다. 눈동자만이 한없이 흔들리고 있을 뿐. 모든 살림살이가 조국해방전쟁에서 폭격이라도 맞은 듯 초토화가 되어 있었다. 처음부터 집 문이 활짝 열려있던 것은 물론이고, 널어둔 빨래, 가족사진 등은 갈기갈기 찢겨 있었고, 거실 가운데 둔 나무상은 반으로 쪼개진 데다 부엌의 그릇들은 모두 깨져 파편이 아무렇게나 흩어져 있었다. 그리고 시선을 사로잡은 것은 바로 생전에 오마니가 쓰시던 국수분틀(면발 내리던 틀). 시집올 적에 해온 그 틀은 무슨 날만 되면 함경남도식 농마국수(녹말국수)를 해주시던 오마니의 귀한 살림 중 하나였다. 돌아가신 후로는 나이만 헛먹었지 쓸 줄은 몰라 먼지 뽀얗게 내버려둔 물건. 반으로 부러져 바닥에 나뒹굴었다. 눈물이 핑. 설화의 눈길이 닿는 곳마다 온전한 것은 아무것도 없었다. 단 하나. 1호 접견 사진은 천연덕스럽게 거실 벽 중앙을 홀로 차지하고 있었다. 가슴이 활랑거리면서(심장이 몹시 두근거림) 입술까지 파르르 떨렸다. 인간에게는 저마다 세계가 있다. 세계 인구가 1억 명이면 1억 개의 세계가 있고, 10억 명이면 10억 개의 세계가 있는 것이다. 설화의 세계에선 아바지 오마니가 하늘이요 땅이요 천지만물이었다. 그런데 그 모든 것이 짓밟혔다. 멸망했다. 아득하게 사라져 갔다. 설화의 까만 눈동자가 둘 곳을 몰라 처연하게 흔들렸다.

그러다 시선이 어느 한 곳에 멈췄다. 송수화기. 전기가 연결된 채로 떨어져 있던 것이다. 숨이 가빠지면서 새어 나오는 흐느낌. 흐흑…흐으…흑… 앓는 듯한 신음 끝에 눈물이 뚝뚝 떨어졌다. 눈을 뜨고 있지만 더는 아무것도 보이지도 않았다. 다시 한 번 아바지의 마지막 말이 떠올랐다. 아니 환청처럼 들렸다.

"공화국을 탈출하라!"

귀신에 홀린 듯 몸을 돌리려다가 다시 걸음이 멈췄다.

'주희…!'

하지만 아무렇게나 널브러진 송수화기. 분명 주희와 비밀 통화를 끝내고 나면 언제나 전기연결을 해제하고 문갑 안에 숨겨두곤 했다. 그런데…. 설화는 침을 한 번 꿀꺽 삼켰다. 대체 무슨 일이 있었던 걸까. 보위부에서 주희의 존재를 알아차린 걸까. 대체 옥주가 어디서부터 어디까지 알고 있는 것일까. 주희의 번호는 공화국에서 아는 이가 아무도 없을 텐데…. 장 선생!

그렇지! 주희의 번호는 몰라도 회령에 사는 장 선생, 그러니까 오빠를 어릴 적 가르쳤던 인민학교의 교장 선생님 번호는 알고 있다. 그리고 그 번호가 잘못 연결되어 남조선으로 연결된 것. 그렇다면… 집에 들이닥친 보위원들이 주희와 통화했을 가능성이 컸다.

"!!!"

설화는 저도 모르게 입을 틀어막았다. 반.동. 이것은 명백한 반동이었다. 그래. 보위부에서 알아차린 것이다. 남조선과 몰래 연락하고 있다는 것을. 거기다 옥주의 증언까지 합쳐지면 빠져나갈 구멍이 없었다. 명백한 사형감이다. 그러면서 얼마 전 목격한 공개처형 장면들이 머릿속에서 마구 뒤섞였다. 털썩하고 주저앉아버린 설화. 얼마 전 공터에서의 총성이 다시금 들리는 것 같았다.

'이제 나는 죽었다….'

또다시 환청이 들렸다.

"공화국을 탈출하라!"

아바지는 자신이 잘못되면 탈출하라고 했다. 그것이 무슨 뜻일까. 그토록 조국에 충성하던 아바지가 왜 그런 말을 했을까? 임무가 잘못되면 더는 당에서 지켜주지 않을 거라서? 아니면? 애초부터 아바지의 임무는… 죽음이 기다리는…? 눈앞이 한 번 더 어지럽더니, 기어이 참

앉던 울음이 터져 나왔다. 이번엔 아예 엎드려 소리 내어 애처럼 엉엉 울었다. 오마니가 돌아가실 때만큼. 꼭 그만큼 서럽고 무서웠다. 참을 수 없는 공포가 밀려왔다. 빠져나갈 수 없었다.

이를 어쩌나.

이를 어쩌나.

이를 어쩌나.

"공화국을 탈출하라!"

퍼뜩 눈을 떴다. 아버지의 목소리가 환청처럼 온몸을 두들겼다. 눈물이 비방울처럼 후두둑 떨어지면서 앞이 심하게 흔들렸다. 소매로 쓱쓱 눈을 비비고 집안을 돌아봤다. 역시나 엉망이었다. 이것이 곧 저와 집안의 처지임을 확인한 설화는 아랫입술을 꼬옥 깨물었다. 결심의 방향이 선 것이다.

'그래! 떠나자! 탈출하자! 나를 버린 조국을 나 또한 버리자!'

그러자 하염없이 서글펐던 얼굴은 노여움과 분함으로 변했다. 다행히 놈들이 침범하지 못한 단 한 가지가 있었다. 설화는 쥐도 새도 안 들리게 파르르 떨리는 입술로 뭔가를 중얼거렸다.

'중국 단동시 진흥구 산경각 70호… 단동시 진흥구 산경각 70호… 단동시 진흥구 산경각 70호….'

달달 외운 아버지의 동무 집 주소였다. 그리로만 무사히 가자. 그것이 현재 설화가 가질 수 있는 유일한 희망이요 구명줄이었다. 정신을 차린 설화는 서둘러 방 안을 뒤졌다. 멀쩡하게 남아있는 아바지와 오마니, 오빠의 사진을 급한 대로 가슴 품에 깊숙이 넣었다. 혹시 모를 상황에 대비하여 아바지가 두고 간 당원증과 공민증, 몇 푼의 중국 돈도 가방에 대충 구겨 넣었다. 그거면 됐다. 더 미련 둘 것 없었다. 그렇게 막 집을 나서려는데 갑자기 발길이 떨어지지 않았다.

'아바지…!'

9월 달력을 보니 추석을 열흘 남짓 앞두고 있었다. 아바지가 떠난 지 딱 나흘째 되는 날이었다. 아바지는 어떻게 됐을까. 그것은 주희만이 알고 있다. 미래에 사는 주희는 어쩌면 아바지의 생사를 알고 있을지도 모른다. 남조선에 급파된 공화국 전사들이니 분명 남조선에서 정체를 알아차렸을지도 모른다. 주희 말이 모두 사실이라면 남조선은 모든 군사적인 모든 면에서 공화국보다 우월하니 말이다. 아바지가 만약 어쩔 수 없는 불운을 짊어지게 됐다면 떠나는 것이 맞다. 그러나… 만약 혁혁한 공이라도 세운다면? 아바지 말대로 임무를 잘 완수해서 남조선의 거물급 모가지라도 따온다면? 그런데 설화 저가 탈북을 한다?? 그렇게 되면 아무리 임무를 완수한 아바지라도 총살을 면하지 못할 것이다. 남파임무가 도루묵이 된다. 아들놈에 이어 딸년까지 조국을 배신했는데 무슨 관용을 바라리오. 설화는 순간 걷잡을 수 없는 혼란에 휩싸였다.

'이를 오카나… 아바지….'

오도 가도 못 하며 갈팡질팡한 설화는 신을 신은 채 방으로 들어가 송수화기를 붙들었다. 긴 심호흡. 직접 주희에게 물어볼 것이다. 미래에 주희에게 1996년의 아바지의 생사에 대하여. 진실을 알고 난 후에 떠나도 늦지 않다. 설화는 떨리는 손으로 단추를 돌렸다.

수상한 전화

그 보위원은 전화를 그냥 끊었어요. 별말 없었죠. 제 연기에 속은 걸까요? 속은 거겠죠? 사실 제가 중문과를 나왔거든요. 게다가 단기연수도 다녀온 적 있는 데다가 과에 중국인 유학생들도 있어서…. 어느 정도 자신 있었어요. 듣기로는 북한에서도 한국 사람과 통화한 것보다 중국 사람과 통화한 것이 더 의심도 안 받고 경계를 풀 수 있다더라고요. 그걸 염두에 둔 거죠. 부디 설화 언니가 무사하길 바라고 또 바랐어요. 제가 할 수 있는 건 아무것도 없었어요. 너무 후회도 됐어요. 괜히 통화했다는 후회. 그냥 그렇게 북한에서 살게 둘걸. 뭐하러 통화하고 뭐하러 쓸데없는 얘기를 했을까. 괜히 들쑤셨다는 후회가 들었어요. 혹시라도 내가 한 얘기들이 언니한테 불리하게 작용하는 건 아닐까 하고요. 나름 언니를 계몽해야겠다는 주제넘은 자만감이 언니를 위험에 빠뜨렸다는 죄책감….

왜 자꾸 불안해하느냐고요? 전화를 끊기 전에 그 보위원의 크큭 대는 희미한 웃음소리가 잊히지 않아요. 섬뜩했다고요. 너무 불길했어요. 내 연기를 알아차린 걸까. 대체 무슨 웃음일까. 도대체 언니는 무슨 상황에 처한 걸까! 그 보위원의 전화가 끊기고 한 30분 후에 다시 전화가 왔었어요.

윙---.
'85001160918'

소스라치게 놀랐죠. 하마터면 심장이 밖으로 튀어나올 뻔했어요. 언제나 반가웠던 그 진동이 갑자기 무섭게 느껴지더라고요. 네. 받지 않았어요. 연결이 다할 때까지 울렸지만 안 받았어요. 그리고 5분 후에 또 전화가 왔죠.

윙---.
'85001160918'

역시나 안 받았어요. 왜냐뇨?? 난 진짜 무서웠다고요!!! 흥분해서 미안해요…. 저한테 무슨 해코지가 올까 봐서가 아니에요. 제가 정말 무서웠던 건 보위원이 걸었을지도 모른다는 두려움이었어요. 그 전화를 받았을 때 언니의 목숨이 왔다 갔다 할 수 있을 만큼 대단히 중요했다는 거니까. 그래서 쉽사리 못 받았어요. 나같이 아무것도 아닌 하찮은 아이한테 죄 없는 언니의 연약한 목숨이 걸려 있다니…. 그게 너무 분하고 슬펐어요. 북한에서 태어났다는 죄 하나만으로… 왜 일거수일투족이 감시의 대상이 되어야 하죠? 걷잡을 수 없는 고민에 빠져있을 때, 다시 전화가 왔어요. 세 번째였어요.

웡———.
'85001160918'

중간 정도 연결이 됐을 즈음, 받으려고 했어요. 전 수많은 상상을 동원하지 않으면 안 됐죠. 혹시 언니일까…? 받으려고 할 때, 그때였어요.

"주희야! 어서 와봐라!"

고모 목소리에 그만 스마트폰을 떨어뜨렸죠. 복도 끝 중환자실 앞에 선 고모의 수척한 얼굴.

1996년 9월 18일

위생복과 마스크를 착용한 제 모습이 낯설었어요. 간호사의 안내를 받고 들어간 중환자실. 의료장비의 미세한 가동소리와 환자들의 힘겨운 숨소리가 한데 뒤엉켜 있는 곳이에요. 아무리 봐도 익숙해지긴 어려운 곳이죠. 고모가 어서 할아버지 보고 오라는 말에…. 사실 무서워서 안 들어가려고 했어요. 엄마 아빠 돌아가실 때 병원 응급실과 장례식장 모습들이 머릿속에 한 컷 한 컷 떠올랐거든요. 고모가 정 힘들면 들어가지 말라고 했는데, 왜 그런 거 있잖아요. 뭐든지 때가 있는 거. 그때 아니면 할아버지를 다신 못 볼 것 같다는 생각.

"면회시간은 20분입니다."

신생아의 정돈되지 않은 머리칼처럼 짧게 흩어진 흰머리는 할아버지를 더욱 초라하게 만드는 데 손색이 없었어요. 앙상한 손목은 한겨울 나뭇가지 같았고. 우리 할아버지가 이렇게 작고 작았구나. 한참을 그렇게 물끄러미 보고 있으니까 희미한 숨소리가 들리더라고요. 제가 온 줄 아셨나 봐요. 유분기 하나 없이 바싹 말라비틀어진 할아버지의 작은 손에 제 손을 포개고 나직이 불렀어요.

"할아버지⋯ 나 할 말 있어⋯."

내색은 안 했지만 6·25 참전했던 할아버지가 너무 자랑스러웠다는 사실, 이제 명태찌개 간을 잘 맞출 자신이 있다는 것과 앞으론 종편방송 보는 거 가지고 뭐라 안 하겠다는 다짐, 평소엔 그리 구박을 해놓고 동네 사람들한테 내 자랑을 그리했느냐고. 그리고 사실 할아버지 없인 못 살겠다고. 뭐 그런 마음에 켕기던 거 미주알고주알 다 고백했어요. 북한에 사는 큰고모가 이미 이 세상에 안 계신다는 건 차마 말씀 못 드렸어요. 입이 안 떨어져서.

"응? 용석씨⋯. 나 좀 봐봐."

그때 할아버지의 숨이 거칠어지면서 시선이 나에게로 향했어요. 눈이 마주친 거예요! 아직도 잊을 수가 없어요. 할아버지의 눈가에 맺힌 눈물⋯. 근데요. 따뜻한 눈으로 웃고 있었어요. 날 보면서 예전 우리 할아버지의 웃음 그대로. 미안해요. 주책 맞게 눈물이 다 나네. 부모님 모두 돌아가시고 유일하게 의지해오던 버팀목이었거든요. 사실 병원 측에선 진작부터 마음의 준비를 하라고 했지만, 매일같이 면회 오는 친척들 말로는 할아버지께서 떠나기 싫어하는 것 같다고. 정말 그런 것 같았어요. 할아버지는 안간힘을 다해 버티고 계신 게 분명했어요. 적어도 전 그렇게 믿어요.

9월 18일. 실은 저 할아버지와 면회할 때면 마지막을 염두에 두곤 했어요. 그 날도 마지막이 될지 모른다는 각오로 임한 면회가 끝나자 어김없이 기운이 빠지더군요. 중환자실 대기실에 앉아 노트북 화면을 바라보고 있자니 포털 사이트의 광고 배너가 눈에 띄었어요. 사랑하는 이를 위한 마지막 품격이라나 뭐라나 유명연예인을 모델로 한 장례업체 광고가 발랄하게 꾸며져 있었어요. 그리고 모순이게도 이어서 태아보험 광고로 바뀌고. 참 그래요, 사는 게. 삶과 죽음, 태아와 노인, 아침과 밤, 그리고 남과 북…. 사실 모두 다 한 끗 차이거든요. 사람의 인생은 그 한 끗에서 비롯된다고요. 사랑도 미움도 만나고 헤어지는 것도…. 다 허무하고 별거 아닌데 왜 인간은 그 안에서 희로애락에 허우적대야 하는 걸까요. 오랜 병원생활로 인해 득도한 건지 너무 우울해서 그런지 자꾸 이런 잡념으로 머리가 아플 지경이었어요.

그때, 전화가 왔어요. 네 번째 전화죠.

윙———.
'85001160918'

더는 피할 수 없었어요. 어쨌거나 받아야 한다면…! 전 언니와 제 미래를 운명에 맡기기로 결심했죠.

- ·······.

- **주희야!!!**

언니였어요!! 틀림없이 설화 언니 목소리였다고요! 순간 참았던 설움과 긴장이 눈 녹듯이 녹으면서 저도 모르게 눈물이 주르륵 흘렀어요! 살아 있었구나! 언니구나!

- 언니!!! 언니, 맞지?

- 기래 나야. 나 맞아!

- 언니, 나 그동안 진짜 그동안 정말…!

언니도 저도 감격에 겨워 서로 뭐라 말하면 좋을지 어쩔 줄 몰라 했죠. 다행이에요. 됐어요. 살아있다니 무사하다니 그걸로 된 거죠. 그런데….

- 언니, 울어…?

- 주희야!

언니의 목소리가 심상치 않았어요. 분명히 무슨 일이 생긴 게 맞는구나.

- 무슨 일인데? 안 좋은 일 생겼지? 그동안 무슨 일이 있었어? 아니지…. 그것보다 지금 통화할 수 있어? 위험한 거 아냐?

- 주희야 그게….

- 있잖아. 언니한테 이 통화가 위험하면 안 해도 돼. 나 정말 괜찮아. 언니가 위험에 빠지는 건 싫어.

언니는 제 말을 듣자 목 놓아 울기 시작했어요. 답답해 미칠 노릇이었어요. 당장 이걸 어디에 신고할 수도 없고, 누구도 제 말을 들어주지도 않을 테고. 어떻게 차 타고 달려갈 수 있는 곳도 아닌 데다가 무엇보다 23년 전의 과거라니! 틀어져 버린 시공간이 그토록 원망스러웠던 적은 없었어요.

- 주희야. 아니다. 너랑 통화해서 나 정말 행복했어. 정말이야!

- 무슨 말이야, 그게? 언니, 말해줘. 응?

- 내 보위부에 잡혀갔었다!

- 보, 보위부??

예상했던 그 단어. 충분히 상상하고 짐작했던 그 일이 언니에게도 일어났던 거예요. 탈북자에게 듣기만 했던 그 무시무시한 보위부! 감당할 수 없는 절망이 가슴을 푹 하고 찌르는 기분이었어요.

- 언니 괜찮아? 그 사람들이 고문했지? 막 때리고?!

- 내래 아직 괜찮아. 무사히 집에 왔어.

- 나한테 수상한 사람이 전화했어. 언닌 줄 알고 받았는데….

- 수상한 사람? 기거이… 설마… 보위원인가 보구나…!

- 맞지? 그렇지? 그놈들 속이려고 내가 중국어를 하긴 했는데. 미안해, 언니! 내가 도움이 못 돼서!

- 보위부에 잡혀갔다가 집에 와 보니끼니 엉망이다. 쑥대밭이 돼 가지군. 이래는 못 살갔다.

- 앞으로 어쩔 셈이야? 언니네 아빠도 무사하시고? 언니, 그러지 말고 제발 도망쳐. 응? 언니네 오빠도 이미 북한에서 찍혔다며? 언니랑 언니네 아빠도 앞으로 힘들어질 거야.

- 기래야디. 내 반드시 탈출해야디.

- 정말이야? 언니 정말 탈북할 거지? 응?

- 기래. 내 결심한 거이 있어. 그 전에 너한테 마지막으루 전화했다 이 말이다.

- 마지막….

우리에게도 끝이 다가오고 있었어요. 언제고 지속될 수 없는 관계란 건 알았지만, 언니 입에서 '마지막'이란 말이 나오자 갑자기 먹먹해졌어요. 가슴 한구석이 뻥 뚫린 것처럼. 하지만 받아들여야 하죠. 언제고 맞이할 순간이었으니까. 순리를 거스를 순 없는 거니까.

　　- 응. 언니. 마지막. 그래. 우리 언제고 다시 만날 수 있을 거야.

　　- 기래. 고조 살아만 있으라.

　　- …….

　　- 살아만 있으문 언제고 만나디 않갔어?

　　- 그래, 꼭 만나! 꼭 살아 있어야 해!

　　- 주희야. 내 사실 니한테 말 안 한 거이 있다.

　　- 말 안 한 것?

　　- 우리 아바지 말이다… 기러니끼니….

　　목소리는 평상시와 달리 심하게 떨고 있었어요. 덩달아 불안했죠.

　　- 언니네 아빠가 왜? 무슨 일인데?

　　- 아바지가… 우리 아바지가….

　　- 그래, 어서 말해봐!

　　- 남조선엘 갔어!

　　- 응??

　　이게 무슨 소리야? 순간 의자에서 등을 떼고 나도 모르게 주변을 두리번거렸어요. 밖에서는 때아닌 비가 내렸고요. 일기예보에 비 소식은 없었는데… 순식간에 어두워졌어요. 병원 복도에서는 하나둘씩 LED 등이 켜졌고요.

- 배 타구 다른 전사들 이끌구 남조선 갔다 이 말이야.

- 배를 타? 전사들? 그게 다 무슨 소리야? 언니 차근차근 잘 설명해봐.

- 우리 아바지 대좌루 강등당한 걸루 모자라서 그 험한 출정 길을 갔다 이 말이야!

- 출정…?

- 남파 공작원으로 가셨어!

- 남파공작원…?!

누가 들을까 봐 반사적으로 제 입을 틀어막았어요. 남파공작원이라뇨?! 그럼… 한국 입장에서 보면 간첩인 거잖아요? 영화에서만 보던 그런. 기밀 사항 빼돌리려는 간첩 말이에요! 갑자기 머릿속이 혼란스러워졌어요. 뜬금없이 이게 무슨 소리야.

- 언니네 아빠가? 어떻게 그런?

- 기칸데 아버지가 그래 떠나시구 며칠도 안돼서리 보위부에서 나를 잡아갔다 이 말이다. 배급 타러 가는데 옥수수가루구 뭐구 다 빼앗기구 냅다 끌구 가서는….

- 끄, 끌구 가? 언니 정말 거기서 무슨 일 있었어? 다친 덴 없고? 괜찮아?

- 디금은 괜찮다. 그보다 내 너한테 하나 묻고 싶은 거이 있어.

- 말해. 뭔데?

- 내 실은 디금 이것저것 중요한 것만 챙기구 평양 바닥 뜨려구 했어.

- 타, 탈북….

- 기래. 긴데 자꾸만 마음에 걸려. 우리 아바지 말이다.

- 언니네 아빠가 왜?

- 언제고 임무가 끝나문 돌아오실 텐데 아바지는 디금 내가 이 수모를 겪고 있는디두 모르시디. 고저 살아 돌아오실 때까지 내가 당의 보살핌을 받으문서 살 줄 알 거이야. 긴데….

- 근데?

- 아바지께서 그러셨다. 떠나기 전에 하는 말이 만약 아바지가 살아 돌아오지 못하문….

- …….

- 공화국을 탈출하라구.

두 눈을 지그시 감았어요. 가슴 깊은 곳에서는 뜨거운 한숨이 소르르 흘러나왔고요. 드디어 올 것이 왔구나. 언니네 아빠도 뭔가 대비를 했던 거예요. 확고한 국가관도 견고한 신념도 결국 자식의 위험 앞에서는 무용지물인 셈이죠.

- 언니는 아빠가 걱정인 거지? 돌아온 다음에 언니가 없으면 혼자 남을 아빠가?

- 기래. 기래서 내 지금 아무 것두 못 하고 있다. 날래 평양을 떠야 하는데…. 아바지가 어찌 되실지….

- 나한테 미래를 알려달라는 거지?

- 응. 우리 아바지. 남파 공작원이다. 만일 발각됐다문 그 당시에 남조선에서도 방송원이 알렸디 않갔어? 아는 대루 말해두라. 내 이렇게 부탁할게! 제발!

- 잠깐만! 언니네 아빠가 언제 떠났다고?

불길한 예감에 속이 뒤숭숭했지만, 이성을 되찾고 얼른 노트북을 무릎 위에 올려 두었죠.

정신 바짝 차리지 않으면 안 됐어요.

- 4일 전에! 디금 아마 남조선일기야.

- 오늘이 9월 18일… 그러니까 그 당시 기준으로… 4일 전이면 9월 14일에 출발하셨다구?

- 으응. 아바지가 내 목숨 구하갔다고 불구덩이로 뛰어든 거이야. 내 영예군인한테 시집갈까 봐서이 나 때문이야! 오빠랑 내래 우리 아바지 팔자 망친 거이야!

울음과 뒤섞여 알아듣기가 힘들 정도였어요. 뭐라 뭐라 울부짖는데 정신이 하나도 없었죠. 재빨리 포털 사이트에 접속해서 검색했어요.

[1996ㄴ녕 북하ㅓ] 엔터
[1996년 북한] 엔터
[96년 북한 남한] 엔터

이렇다 할 만한 게 나오지 않아 자꾸 오타가 났죠. 조급한 탓이에요.

- 언니 9월 14일에 언니네 아빠가 출발했다고?

자꾸만 확인했죠. 정신이 들락날락했으니까요.

[96년 9월 14일] 엔터
[96년 9월 18일] 엔터

그러자 이번엔 뭔가 검색됐어요. 기사들을 연도순으로 정렬하고 스크롤을 내리던 중, 어느 기사 헤드라인이 시선을 사로잡았죠.

[1996년 9월 18일. 강릉 무장공비 잠수함 침투!]

'무, 무장공비…라니? 강릉? 강원도 강릉?'
순간 모골이 송연해지면서 본문기사를 클릭했어요.

[강원도 강릉 앞바다에서 발견된 이 정체불명의 선체는 조사 결과 북한 무장간첩의 것으로 확인되었다. 이를 최초로 발견하여 신고한 이는 바로 강릉의 한 택시기사인 김모씨. 그는 해변가 근처를 운전하던 중 수면 위로 드러난 정체불명의 물체를 발견하였고….]

세상에나!
- 어… 어떻게… 이런….
- 아바지가 떠나기 전에 공화국을 탈출하라구 했어. 만약 못 돌아오문 말이야. 기란데 그럴 일은 없갔디? 금방 온다 했으니끼니 오갔디? 내 오캄 좋니?? 주희 니 2019년이라니 날래 말해보라! 나 이제 오캄 좋니?!
- 세상에… 안 돼… 안 돼, 정말…!
제대로 대화가 이루어지지 않았죠. 언닌 언니대로. 난 나대로. 언니 말이 맞았어요. 딸을 위해 자신 한 몸을 남한을 침투하는 무장공비로 덮으려 한 게 틀림없었죠. 그러면서도 만약을 위해 탈출의 길을 열어 준 게 분명했어요. 언니네 아빠한텐 그것 외엔 최선인 선택지가 없었으니까요. 왜냐하면, 간첩 활동이 실패한 경우 북한에서는 영웅이 아니라 실패한 전사로 몰아세운다고 TV에서 본 기억이 있거든요. 그 가족 또한 무사하지 못한다고. 그렇게 되면 탈북은 불가피한 길이죠.

기사 내용은 이랬어요. 이미 무장공비들은 9월 14일에 떠나 15일 밤 9시에 이미 강릉 앞바다까지 도착한 상태. 그러니까 언니네 아빠가 4일 전에 출발했다고 하니 아귀가 맞죠. 그렇죠? 18일이니까. 그럼 그 사람들은 남한에 와서 뭘 하냐? 먼저 도착해 있는 남파공작원들과 접선해 고리원자력발전소나 비행장 위치 등등 중요한 시설들을 염탐하는 임무를 수행하는 거예요. 그리고 완수한 후에 북한으로 복귀하면 끝. 거기까지가 언니네 아빠의 몫이었을 거예요. 물론 북한 입장에서는 잡음 없이 순조롭게 완수한다면 다행이었을 거고요.

근데 예상치 못한 복병을 만난 거였어요. 바로 잠수함이 암초에 부딪혀 좌초된 거죠. 잠수함을 타고 왔던 대로 못 돌아간다는 거예요! 어쩌겠어요? 하는 수 없이 잠수함을 그대로 버리고 육로로 복귀해야지. 하지만 또 다른 문제가 생긴 거죠. 장소는 강릉시 강동면 안인진리 해상. 버려둔 잠수함이 수면 위로 떠오르고 말았고. 그게 68사단 초병과 지나가던 한 택시기사의 눈에 포착되고 만 거죠. 저야 그때 어려서 몰랐지만, 기자님은 그 당시 뉴스 보셨을 테니까 그다음은 잘 아시겠죠? 신고가 들어가면서부터 국군이 비상이 걸린 거예요. 그 당시 안보관은 엄청났다면서요. 당시 우리 국군에서 발령된 최고경계태세인 '진돗개'까지 그 사건은 어마어마했고 한반도 전쟁론까지 뉴스에 오르내렸다고 할 정도니 꽤 떠들썩했단 거예요.

그리고 기사 말미에는

[무장간첩 26명 중
사살 13명
자살 11명
생포 1명
행방불명 1명]

목 깊숙한 곳에서 뜨거운 무언가가 솟아오르는 기분을 떨치기 힘들었어요. 그리고 유튜브에 업로드된 옛날 그 당시의 뉴스데스크 편집 영상. 커다란 회색 양복을 입은 앵커가 다소 흥분한 말투로 사건을 보도했어요.

[네! 방금 들어온 속보입니다! 현재까지 밝혀진 무장간첩은 총 스무 명. 이 중 열한 명은 침투지점에서 서남쪽으로 5킬로미터 가량 떨어진 청학산 중턱에서 전원 숨진 채 발견됐다고 합니다. 사건 현장에는 권총 한 자루가 떨어져 있었습니다. 마지막 총성은 정각 공.오.시.로 그들은 임무를 실패했을 경우를 대비하여 자결한 것으로 보이며, 이는 최고 상관인 인민군 대좌 한.함.덕.의 지휘 아래 이루어졌다고 합니다. 현장에 나가 있는 취재 기자 연결…]

!!!
두 손으로 입을 틀어막았어요. 방금 뭐라고 한 걸까요? 잘못 들은

걸까요? 하마터면 소리 지를 뻔했어요. 방금 인민군 대좌 누구라고 했지? 저는 영상을 다시 돌려보고, 돌려보고, 또 돌려보고….

'인민군 대좌 한.함.덕.의 지휘 아래….'
'한.함.덕.의 지휘 아래….'
'한.함.덕.의 지휘 아래….'

한.함.덕.이라는 이름 석 자가 제대로 귀에 와 꽂혔어요.

'무슨 소리야 이게. 한함덕은… 한함덕은 그 이름은….'

며칠 전, 통일부에서 걸려온 전화가 뇌리를 스쳤어요.

'사망 시기는 96년으로 기록되었고, 정확한 일자는 8월 6일입니다….'

'사망 시기는 96년으로 기록되었고, 정확한 일자는 8월 6일입니다….'

'사망 시기는 96년으로 기록되었고, 정확한 일자는 8월 6일입니다….'

분명 큰고모는 8월 6일에 사망하셨는데…! 바로 포털 사이트 열었어요. 아니겠지. 동명이인이겠지. 설화 언니네 아빠는 9월 18일에 돌아가시는…데….

[1996년의 달력] 엔터.

9월 18일. 그 날은 수요일. 그리고 그 밑에 작게 쓰여 있는 숫자가 제 시선을 사로잡았죠.

<음8.6>

"아…!"

눈앞이 갑자기 어지러워지면서 동안 할아버지가 주문처럼 외우던 말씀이 오버랩 됐어요.

'냇가에 복숭아가 둥둥 떠다니더니 갑자기 치마폭으로 휙 하니 들어왔다는데….'

'냇가에 복숭아가 둥둥 떠다니더니 갑자기 치마폭으로 휙 하니 들어왔다는데….'

'냇가에 복숭아가 둥둥 떠다니더니 갑자기 치마폭으로 휙 하니 들어왔다는데….'

눈을 질끈 감았어요. 그랬어요!! 맞아! 그러고 보니 할아버지는 단 한 번도, 큰고모가 태어난 이후의 이야기를 한 적이 없어요! 그러니까 할아버지조차도 태어난 자식을 보지 못했다는 거예요. 그 시절에는 태아 성별을 미리 알 수 있는 시대가 아니었죠! 부인이 임신한 상태에서 헤어졌으니 더더욱 몰랐을 거란 얘기! 복숭아 태몽 하나로 배 속에 든 아이가 딸이라고 철석같이 믿었다는 거예요. 그것도 평생을요! 저조차도 간과했어요! 한함덕은…! 네, 바로 큰고… 아니! 큰아빠였어요!! 그리고 설화 언니네 아빠였고요!!!

어떻게 이런 말도 안 되는! 금방이라도 쓰러질 것만 같았어요. 갑자기 본 적도 없는 언니의 얼굴이 머릿속에서 아무렇게나 그려지면서 할아버지가 떠오르고, 또 평양냉면 먹는 법을 알려준다고 통화했을 때 언니의 말이….

'할아바지가 원치 않으시문 어쩔 수 없디. 고저 통일되문 꼭 인사드리갔다구 하라.'

- 언니… 언니 설화 언니!

저는 파르르 떨기 시작했죠. 말도 제대로 안 나왔고요. 어느새 뺨을 타고 뜨거운 것이 흘러내렸어요.

- 와? 주 --- 흐 --- 무슨 일이네??

전화가 지지직거리기 시작하면서 통화음질이 나빠졌죠. 오후 공오시에 자결한다고 했어요. 17시 말이에요! 앵커는 분명 궁지에 몰린 무장공비들이 결국 자결을 택했다고 했다고요. 지금은 2019… 아니 1996년 9월 18일! 그리고 시간은… 정신 줄 붙잡고 황급히 복도 벽에 걸린 커다란 전자시계를 올려다봤어요.

붉은 숫자도트가 검은 플라스틱 판 위에서 살벌하게 바뀌고 있었죠.

오후 4시 59분 17초… 18초… 19초… 20초…

형언 못할 전율이 온 몸에 퍼졌어요. 내 평생 그런 기분은 다신 못 느낄 거예요. 넋이 반쯤 나간 듯했으니까요.

- 주 ---- 주 -ㅜㅜ- 희ㅣㅣ야!!

- 언니…!! 여보세요?

치지지직 하고 또다시 라디오 주파수를 맞출 때나 들리는 잡음이 이어졌어요. 왜 그런 잡음이 또 들리는지. 시간이 없었어요! 어서 진실을 알리자!

- 언니, 내 말 들려? 지금부터 내 말 잘 들어! 언니네 아빠. 그러니까 사실 큰 아…빠….

그때, 수화기 너머로 둔탁한 소리가 들리면서 언니의 비명이 울려 퍼졌죠.

아아아악!!!

마구잡이로 흔들리고 떨어지는 정체불명의 잡음이 들리고 이윽고 전혀 다른 목소리의 누군가가 전화기에 대고 말했어요.

- 야. 너 오, 데 … 서 … 적질이야?

그 목소리였어요. 그… 보위원의 목소리였어요!!!

오후 4시 59분 39초… 40초… 41초…

- 야이, 개새끼야! 당장 놔 줘!!!

제 절규에 병원 복도에 있는 모든 시선이 저에게로 집중됐죠.

콰앙!!!!!

그 순간! 병원 밖에선 천둥번개가 사정없이 내리쳤어요. 그리고 뒤에서 간호사의 다급한 목소리가,

"한용석 보호자님!!!"

"2019년 9월 18일. 4시 59분 사망하셨습니다."

고인 : 故 한용석

빈소 : 특VVIP 1호실 (지하 1층)

상주 : 딸 한종숙, 사위 김태완, 손녀 한주희…

발인 : 9월 20일

장지 : 미정

평화대학병원 장례식장

"지금 거신 전화는 없는 지역번호거나, 국번입니다."

할아버지는 정확히 1분 먼저 눈을 감으셨어요. 큰고모, 아니지 큰아빠가 돌아가신 지 딱 23년째 되던 그 날…. 믿기지 않죠. 웃음 밖에 안 나오죠. 그런 표정 지을 만도 해요. 저 역시 받아들이기 힘들었으니까요. 한동안 뭐에 홀린 것처럼 저도 그랬으니까요. 어쨌거나 자식보다 먼저 죽고 싶다는 할아버지의 소원은 이루어진 셈이에요. 정말 너무해. 염을 했을 때는 저도 참석했어요. 어른이니까요. 손녀니까. 너무 차디찬 할아버지가 믿기지 않아서 얼굴 어깨 손…. 계속 어루만져 드렸어요. 얼굴은 또 얼마나 평온하신지. 입가에는 미소까지 머금고 계시더라니까요? 찬란해 보인다는 말…. 그 말이 맞아요. 행복하셨을 거예요. 그럼 됐어요. 할아버지가 행복하면 됐죠, 뭐. 고모는 오열하며 몇 번이나 혼절했어요. 장례는 수목장으로 하기로 했어요. 저는 몰랐는데, 생전에 고모한테 답답한 납골당은 싫다고 하셨다네요. 하늘이 탁 트이고 바람이 부는 곳에 묻히고 싶다고 하셨대요.

49재까지 다 치른 후에야 비로소 혼자가 됐다는 걸 알았어요. 혼자 살게 된 집. 든 사람 자리는 몰라도 난 사람 자리는 안다고. 혼자 밥을 먹다가도 국이 짜네 싱겁네 하시던 할아버지의 모습이 이따금 환영처럼 떠오르는 게 못 견디겠더라고요. 특히 할아버지의 지정석이자 침실이었던 거실 보료. 그 저변에 아무렇게나 흩어져 있는 머리카락을 보니 가슴에서 뜨거운 것이 치밀었어요. 눈물을 멈출 수가 없었죠. 그대로 주저앉아서 애처럼 엉엉 울었어요. 언제나 내 공간이 별로 없다고 할아버지를 미워하고 귀찮아하던 나에게 주어진 건 너무나도 넓은 30평 아파트였어요….

…….

아, 설화 언니요? 그 후로 연락이 오지 않았어요. 그때 왜 천둥번개가 쳤을까요. 그러고 보니 처음 언니와 통화하게 되던 그 날도 번개가 쳤죠, 아마. 마치 꿈을 꾼 것 같았어요. 아주 기나긴 꿈. 아득하고 뭔가 흐릿한 꿈. 과연 언니는 어떻게 됐을까, 내 마지막 말을 들었을까, 아마 못 들었겠지. 보위원에게 끌려가서 살았을까 죽었을까…. 큰아빠가 돌아가시고 언니는 고아가 됐을 텐데…. 그 험한 북한사회에서 그 어린 여자아이가 어떻게 헤쳐나갔을까. 굶어 죽진 않았을까. 제발 꽃제비로라도 살아만 있었으면…. 살아남아 주었으면…. 그 생각만 하면 가슴 한구석이 너무 답답했어요. 아팠어요. 혼자 운 날도 많아요. 밤새 울고 다음 날 해가 뜨면 마음을 다잡고 출근하는 게 일과였죠.

설화 언니. 제 사촌 언니잖아요. 우리 할아버지한테서 같은 피를 물려받은 내 핏줄이었던 거잖아요. 내 핏줄을 두고도 몰라봤다니…. 전 나빴어요. 자격 없어요. 한심해요. 아뇨. 자책이라뇨. 사실을 말했을 뿐이에요. 그동안 언니의 성씨도 안 물어봤을까 싶고. 그동안 안 해본 게 없을 정도였어요. 혹시나 하는 희망에 여기저기 수소문했죠. 언니에 대해서 말이에요. 경찰서, 통일부, 국정원 등등 국가기관마다 전화해서 자초지종을 설명해도 돌아온 건 장난전화 계속하면 공무방해로 처벌받을 수 있다는 으름장뿐. 그래서 탈북자들이 모여 있는 포털 사이트의 카페와 어플 등을 샅샅이 뒤지고 다녔죠. 보통 탈북자들은 우선 남한에 정착하면 외로워서라도 서로 뭉치려는 경향이 있거든요. 설령 그 참여도가 저조하다 해도 몇 다리 건너 누군가는 알지 않을까 하는 기대감이었어요. 자기네들끼리 연락망이 있다니까요. 어플에 글을 남겼죠.

제목 : 이 탈북자를 아시는 분 계세요?

전 서초구에 사는 본터민입니다.

혹시 새터민 중에서 평양에서 온 한설화를 아는 분 계실까요. 여자예요.

금성학원이라는 명문학교를 나왔고요. 아니다. 중퇴했고요.

나이는 80년생입니다.

생김새는… 모릅니다….

┗왜 찾는지부터 밝히시오.

┗┗[글쓴이] 혹시 아시나요? 제 사촌 언니예요.

┗┗┗보아하니 젊은 본터민인데, 어떻게 사촌이 새터민이지? 게
다가 서초구면 잘 사는 동네같은데.

┗┗┗┗[글쓴이] 할아버지의 다 같은 손녀예요. 혹시 아시는 분
계시면 연락 주세요!

┗┗┗┗┗평양 사람들은 잘 살아서 잘 탈북 안 합니다. 다른 데
알아보시지요.

┗┗┗┗┗┗맞아요. 나도 탈북민이지만 주변에 평양 살던 언
니들은 봤지만 금성학원 나왔다는 사람은 한 명도
못 봤네요. 애석합니다.

┗┗┗┗┗┗┗댁 같으면 부자 동네 버리고 탈북하겠는가?

결론은 못 찾았어요. 제 글이 워낙 절박하게 보였는지 어플 운영자
가 직접 비밀 채팅을 걸어주셨는데요. 그분이 알기에도 그런 사람은
없대요. 78~83년생까지 한설화라는 이름을 가진, 아니 한 씨 성 가진
금성학원을 잠깐이라도 재학했던 사람은 없대요. 두 명 정도 금성학원
다닌 사람이 넘어오긴 했는데, 한 사람은 남자고 다른 한 사람은 유 씨
래요. TV에도 출연한 적 있다는데…. 찾아보니 연령대도 전혀 안 맞
고. 마지막 실낱같은 희망이 사그라든 기분. 이제 어떡하나… 이제 끝

이구나…. 아직도 북한에 사는 걸까. 탈북했다면 당연히 한국으로 와야 할 텐데. 혹시 중국에 억류된 건 아닐까 그런 생각도 들었죠.

그 후부터 탈북자에 대해 관심이 많아졌어요. 쉬는 날이면 집 근처에 있는 서초구립도서관을 찾아갔죠. 그들에 관한 서적을 뒤지며 알아 갈수록 답답한 마음은 커져만 갔어요. 탈북여성들 보면 브로커한테 속아서 중국 촌구석에 결혼 못 한 형편없는 중국 남자들한테 인신매매로 팔려간다잖아요, 왜. 특히나 탈북 수기를 엮은 책을 볼 때면 한 글자 한 글자 읽는 것조차 힘들었어요. 별의별 생각에 하루하루가 피가 바짝 마르는 기분이었어요. 제가 할 수 있는 게 아무것도 없더라고요. 안 될 거 뻔히 알면서도 하루에도 몇 번씩 전화했지만….

[지금 거신 전화는 없는 지역번호거나, 국번입니다.
다시 확인하시고 걸어 주시기 바랍니다]

[지금 거신 전화는 없는 지역번호거나, 국번입니다.
다시 확인하시고 걸어 주시기 바랍니다]

그렇게 끊겼어요.

우리.

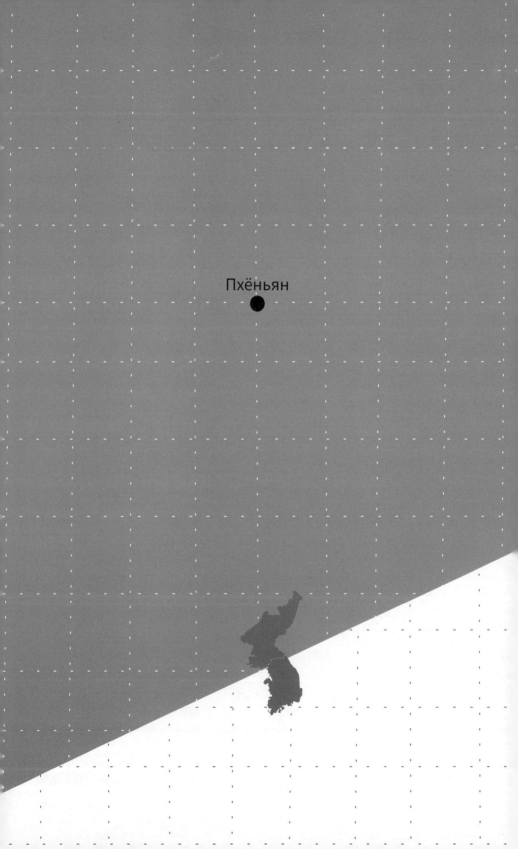

Пхёньян

5장

거자필반

THE CALL FROM
PYEONGYANG

Seoul

Пхёньян

Seoul

새터민 동지회

언니와 연락이 완전히 끊겼지만, 언니를 잊은 적은 단 한 번도 없었어요. 나름대로 언니를 마음에 새기기 시작했죠. 글을 통해서 말이에요. 부족한 실력이긴 한데, 나름 학교 다닐 때 글 쓰는 걸 좋아했어요. 여러 공모전에 입상한 적도 있고요. 처음엔 별생각 없이 한글 프로그램에 일기 형식으로 쓰기 시작했어요. 그러다 나중엔 왠지 북한의 실상을 알려야겠다는 생각에 새터민 동지회라는 홈페이지로 공간을 옮겼고요. 언니 같은 사람이 북한에 많겠지만, 그 캐릭터를 통해서 고위급 자녀도 얼마든지 나락으로 떨어질 수 있다는 것을 표현하기 위함이었죠.

기억을 최대한 되살려서 썼어요. 언니에게서 들었던 얘기들. 그 당시의 학교 분위기, 일상생활에서 마주치는 동네 사람들, 친구, 이웃, 부모님과 오빠 이야기, 고난의 행군 시절의 음식…. 두부밥이랄까 긴 배급 줄을 서서 받은 옥수수가루라던가 하는 것들이요. 그리고 언니가 학교에서 배웠던 과목들. 성악 소조지만 실상 배우는 과목 중 가장 큰 비중을 차지하는 북한 지도자에 대한 찬양과목 등등. 물론 100% 사실만 쓰진 않았어요. 어느 정도 이름이나 지명, 학교나 소속 군부대 이런 건 좀 다르게 썼죠. 그런데도 인기가 많았어요. 글을 올리고 반나절 후에 들어가 보면 항상 조회 수가 100이 넘었어요. 탈북자 홈페이지에서 100이 넘는다는 건 폭발을 의미했거든요. 또 댓글도 엄청났고요. 처음엔 무반응이었다가 악플이 달렸죠. 근데 상처받진 않았어요. 남한 사람들이 다는 것처럼 교묘하게 조롱하는 댓글이 아니라 드러내놓고 직접적인 폭격에 가깝다고나 할까. 오히려 그런 건 상처가 안 돼요. 아이러니하죠.

그러던 댓글들이 차츰 회수를 거듭하면서 달라지기 시작했어요. 재밌다, 이게 사실이냐, 혹시 탈북자시냐, 평양에서 살다 오셨냐 등등. 글에 대한 궁금증은 곧 글쓴이인 저에 대한 의혹으로 변했어요. 심지어 회원 정보에 등록된 이메일로 메일까지 왔다니까요? 홈페이지 게시판 관리자에게서 말이에요. 방송국에서 저를 섭외하고 싶다고 자기네 홈페이지 대표 메일로 연락이 왔다면서…. 그게 바로 박 PD님이셨어요. 당시에 탈북자 예능을 막 맡기 시작하면서 정보를 얻기 위해 새터민 동지회 홈페이지에도 가입하셨더라고요. 그러다 제 글을 보셨고요. 우선 글이 흥미롭다면서 사실 여부부터 확인하고 싶어 하시더라고요. 사실 80%에 픽션 20%를 가미했다고 말씀드렸죠. 그러자 자기네 프로그램에 패널로 출연해줄 수 있냐는 거예요. 방송 출연이라는 게 구미가 당기긴 하지만, 그저 글 몇 줄로 인기 좀 얻었다고 잘 알지도 못하는 방송에 나갈 순 없잖아요. 그리고 방송을 북한에서도 모니터링한다는데 혹시 언니한테 악영향을 끼칠까 무서웠고. 그래서 출연은 거절했어요.

네? 그런데 왜 기자님을 보자고 했냐고요? 제 글을 그저 새터민 동지회 홈페이지에만 올리기엔 스스로 아깝고 아쉬운 점이 많다고 판단했어요. 어딘가 더 영향력 있는 공간에 글이 실린다면 좋을 것 같다고 생각하던 찰나에 기자님에 대해서 알게 됐고요. 물론 기자님 외에도 다른 북한 관련 전문가들에 대해 조사도 했어요. 그런데 기자님은 특별하시더라고요. 명문고를 나와 서울대까지 졸업하신 데다 대형 신문사에 공채로 합격하셔서 정치부에서 승승장구하셨더라고요. 통찰력 있고 의표를 찌르는 기사 쓰기로 유명하셔서 그런지 '올해의 기자상'까지 타시고? 그런데 그런 출셋길을 마다하고 갑자기 북한학 석사 과정을 밟으시고. 이렇게 보니까 뭔가 드라마에 나올 법한 재야의 리더 같네요. 후배들과 만든 중소 잡지사 <통일로 가는 길>이었던가요? 네네. 6월호도 잘 봤어요. 인터넷에 검색하면 나오는 모 여성 잡지 기사를 보니 뭐라고 하셨더라? 북한 사회에 대한 거대한 숲이 아닌 그 숲을 이루는 나무와 작은 풀벌레에 대해 조명하고 싶다…? 그 부분이 마음에 들었어요. 그리고 줄줄이 지루하기 짝이 없던 그 칼럼들도 제 스타일이었고요.

물론 이게 기자님을 뵙자고 한 이유의 전부는 아니에요. 아휴, 끝까지 들어보세요. 제 말은 하나부터 열까지 모두 본론이라니까요? 이왕 오늘 하루 저한테 주신 거 끈기 좀 가져보시죠? 어차피 집에 가셔도 기다릴 사람도 없잖아요? 박 PD님한테 다 들었어요. 이혼하신 거. 어휴, 뭘 그렇게 화를 내세요. 요즘 세상에 이혼이 흠인가 어디? 아아, 네-. 아버님하고 사신다고요? 알았어요, 알았어. 진정하고 제 얘기 이어서 들어주세요. 그렇게 회사 다니면서 틈틈이 글을 쓰던 와중에 저에게 새로운 업무가 내려왔어요.

제 인생을 한 번 더 바꾸게 될 이벤트.

단둥(丹东)

취업한 지 겨우 삼 개월도 안 됐을 때. 저에게 중국 출장을 다녀오라는 지시가 떨어졌어요. 겨우 막 수습을 떼려던 저에게 갑자기 단독 출장이라뇨. 그것도 해외를. 해외라고는 부모님 살아계셨을 때 일본 온천여행으로 3일 다녀온 게 전부인데. 그마저도 어릴 때라 기억도 가물가물해요. 설레면서도 두렵고 내가 과연 잘 할 수 있을까 걱정도 됐죠. 그 고비를 잘 넘겨야 정직원 채용에 유리할 테니까. 그전까지는 안심할 수 없는 노릇이거든요. 수습 기간은 한 마디로 '언제든지 내가 널 자를 수 있다' 이거니까요.

그렇게 떠난 출장지는 중국 단둥. 인천에서도 배 타고 관광객들이 자주 찾는 곳이죠. 더구나 북한 신의주와 접경지역이다 보니 조선족들이 많이 거주하고, 그 사람들 상대로 한국인들도 사업차 곧잘 드나들

기도 하고요. 뭐 이건 저보다 잘 아시겠죠? 그쪽으로 탐방 다녀온 칼럼도 쓰실 정도니까. 그런데 어쩌다 조선족 사건에 휘말리셨어요. 네? 어떻게 알았냐고요? 이것도 박 PD님한테 들었어요. 어쨌건 첫 임무다 보니 그다지 어렵지 않았어요. 단둥시 쇼핑센터에서 거래처 첸 사장을 만나는 미션이었죠. 첸 사장은 원래 미국이나 캐나다에 본사를 둔 의료기기의 총판대리점을 하던 사람인데, 중국 내부에서 의료기기 허가에 대한 기준이 강화되면서 업종을 바꾼 사람이래요. 완구 쪽으로요. 근데 그건 표면상의 이유고, 뭐 떠도는 소문엔 미국에서 범죄를 저질러서 입국 금지당했다나 뭐라나. 자세한 건 저도 모르겠고요.

아무튼, 저희 회사와 거래하는 품목은 봉제 인형. 봉제 인형의 경우 퀄리티가 그다지 좋지 않은 북한에서도 많이 찾는 아이템인 데다 값싼 노동력이 메리트였죠. 뭐 요즘엔 장마당도 장마당이지만 북한 일반 백화점에도 중국산 인형이 많이 들어가잖아요. 단둥 공장에서 생산한 것도 포함이죠. 전 그런 첸 사장과 접선해서 기존에 맺은 계약연장은 물론이고, 향후 생산계획에 대한 일정을 조율하는 게 첫 임무였어요. 그러니까 예전부터 우리 회사와 쭉 거래해온 사람인 거예요. 전 그냥 그 거래를 연장하고 보완하기 위해 임무를 수행하는 거고요. 쉬운 일이죠. 단둥역 근처에 있는 숙소에 짐을 풀고, 오후 3시쯤에 약속장소로 나갔어요. 호텔 카페라고는 했지만, 너구리 잡는 소굴처럼 매캐한 연기가 뿌옇게 가득한 그곳은 그냥 다방이라야 맞겠더라고요.

"아, 민족상사 영업부 직원이시구만. 반갑소."

생각보다 유창하게 한국말을 잘하는 첸 사장은 조선족이었어요. 명함을 내밀며 말하는 억양이 어쩐지 이질감이 있더라니.

"반갑습니다. 민족상사 영업부 한주희 대리입니다."

"아. 대리님이 오셨구만."

벌써 승진했느냐고요? 그럴 리가요. 들어간 지 얼마 안 된 제가 대리일 리는 없죠. 그냥 출장 기간만 임시로 달아준 직함이었어요. 거래처에서 보기에 한낱 말단 사원이 가는 것도 결례거니와 자사 측에서도 꿀리기 싫은 뭐 그런 개념이라고 보시면 돼요. 뭐, 그 순간 은근히 양심에 찔린 게 문제였지만.

윙--.

그때, 제 스마트폰이 울렸어요. 첸 사장이 잠시 서류를 뒤적일 때 슬쩍 봤죠. 서울이었어요.

02-476-0083

일적인 부분이거나 기존에 입사 지원한 회사에서 종종 전화가 오는 까닭에 받지 않고 껐죠.

"우선 서면으로 먼저 말씀드리겠습니다."

"그러시구려. 공장은 그럼…?"

"생산계획 논의가 끝나면 보러 갈까요?"

"그럽시다. 안 그래도 민족상사에서도 한 번 보셔야 하니까."

"네네."

너무 기대가 컸던 탓일까요? 시간이 지나면 지날수록 그냥 동네 할아버지와 마주 앉아있는 느낌을 지울 수가 없었어요. 왠지 출장에 대한 로망도 산산조각이 난 것 같고, 뭐라도 된 것 같은 우쭐함은 실망의 연속으로 변하기까지 오래 걸리지 않았어요. 그래도 명색이 공장 사장이라고 하길래 말쑥한 정장 차림이거나 신뢰가 가는 우직한 인상의 중년 남성이 나올 줄 알았는데 예상이 크게 빗나간 거죠. 드라마를 너무 많이 봤어. 일흔 언저리쯤 되어 보이는 할아버지신 데다가, 부른 배를 연신 쓰다듬으며 트림만 하셨거든요. 게다가 내 얘기에는 관심이 있는 건지 없는 건지 서류만 만지작거리며 마치 따분함을 이기지 못한 어린 애 같았어요. 그것도 뭐 지금 와서야 드는 생각이고, 막상 그 자리에서는 혹여라도 첸 사장이 딴지를 걸면 어쩌나 내가 말단 사원인 걸 알고 무시하면 어쩌나… 전전긍긍했지만요. 그때 저희 앞으로 주문한 커피가 나왔어요.

"어이."

첸 사장의 짧은 감탄에 고개를 든 순간, 서빙한 여직원이 몸을 돌려 엉덩이에 손을 얹더라고요. 꽤 불쾌한 한 컷이었어요. 애써 모른 체했더니 이번엔 노골적이더라고요.

"그만 하시라요."

말투가 북한 말투였어요. 혹시 외화벌이로 잠시 나온 북한 사람인가 싶어 물어보려던 찰나에 다시 한번 진동이 울렸어요. 윙-.

02-476-0083

"하여튼 피양에서 온 것들은 콧대가 높단 말이야. 안 그렇소?"

"네?"

전화를 강제종료하며 첸 사장에게 시선을 옮겼어요.

"거, 한 선생도 알아두라고. 사람이고 물건이고 같은 조선 바닥이라두 어느 땅에서 났는지에 따라 성질이 다르단 말이오. 전문용어로 스펙. 에스피이씨!"

"네…."

호텔로 돌아온 저는 직속 상사에게 전화를 걸어서 다짜고짜 일러바쳤죠. 뭐 그런 사람이 사장이냐 불쾌해 죽는 줄 알았다, 내 얘기는 듣지도 않고 내 다리만 쳐다 보더라, 말도 무식하게 하더라, 트림은 오분에 한 번씩 하더라 등등. 실컷 하소연했는데도 "원래 그런 사람이야. 이 바닥에서 유명하다고. 그냥 내일만 참아"라며 아랑곳하지 않더라고요. 그제야 알았죠. 해외 출장이라는 절호의 기회에 왜 말단 사원인 저를 보냈는지. 하고 많은 대리 중에 왜 군이 대리 직함을 붙여서라도 저를 보냈는지. 어쩐지 도살장 끌려가는 소 보듯 하던 상사들의 눈빛이 새록새록 떠오르더군요. 제가 희생양인 거죠. 배신자들.

이튿날. 일정의 마지막 날이었죠. 공장 견학을 가기 전에 첸 사장의 회사 앞으로 찾아갔어요. 회사래 봤자 커다란 컨테이너로 조립해서 지어진 공간이었지만. 그리고 거기서 전날 봤던 그 평양 출신의 다방 여직원과 마주쳤어요. 밝은 데서 보니까 나이가 보이더라고요. 30대 중후반쯤 됐을까? 순박한 얼굴의 그 여직원은 때마침 첸 사장이 나오자 그의 뒤를 따랐어요. 그 시츄에이션에 영문 모를 얼굴을 하자 첸 사장이 웃으면서 먼저 입을 열었어요.

"하하하! 내 밑에 둔 직원이요. 어제도 봤지? 앞으로 공장에서도 일할 거요. 어이, 뭐해? 인사 안 하고."

첸 사장의 지시에 여직원이 저에게 건성으로 꾸벅하더군요.

"어제… 다방에서 뵌 분 같은데."

"아, 그 다방 내가 경영하는 거거든. 좌우지간 어서 갑시다."

도통 분위기에 익숙해질 수 없는 걸 눈치챘는지 여직원이 연민의 눈빛을 보내더군요. 맞아요. 그랬어요. 외화벌이가 아니라 그냥 탈북 여성이었던 거죠. 외화벌이였다면 사장 마음대로 사적으로 고용할 수 없죠. 탈북 여성이니까 여기저기 옮겨 다니면서 일해야만 했던 거예요. 함께 공장을 누비고 다니는 동안 어찌나 께름칙하고 찝찝하던지. 회사 일로만 만난 게 아니었다면 한소리 하고 싶었다니까요? 제 성격상 가만 보고만 있을 순 없죠. 말끝마다 야야 거리면서 이거 해라, 저거 해라…. 누구긴 누구예요? 첸 사장이죠. 그 여직원한테! 당연히 그 여직원은 찍소리 못하고 시키면 시키는 대로 해야지 별수 있어요? 어휴, 지금 생각해도 속 터져. 그렇게 이틀간의 출장이 우여곡절 끝에 마무리됐어요. 생산라인에 투입될 인력과 인건비, 공장설비, 생산계획 등등 사전에 회사에서 맞춘 것 대부분 동조해준 건 정말 천만다행이었죠. 사람이란 역시 간사해요. 그렇게 싫던 첸 사장이었는데 내 일이 잘 풀리니까 갑자기 귀인처럼 보이는 거 있죠. 아… 정말이지 '을' 아니 '병'의 삶이란. 아, 물론 그렇다고 호감으로 돌아선 건 아니었어요. 마지막에 함께 회포나 풀자는 걸 거절하느라 얼마나 기운을 뺐는지 모른다고요.

그래도 한 가지 찝찝한 건 그 평양에서 왔다는 여직원이었어요. 처음엔 그렇게 경계하고 곁을 안 주더니, 반나절 몇 마디 섞은 게 전부인데 헤어질 때는 무슨 미련이 남는지 계속 눈을 못 떼더라고요. 아휴, 마음 같아선 같이 배표 끊어서 한국으로 오고 싶었는데…. 그게 마음 대로 되나요? 불쌍했어요. "저것들은 중국 계집애들보다 더 악독하고 맹랑해. 그래서 초반에 기를 팍! 꺾어놔야 주인 무서운 줄 안다구. 뭐하기사 목숨 걸구 왔는데 그런 악도 없으면 못 살아남디 암" 하던 첸 사장의 얼굴이 아른거렸으니까요.

정말 무서운 건 목숨 걸고 탈북해서 악만 남은 북한 사람들이 아니라, 그렇게 같은 민족을 고용해 그들의 아킬레스건을 겨누며 폭력을 휘두르는 첸 사장 같은 사람이죠. 호텔로 돌아와 짐을 싸는데, 문득 이틀 내리 전화 왔던 부재중 전화가 떠올랐어요. 갑자기 이 회사와 출장 업무에 실컷 염증을 느낀 탓인지, 혹시라도 다른 회사에서 면접 보러 오라는 거라면 갈 용의도 있었고요. 부재중 걸려온 그 번호로 전화를 걸려던 찰나였어요.

윙――.
고모였어요.

- 어디냐? 출발했어?
- 아니. 아직 호텔이야.
- 왜 아직도 안 오고?
- 이제 나가려고. 시간 한참 남았어.
- 일은 잘 처리했고?

- 응. 뭐 나야 시킨 대로 합의만 보면 되는 거라서. 거창할 거 없어.

- 공장은 언제 생긴다는데?

- 빈 공장은 이미 있고, 우리 쪽 기계 들어가고 하는 건 아마 이달 말쯤?

- 거기 북한 사람들도 일한다던?

- 아 몰라.

문득 그 다방 여직원이 떠올랐지만 생략.

- 그걸 모르면 어떡해. 직원이 돼서는.

- 인력문제는 중국에서 할 일이니까.

- 어쨌거나 북한 사람 만나면 좀 잘해줘.

- 내가 만날 일이 뭐 있나? 서울 가면 끝인데. 그리고 설령 탈북자면 뭐? 잘못 엮이면 나까지 큰일 나. 고모는 알지도 못하면서 진짜.

- 말 좀 예쁘게 하면 덧나나. 누굴 닮아서 저래. 한 마디 하면 열 마디를 하군. 계집애가.

- 아휴… 또 잔소리. 근데 왜 전화했어?

- 네 큰아빠 제사 말이다. 내년부터는 같이 지낼까 하고.

- 그걸 왜 나 출장 와있는데 전화해. 서울 가서 말하지.

아닌 게 아니라 고모는 그 날. 국정원에서 연락을 받았다고 했어요. 큰고모, 아니 큰아빠지. 자꾸만 입에 안 붙네요. 여하튼 큰아빠의 죽음이 병사나 아사(餓死)가 아니라 1996년 강릉 무장공비 침투 당시의 총기 자살이라는 것을 입증한 공식발표 말이에요. 당시 주머니에서는 도토리 한 줌과 '통일조국에서 다시 만나자'라는 쪽지가 발견됐었다네요. 정권이 바뀌면서 이산가족 현황조사가 날개를 단 것도 있거니와, 큰아빠와 같은 시기에 군 생활을 했다는 한 탈북자의 증언 또한 중요 단서로 작용했어요. 그 사람 말로는 큰아빠가 젊은 시절에 북한에서 살인을 저질렀는데, 무슨 영문인지 위에서 잘 봐준 덕에 특진에 특진을 거듭했다고 하네요? 그게 사실인지 아닌지는 우리야 모르죠. 사실이라면 좀 섬뜩하지만. 그것 외에도 큰아빠가 보위부에 끌려간 아들 때문에 좌천된 것까지 모두 상세히 알려줬어요. 남과 북이 잘만 협조해줬다면, 할아버지께서 한평생을 큰아빠를 찾아 헤매지도 않았을 텐데 하는 아쉬움도 들어요. 휴… 여전히 기가 차죠. 충격이 가시지 않는단 말이에요.

배 속에 든 아이를 단지 태몽 하나만으로 딸이라고 평생 믿고 사셨다니…. 그게 말이 된다고 생각해요? 너무 원시적이어서 허탈하기까지 해요. 심지어 우리 가족들도 누구 하나 거기에 대해 추호의 의심도 안 했다는 게 참…. 우리 같은 이산가족들 많겠죠? 죽은 줄 알고 제사를 수십 년 지냈는데 살아 있고, 반대로 살아 있을 거로 생각하지만 진작 저세상으로 떠났기도 하고, 아들인 줄 알았는데 딸만 쌍둥이고…. 기가 막혀요. 분단이라는 거. 사실 저도 큰아빠 제사를 할아버지 돌아가신 날 함께 지내야겠다고는 늘 생각했어요. 하지만 출장 와서까지 골치 아프기 싫어서 적당히 둘러대고 끊었죠.

제가 묵었던 숙소는 압록강 철교 앞에 바로 위치한 3성급 호텔이어서 로비에서부터 압록강 전경을 볼 수 있어요. 그 전에 마오쩌둥 동상을 지나야 했고요. 압록강은 인기 명소라더니 정말 추운 날씨임에도 사람들이 바글바글했어요. 외국인들도 많았고요. 아직 배표도 시간이 남고 해서 좀 더 둘러보기로 했어요. 수면 위로 살얼음이 둥둥 떠다니는 압록강 위로 철교가 북한 땅까지 죽 이어져 있는걸 보니 기분이 묘해지더라고요. 아, 철교를 도보로 10분 정도 걸어가면 바로 신의주니까요. 기차는 간헐적으로 오갔어요. '중조변경단동압록강'이라는 글자와 중국과 북한의 국기가 나란히 그려져 있는 팻말 옆에서 인증샷도 찍었고요. 할아버지가 살아계셨더라면 같이 오는 거였는데, 왜 그 생각을 못 했을까요? 기껏해야 파주나 가고.

중국 돈으로 30위안을 주면 다리 위에도 올라갈 수 있는 표를 구매할 수 있대요. 하지만 워낙 찬바람이 불어서 그건 관두기로 했죠. 혼자 무슨 청승이에요. 설상가상 배도 고파서 근처 식당을 들어가기로 했어요. 평양냉면이요? 물론 맛집이라고 유명한 식당들이 여러 군데 있더라고요. 근데 날도 추운데 냉면? 그냥 뜨끈한 국물이 최고죠. 압록강에 오기 전에 지나쳤던 고려거리로 향했어요. 그쪽에 한국어로 된 간판을 몇 군데 미리 봐놨거든요. 다소 촌스러운 간판들이 즐비한 그 골목은 궁서체 폰트의 한자와 한글이 뒤섞여 있어 다소 이국다운 풍경을 자아냈어요. 거긴 인천 차이나타운이나 가리봉동하고는 또 다른 느낌을 주죠. 노골적으로 호객행위를 하는가 하면, 벽에는 '대장금', '가을동화' 같은 옛날 한국 드라마 브로마이드가 나붙어 있었고요. 여러 곳 지나쳐서 어느 한식당에 도착했어요.

식당의 이름은 '삼천리'.

한식당 '삼천리'

창밖에 내걸린 차림표를 보니까 한국처럼 찌개며 국이며 있길래 그냥 들어갔어요. 식당 안은 작고 눅눅했죠. 다른 손님도 없었고요. 문득 괜히 들어왔나 싶은 후회마저 들었지만, 그 추운 날 또 어딜 헤매요. 그냥 허기나 채우자는 심산이었죠. 손님이 들어가는데도 그 어떤 기척도 없었어요. 주방에서는 도마에 칼질하는 소리가 이따금 들리고, 제 또래의 여종업원 혼자 홀에 있더라고요. 손님이 없어서인지 한가하게 아날로그 TV를 보고 있었어요. 제가 인기척을 내자 그제야 물과 컵을 가져다주더라고요. 어서 오시란 말도 안 하고, 그냥 혼자 흥얼대면서요.

"기다리던 봄이 오니 내 고장 따스해~ 언덕에는 꽃이 피니 이 마음 설레여~."

줄곧 스마트폰을 만지던 시선이 저도 모르게 그쪽으로 이끌렸죠.

어쩐지 귀에 익은 노래랄까…?

"뭐 드려요?"

"명태찌개 주세요."

"맵게요, 싱겁게요?"

"어떤 게 맛있어요?"

"둘 다 맛있는데…. 손님은 매운 거로 드셔야갔다."

"왜요?"

"남조선 사람이니까! 언니, 여기 명태찌개요!"

저를 위아래로 훑어보며 그렇게 말하고는 멋대로 주문하는 거 있죠. 주방 쪽과 눈빛을 주고받으며 시시덕거리면서 말이에요. 다시 제자리로 돌아가 혼자 흥얼대는 그 여자. 대체 장사를 하겠다는 건지 말겠다는 건지. 한국 같았으면 바로 폐업 행이죠. 이래서 관광지에 있는 식당을 안 가요. 고정손님이 아니라 오가며 들르는 뜨내기손님을 상대하니까 기본이 안 돼 있거든. 지금 생각해 보니 테이블 위생도 별로였던 것 같네요. 손님은 안중에도 없고 여직원은 흥얼대며 노래를 불렀죠.

"기다리던 봄이 오니 내 고장 따스해~ 언덕에는 꽃이 피니 이 마음 설레여~ 원수님의 진실된 혁명 정신 펼쳐지네~."

"기래 부르문 공안이 얼싸 좋다 하고 끌구 가갔다! 저번처럼 니 그 꼴 나문 그땐 난 정말 모른다구!"

그렇게 말하는 주방 쪽은 제가 앉은 자리에서 잘 보이지 않았죠. 찬장에 가려져서 능숙하게 웍(중화팬)을 다루는 손놀림만 보였어요. 가만히 앉아있기 뭐해서 스마트폰을 만지는데, 여러 곳에서 부재중 전화가

들어와 있었어요. 1588, 1600으로 시작하는 광고 전화부터 전혀 상관
없는 063 지역 번호까지. 그리고 24시간 전으로 내리다 보면 02로 시
작하는 부재중 전화.

02-476-0083

인터넷 접속해서 저 번호를 검색했어요. 예전에 지원했던 회사라면
얼마든지 면접 갈 용의가 있었거든요.

[02-476] 엔터

그러나 검색결과가 시원찮았어요. 회사가 아닌가? 02-476이 서울
시 강동구 쪽 번호라는데 전 그쪽으로 지원한 적은 없거든요. 교통이
안 좋아서요. '이거 전화를 해, 말아?' 할 때였어요.

"맛있게 드세요."

어딘가 남한 말씨를 흉내 내는 듯한 어색한 억양. 어느새 턱 밑에는
김이 모락모락 나는 명태찌개 뚝배기가 놓였어요. "네 감사합니다" 하
고 작게 중얼거리면서 문득 눈을 들었는데, 한껏 뽕을 올린 앞머리와
커다란 자개 장식의 핀으로 꽂은 펌. 얼굴에는 젊어 보이기 위한 과한
볼터치. 야매로 했는지 심하게 짙은 쌍꺼풀. 바지는 철 지난 나팔 청바
지에 상의는 싸구려 비즈 알이 박힌 보풀 잔뜩인 붉은 티셔츠…. 그 바
닥에서 일한 지 오래되어 보이는 노련함과 억셈 그 중간쯤. 아… 너무
아니올시다 스타일.

"야, 니 넘우 빼갈 계속 훔쳐 먹으문 기거 다 급료에서 깔 테니까니
그리 알라구! 도둑년도 아이구."

찬모가 여종업원이 마시는 중국 술병을 낚아채며 눈을 부라리더군

요. 여종업원이 기를 썼지만, 단번에 제압당했어요. 그때 알았죠. 둘다 탈북자라는걸. 식당 직원이 장사하면서 술을 마시고 있었다는 것은 혐오감만 부추길 뿐이었어요. 텅 빈 식당 안에서 둘은 마주 앉아 콩나물 대가리를 떼며 노닥거렸어요. 아마 유일한 손님인 저마저 없었으면 하루 장사 공쳤을 것 같은 아우라를 풍기며 말이죠. 중국 땅이어서 그런지 유일한 손님으로서 짊어지는 부담감은 공포와 카테고리를 함께 하죠. 명태찌개 맛은 제 입맛에 조금 싱거웠어요. 뭐 맵게 해준다더니 한국에서와는 동떨어진 맛이더라고요. 맛이 없다는 건 아니었어요. 뭐 그냥 그렇다고요. 무슨 한마디를 해요? 맛에 대한 클레임을 걸기엔 두 사람의 아우라가 너무나 강력했다고요. 그냥 그렇게 군소리 않고 식사를 하는데, 불현듯 여종업원이 소리쳤죠.

"저 종간나 새끼 또 왔네, 언니!"

문밖에는 30대 중후반으로 보이는 중국 남성이 얼쩡대고 있었어요. 달갑지 않아 하는 걸 보면 구걸하는 거지인가 싶었죠. 뭐 차림새로 봐도 그랬고. 반사적으로 찬모가 벌떡 일어나 문 쪽으로 가더니 대뜸 삿대질했어요.

"군 카이!" 꺼져! 滚开

"게이 워 판…." 밥 좀 주라. 给我饭

"셔쟝 콰이 게이 워! 치까이!" 외상값이나 빨리 줘! 거지새끼야 赊账快给我乞丐!

흥분한 그 중국 남자가 발로 마구 문을 두들겼죠. 그러자 찬모가 주방에 가더니 아까 화려하게 썼던 웍을 들고나와서 휘두르는 시늉을 했어요. 세상에나 그 무거운 무쇠가 공중에서 휙휙 대는 소리가… 잘못 맞으면 골로 가겠더라고요. 그 사태에 까무러치게 놀란 저와는 달리 여종업원은 까르르 웃고요. 남자는 결국 혼비백산이 되어서 도망가버 렸죠. 찬모는 손을 털며 구시렁댔어요.

"개새끼. 누가 떼놈 아니랄까 봐 어데서 야바우질이야?"

원래 거친 사람이었던 건지, 아니면 거친 삶을 살아서 그렇게 된 건 지. 여하튼 대단한 여자였어요. 보통 지레 겁먹고 말 텐데 말이죠. '아, 역시 이래서 단둥에 아무도 안 오려고 했구나' 하는 생각에 회사 사람 들에 대한 배신감이 밀려왔어요. '얼른 밥 먹고 집에 가자' 이 생각뿐. 그 후에도 이따금 눈이 마주쳤죠. 밥 한 공기 뚝배기에 말았을 때도, 괜히 두리번거리다가도. 찬모 말이에요. 그러다 계속 부딪히는 시선에 제가 어색하게 웃자, 그쪽도 웃더라고요. 아까 그 패기와 우락부락한 성질은 어디 가고 또 서글서글한 동네 아줌마처럼. 뒤돌아 앉은 여종 업원도 절 한 번 힐끗 보더니 잠시 밖에 나갔고요. "갑자기 웬 비야" 하 면서. 그 말에 밖을 내다보니 하나둘 사람들이 머리에 손을 얹고 뛰기 시작하더라고요. 건너편 이발소에서는 우르르… 하는 천둥소리에 황급 히 나와서 널어놓은 수건을 걷어 갔고요. 단둥 날씨가 원래 그렇게 변 덕스럽나요? 비 온다는 예보는 아니었거든요. 그때, 채널을 돌리자 한 국말이 들렸어요. 한국 KBC 뉴스였죠.

[청와대 대변인은 최근 북한 내에서 김정은 위원장의 동생인 김여정 부부장 의 위치에 변화가 생긴 것으로 파악하고 있습니다. 그뿐만 아니라 그동안 맡아

온 의전 담당을 삼지연 관현악단의 단장이었던 현송월이 맡기 시작하면서 의전 담당에 있어 세대교체가 아닌가 하는 이야기 역시 흘러나오고 있습니다….]

긴 한숨을 쉬며 발등을 긁는 찬모. 시선을 뗄 수 없었죠. 문득 TV를 보고 있는 그녀의 옆모습을 보고 있자니, 왼쪽 눈꼬리 옆으로 손가락만 한 긴 흉터가 있음을 알았어요. 빤히 쳐다보니까 눈짓으로 묻더라고요. 뭐 필요한 거 있으시냐 뭐 대충 이런 뜻 같았어요. 그런데도 선뜻 대답을 못 하니까 이번엔 자기 얼굴에 뭐가 묻었나 싶으며 거울을 보는 시늉을 하더니 혼자 주책맞게 웃더라고요. 하나도 안 웃기는데. 드르륵. 그때, 입구에 매단 비즈발이 요란하게 걷히면서 또 다른 손님이 들어왔어요.

"아! 여기 있었군요. 한주희 선생!"

어서 오시라며 손님을 맞이하려던 찬모가 멈칫하고 다시 제자리에 앉았죠. 다름 아닌 아까 만났던 첸 사장이었어요. 벌써 흠뻑 비 맞은 머리를 털며 들어오더군요. 갑자기 그 얼굴을 보자 얹힌 것처럼 밥맛이 확 떨어졌죠.

"여긴 어쩐 일이세요? 뭐가 잘못됐나요?"

"아니. 계약서가 바뀌었지 뭐야!"

그러면서 저를 멀리서부터 불렀는데 못 들었냐며 원망하더군요. 얼마나 안도했는지 몰라요. 그전까지 오만 가지 생각에 불안했는데, 한 번 더 그의 호의에 감사한 순간이었어요. 모두 제 부주의라며 거듭 사과했죠. 첸 사장 역시 나중에 서울에서 보자는 말과 함께 사라졌어요.

하마터면 그대로 서울에 돌아갈 뻔한 거 있죠. 그랬다면 힘겹게 얻은 첫 직장을 잃는 건 두말 하면 잔소리겠지만. 전 되바꾼 서류봉투를 다시 확인했어요. 이번엔 틀림없었죠. 그렇게 첸 사장이 사라지고 가려져 있던 찬모가 다시 시야에 들어왔어요. 굳은 얼굴. 이번엔 웃음이 아주 가신 얼굴로 저를 빤히 쳐다봤어요. 지금 생각해 보니 콩나물 대가리를 다듬는 게 아니라 그냥 뚝뚝 자르는 것 같았어요. 한두 숟갈 밥을 먹는 둥 마는 둥 하다가 다시 고개를 들었을 때, 여전히 저를 쳐다보고 있더군요. 찬모의 두 눈동자가 미세하게 흔들렸던 것 같아요. TV에서는 희미하게 뉴스 멘트가 흘러나왔어요.

[오늘 9일. 금강산 이산가족면회소는 뜨거운 눈물바람으로 앞을 가렸습니다. 긴 세월을 지나 만난 남북의 이산가족들은 서로를 얼싸안고….]

쏴아아--.

밖에서는 세차게 장대비가 내리고요. 우린 한참을 눈을 떼지 못했죠. 그저 익숙한 침묵을 함께 했을 뿐. 늘 그래왔던 것처럼.

거자필반 (去者必返)

이제 좀 나갈까요? 걸으면서 이야기해요. 왜긴요. 카페에 오래 죽치고 앉아있으면 그것도 민폐라고요. 요 앞에 녹지공원이 잘 조성돼 있던데요? 그쪽으로 가요.

겨울이 가고 봄이 온다죠? 정말 그 말이 맞는 것 같아요. 그로부터 이듬해 봄. 언니는 한국행 비행기에 몸을 실었어요. 그리고 9월 즈음이면 설화 언니는 하나원에서 퇴소해요. 대한민국 국적자로 살아가게 된다는 뜻이에요. 길고 지루한 세월을 돌아서 이제야 만났어요, 우리. 무려 24년 만에요. 하늘에서 할아버지가 큰아빠를 만난 것처럼, 우리도 이제 만났어요. 그걸로 된 거죠. 안 그래요? 기적을 믿으시냐고 제가 아까 물었죠. 어떠세요? 지금은 믿으시나요? 정말 속고만 사셨구나. 제발 세상을 있는 그대로 보세요. 머리가 아니라 마음으로 느끼시라고요. 작은 풀벌레를 보며 살고 싶다면서요. 작은 풀벌레는 의외로 발밑에 있는 걸요. 사람들이 모를 뿐이지. 어쨌든 두고 보세요. 곧 설화 언니가 하나원에서 나올 테니.

그렇게 단둥에서 언니를 만나고 서울로 돌아온 저는, 브로커를 급하게 알아봤어요. 언니는 탈북자 신분으로 중국 공민증이 없는 상태였죠. 한마디로 하루하루가 살얼음 딛는 나날이었던 거예요. 그런데 어떻게 식당을 하냐고요? 당연히 고용된 처지였죠. 거긴 큰아빠의 친구 분이 운영하는 식당이었어요. 언니가 탈북에 성공해서 온 곳이래요. 거기서 주방 일을 배워서 나중엔 주인 노릇 하게 된 거고요. 주인 할아버지는 노환으로 병원에 입원해 계신다고 들었어요. 그러면서 당신께서 돌아가시고 나면 언니의 안위를 걱정하셨죠. 근데 언니는 그렇게 눌러살 생각이었대요. 뭐 그 생활에 만족했다기보다 한국으로 넘어오기까지의 과정이 험난하고 위험하니까 엄두도 못 낸 거죠. 그런 거 보면 언니가 참 인복이 있어요. 대부분 중국에서 나쁜 사람들 만나거나 인신매매로 납치되는데 말이에요. 물론 언니도 그간의 사정이 많대요. 그건 퇴소하고 나서 천천히 듣기로 했어요. 여하튼, 언니와 저는 서로를 알아봤어요. 정말 핏줄은 오래도록 멀리 헤어져 살아도 언젠간 다 알아보는 법인가 봐요.

"기래두 핏줄은 다 알아보디 않갔어?"

언니는 24년 전에 자기가 그런 말을 했냐며 웃더군요. 저에겐 몇 달 전인데…. 실제로 본 적은 없지만, 통화하는 내내 그 앳되고 치기 어린 목소리며 말투며 하는 생각이며. 모두 180도 달라져 있었어요.

눈앞에 선 언니는 더 이상 사춘기 소녀가 아니었으니까요…. 그런데 정말 신기한 건요. 눈을 감고 언니 목소리를 들으면 얼마 전까지만 해도 들었던 통화 속 언니를 고스란히 느낄 수 있어요.

어쨌거나 브로커를 알아보는 것도 중요하거니와 한편으로는 중국으로 떠돌지 모르는 언니네 오빠도 찾아야 했어요. 한국에 왔는데 혼자만 잘 먹고 잘살면 죽은 오빠한테 미안하지 않겠냐고 그러더라고요. 중국에서 지내는 동안 수도 없이 오빠를 수소문했지만 모두 헛수고였으니 그렇게 생각할 만도 하겠죠. 설득했죠. 아직 죽었단 소식도 안 들렸는데 무슨 소리냐고 말이죠. 찾을 수 있다고 큰소리 떵떵 쳐놨어요. 그래야 언니가 한국에 오니까요. 어휴, 전 이래서 문제라니까요. 무작정 지르고 보는 성격. 그렇게 무사히 언니가 인천으로 오는 비행기에 몸을 실었다는 전화를 받고서야 저는 안도했어요. 공항에는 국정원 직원이 나가 있겠다고 했고요.

아, 물론 그 여종업원분도 함께 비행기를 탔고요. 중국 생활 접고 한국에 갈 거라고 하니까 풀이 죽어서는 반나절 동안 드러누워서 울기만 하더래요. 그래서 같이 오기로 했죠. 그분. 원래는 꽃제비 출신이래요. 중국에 처음 간 언니한테 사기 치면서 알게 됐대요. 언니가 평양 출신이니까 순박하니 딱 타겟이었던 거죠. 가진 돈이고 뭐고 다 훔쳐서 도망쳤다는데 어쩌다 역전에서 또 마주쳤대요. 외나무다리인 거죠. 언니가 죽기 살기로 머리 잡고 싸웠다는데…. 뭐 그러다 나중에 무슨 일 때문에 인신매매로 팔려갈 뻔한 걸 언니가 구출해줬다나? 듣자하니 언니가 손잡고 냅다 달리는 차에서 같이 뛰었대요. 하여튼 대단해. 그래서 언니 동생 하면서 중국 땅에서 서로 의지하고 지내는 사이 래요. 그런 걸 전우라고 하죠?

그 전화를 퇴근길 지하철 안에서 받았는데 글쎄, 지하철 안에서 울어본 적 있어요? 그저 감사했어요…. 언니가 한국에 오면 뭘 해줘야지, 어딜 가야지, 무슨 음식을 만들어줘야지, 같이 해보고 싶었던 것 등등. 정말 행복한 나날이었어요. 할아버지가 돌아가신 이후로 나에게 그런 날이 올까 싶었는데. 정말 또 이렇게 볕이 드네요. 그로부터 일주일쯤 지났을까요? 갑자기 전화가 걸려왔어요.

- 한주희 씨 맞으시죠?

- 네. 어디시죠?

- 아, 안녕하세요. 저는 채널B <이제야 만나네요>라는 프로그램의 박 PD라고 합니다.

- 방송 출연 안 한다니까요?

- 이번엔 다른 용건입니다.

- 뭔가요?

그렇게 박 PD님을 만나게 된 첫날. 너무도 반갑고 놀라운 얘기를 들었죠. 프로그램에 나와 줄 수 없냐길래 일언지하에 거절했더니 이번엔 PD님께서 설화 언니의 오빠를 찾는 것을 도와주겠다는 거예요. 무슨 방도나 탈북자 간의 연락망이 따로 있나 싶었는데 그건 아니더군요.

"그럼 어떻게 찾아 준다는 거죠? 저도 백방으로 알아봤는데 소용없었거든요."

"주희 씨가 쓴 글을 보니까 그 오빠라는 분이 북한에서 핵 과학자를 배출하는 대학을 나왔다고 쓰여 있던데 맞나요?"

"정확히 말하자면 중퇴죠. 공부를 모두 마친 건 아니니까."

"그 대학 이름이 바로 국방종합대학입니다."

"국방… 종합대학이요? 그런 대학도 있나요? 정확히 이름은 몰라서."

"그 학교가 맞습니다. 김일성종합대학보다 높은 핵 과학자를 배출하는 곳은 거기밖에 없으니까요."

"잘 아시네요."

"제가 잘 아는 탈북자 중에… 그 대학을 나온 남성분이 한 분 계십니다."

심장이 마구 뛰었어요. 그뿐이 아니에요. 심지어 그 사람은 설화 언니네 오빠랑 나이도 엇비슷했어요. 게다가 평양 출신이고요. 어떻게 아느냐고 물으니 몇 번 출연한 적이 있다고 했어요. 몇 년 전엔가 겨울 수능 시즌 '북한의 영재들'이라는 특집 때 말이죠. 그러면서 PD님은 정말 그 오빠가 맞다면 사촌 남매끼리 한 번 프로그램에 나와 줄 수 없겠냐고 했죠. 물론 그렇게만 된다면 못 할 거 뭐 있어요? 단, 확실히 찾는다는 전제하에 승낙했죠. 그분은 70년대 후반에 평양 모란봉구역에서 태어났대요. 초중고는 어딜 나왔는지 모르지만 확실한 건 대학은 국방종합대학을 나왔고요. 2년 채 못 다니고 탈북했대요. 그것도 혼자. 이름은 김재철인데 가명이래요. 본명은 따로 있는데 북한에서 방송을 모니터링해서 북에 두고 온 가족에게 피해가 갈까 봐 가명을 썼다나요?

***

언니가 인천공항에서 국정원 직원에게 인계되고 하나원에 입소한 지 3주가 흐른 주말. 그분을 만나기 위해 약속장소에 나갔어요. PD님도 따라간다고 하시는 걸 혼자 가겠다고 우겼어요. 혹시라도 단둘이 할 얘기가 있을지도 모르고. 만나면 뭐라고 인사를 해야 하나, 뭐라고 불러야 하나, 내 이야기를 다 믿어줄까, 어떻게 생긴 사람일까, 할아버지의 존재를 알고 있을까… 등등 어찌나 가슴이 뛰던지 우황청심환까지 먹을 정도였으니까요.

만나기로 한 카페. 그분이 먼저 와서 기다리고 계셨어요. 입구로 들어가니까 바로 보였어요. 저기서 약간 왜소한 체격에 단정하게 가르마를 탄 상고머리를 한 남자의 뒷모습. 가까이 다가갈수록 온몸의 피가 심장으로 몰리는 기분이었어요. 어쩌면 한 할아버지의 피를 물려받은 핏줄. 어쩌면 언니가 20년 넘도록 그토록 찾아 헤매던 친오빠.

"저어…."

제가 다가가자 그분은 소스라치게 놀라며 마시던 커피를 반쯤 쏟으셨어요. 본의 아니게 놀라게 한 것 같아 죄송했는데, 괜찮다며 사람 좋게 웃으시기만 하더라고요. 서로 통성명한 후에 일단 서로가 찾는 사람이 맞는지부터 확인해야 했어요.

"저는 국방종합대학을 나왔습니다. 그리고 99년 탈북에 성공했고요."

"99년이요…."

"네. 그리고 저에게도 여동생이 하나 있습니다. 아버지께서는 평양에 계실 때 군인이셨고…."

왜 할아버지 성함을 대지 않냐고요? 그분은 친할아버지의 존재를 모르고 자랐대요. 아버지께서 말씀을 안 해주셨다고…. 어쩌면 월남자 가족이기 때문에 평생 숨겨야 했는지도 몰라요. 게다가 할아버지 성함도 모른다는데 어쩌겠어요?

"그럼 어머니는요?"

"어머니는…. 제가 어릴 때 일찍 돌아가셨죠. 병을 앓다가요."

"그, 그랬군요. 그럼…."

"찾는 분하고 제가 어느 정도 일치합니까?"

"네, 지금까지는요. 죄송해요. 지금 뭘 물어봐야 할지 머릿속이 뒤죽박죽이네요. 너무 떨려서."

"괜찮습니다. 차근차근 얘기 나눠보죠."

"감사합니다. 근데 어쩌다 탈북을?"

"저는 남조선 영상물을 봤다는 이유로 보위부에 끌려갔습니다."

"아…."

"거기서 온갖 고문 다 겪고 산송장이 되다시피 했죠."

"보위부에서 그럼?"

"도망을 친 겁니다. 무작정 뛰어내렸어요."

"뛰어내려요?"

"여기 남한과는 달리 북한엔 고층건물이 별로 없습니다. 90년대야 오죽했겠어요? 총 3층 건물인데, 제가 갇힌 곳이 딱 3층이었습니다. 거기서 뛰어내렸어요. 그리고 도망 다니면서 몇 년 꽃제비 시절을 좀 보냈습니다."

"그러셨구나…."

"근데 제가 사라졌다는 소식을 듣고 아마 평양에 남은 가족들이 꽤 고달팠을 겁니다."

"그랬겠죠. 아, 동생이 있다고 하셨는데 그 후의 소식은 모르시나요?"

"네. 나중에 한국에 오자마자 동생부터 찾으려고 했는데, 행방불명됐다고 합니다."

만약 그분이 학수 오빠가 맞는다면, 그 행방불명됐다는 동생도 설화 언니일 확률이 있었어요.

"그럼 아버지는요?"

"아버지께서는 병환으로 돌아가셨다고 합니다."

"네? 병…환이요?"

"네. 그 당시에 전염병이 돌아서…."

"누구에게 들은 이야긴가요? 확실히 병환 맞으세요?"

"확실합니다. 저희 고모에게 들었거든요."

맥이 탁 풀렸어요. 그분이 아니었어요. 고모라니. 큰아빠는 외아들이잖아요. 여자 형제가 있을 리 없죠. 그리고 큰아빠는 강원도에서 공작 임무를 수행하다 가셨는데. 혹시 북한 측에서 사망 원인을 잘못 알려줬을 수도 있어서 이번엔 질문을 달리했죠.

"그럼 여동생은 실례지만 무슨 학교에 다녔나요?"

"인민학교까지만 다니고 제가 대학에 들어갈 때쯤 동생은 군에 입대했습니다."

휴…. 완벽하게 헛다리 짚었어요. 내심 기대하고 나왔는데 말이죠. 그분도 여기 남한에 사촌들이 살고 있어서 찾는 중이었다고 하더군요. 전혀 미안해할 필요는 없었는데 몇 번이고 죄송하다길래 참 안타까웠어요. 우리는 이산가족 3세인 셈이니까요.

허탕을 쳤다는 소식에 누구보다 박 PD님께서 허탈해 하셨어요. 출연이 물 건너가게 생겼으니 그럴 만도 하지만. 그러면서, 그 한학수라는 사촌오빠를 찾을 수 있도록 다른 방법을 써보자는 거예요. 그게 뭐냐니까, 자기가 잘 아는 대학 선배가 있는데 기자라고 하네요? 뭐 어디 유학파 출신이고, 대형 신문사 경력도 있고, 특히 탈북자들 취재도 많이 했다고. 게다가 정보력도 좋아서 금방 찾을 수 있을 거라고. 그런데 거절했어요. 사실 별로 내키지도 않았거니와 과연 효과가 있을까 싶고. 괜히 기자한테 떡밥만 주는 것 같았거든요. 미안해요. 이렇게밖에 표현을 못 해서. 근데 솔직한 제 심정이었어요. 그 외에도 혹시나 사촌오빠에 대해서 아는 사람이 있을까 싶어서 비슷한 연배의 고학력자 탈북자들을 더러 만나봤지만 모두 마찬가지였죠. 언니는 하나원에서 교육받으면서 어쩌면 친오빠를 찾을지도 모른다는 기대감에 하루하루 보낼 텐데.

결국 하나원 면회 날. 솔직하게 말하자 싶었죠. 실은 아직 못 찾았다. 아니 어쩌면 남한에 안 왔을 수도 있다. 중국에도 없다면…. 최악의 시나리오까지 구상했죠. 그날따라 경기도 안성까지 가는 길이 신호도 안 걸리더라고요. 괜히 야속하게. 차창 밖에 얼굴을 묻고 멍하니 가고 있는데, 그때 전화가 걸려왔어요. 왜 아까 말했죠? 단둥 출장 가 있을 때부터 걸려왔다던 서울 강동구 전화번호! 네 그 번호였어요.

02-476-0083

- 여보세요….

- 거 혹시 컴퓨터에 글 쓴 선생 맞지요?

웬 할아버지셨어요.

- 컴…. 새터민동지회 홈페이지 말씀하시는 건가요?

- 그렇소.

- 네. 맞는데요….

- 한주희 선생?

- 네. 제가 한주희입니다. 실례지만 어디시죠?

- 나도 탈북자요. 서울 사오.

- 아, 그러시군요.

그때까지만 해도 별 기대감은 없었어요.

- 내 몇 가지 묻고 싶어서 전화했소.

- 저한테요? 네. 말씀하세요.

- 할아버지 존함이 한 용자 석자 맞소?

- 네. 맞습니다.

전화 너머로는 그분께서 볼펜으로 메모하는 소리가 어렴풋이 들렸어요. 그리고 확인이라도 하듯이 몇 번이고 되뇌더라고요.

- 거 사람 찾는다는 글을 봤소, 내가.

- 네. 혹시 아는… 사람인가요?

- 그런 것도 같고… 아닌 것도 같고….

- 최대한 아시는 대로 말씀해주세요.

- 내가 혹시나 해서 전화를 드렸소만, 만약 아니어도 크게 개의치 마시오.

- 그럼요. 전화 주신 것만도 감사드립니다.

여기까지는 그동안 수없이 주고받던 멘트.

- 내가 53년생 뱀띠요. 전쟁 끝나고 그해 겨울에 태어났지.

- 네.

- 원래 고향이 조상 대대로 전라돈데 전쟁 끝나고 량강도 혜산서 살았지. 우리 할아버지는 그 옛날 왜정 때 내가 듣기론 낫 들구 지주놈 모가지 벤 양반이구, 우리 삼춘은 의용군 출신이라서 거기서 공을 세웠다 이 말이오. 김일성이두 직접 봤다고. 나중에는 그 양반이 안전부 부장까지 올라갔는데 나도 덕을 봤지.

- 네. 계속 말씀하세요.

- 내가 머리가 좋은 것도 아니고, 재주가 있는 것도 아니어서 날 데리고 평양엘 갔어. 가서 백으루다가 경보부대에 넣어줬다, 이 말이오? 그때가 스물다섯이었어. 그러고 몇 년 지나서 명절날 고향에 내려가는데 우리 어머니가 몸져누워 있어. 그래서 왜 그런가 하니 달구지를 끌고 가다가 고랑에서 넘어졌다는 거야. 그래도 다행인 게 옆집에 사는 친한 형님이 얼른 진료소에 데려갔으니 망정이지 안 그랬으면 큰일 날 뻔했거든? 그 형님이 광산에 돌격대도 나랑 같이 들어간 형님이고 해서 사이가 아주 좋아. 우리 어머니도 아들처럼 여겼구.

- 네.

- 그래서 고마워서, 형님 그러지 말고 나랑 같이 평양 갑시다 했지. 그 형님도 토대가 안 좋아서 뭐 빌어먹고 살길도 없고. 또 그 형님도 아버지 어머니 안 계시구 일가친척도 없고 해서 나랑 따라갔어. 그래서 우리 삼춘한테 부탁해서 경보부대에 또 백으로 넣었지!

- 그랬군요.

- 그러고 있는데 몇 달 지나니까 갑자기 부대가 난리가 났어.

- 난리요?

- 응. 그러면서 나를 갑자기 위에서 붙잡아 가더라고.

- 왜요?

- 아, 영문도 모르고 붙잡혀 갔는데 나중에 듣고 보니까 그 형님이 옥류관에서 사람을 죽였대.

- 살인을 저질렀다고요?!

설.마…!

- 그렇지. 살인이지. 근데 하필이문 그 상대가 유도 은메달 따온 김호길이라고 있어. 그때 김일성이도 접견하고 아주 대단했지 위세가.

- 설마 그 사람을?

- 그래. 뭐 치고받고 싸우다가 급소를 친 모양이야. 그 형님이 싸움을 잘했거든. 근데 접견자를 죽였으니 야단 난 거지 뭐. 그 형님도 끌려가고 그 형님 꽂아준 나도 끌려가고 우리 삼춘 끌려가고 말도 마. 난리가 났단 말이지.

- 네.

- 아, 이거 죽었다 싶었는데 한두 시간 있다가 금방 풀려나는 거야. 위에서 잘

봐줬다는 거지. 나는 풀려났는데 형님이 안 보여. 알고 보니까 그 형님은 경보부대 위상을 드높였다면서 김호길이가 죽거나 말거나 특각까지 가서 김일성이도 만나구 김성애라고 김일성이 후처도 만나고 아주 대접을 그냥 극진하게 받았다더구만? 그다음에 군관도 착착 되고. 뭐 장가도 가고. 인생 폈어.

- 그, 그래서요? 장가를 가서 자식들은요?

- 그러니까 들어 보시오.

- 네네.

- 인제 그 형님이 한 번 잘 나가니까 뭐 손대는 일마다 척척인 거야. 선물두 받구…. 근데 그중에서도 제일 으뜸인 게 뭐냐? 바로 자식 농사다, 이 말이지. 그 형님한테 아들 하나 딸 하나가 있었는데, 내가 아들놈 태어날 땐 평양산원에도 가줬거든. 달구 한 마리 잡아서. 그 아들은 머리가 누굴 닮았는지 아주 좋아. 남산중학교라고 김정일이가 나온 곳이 있어. 거기두 들어가고 나중에 그 국방종합대학도 들어가고.

'국방종합대학'이라는 말에 귀가 틔었어요.

- 국방종합대학이요?

거기도 1등으로 들어가고 나중엔 중국유학까지도 다녀왔거든?

- 네네. 중국유학 맞아요!

- 그리고 고 아래로 두 살인가…? 세 살인가? 터울의 딸도 하나 있는데, 나이는 정확히 모르겠네. 여하튼 고것이 또 그렇게 목소리가 꾀꼬리야. 언제고 형님 집에 놀러 갔는데 보니까 노래를 아주 잘 불러. '내 나라 봄이 오네'라고.

- 혹시… 그 딸의 이름이…?

- 이름이… 설… 그렇지, 설화! 눈 설에 꽃 화. 형님이 직접 지었어. 한겨울에

태어났다구. 껄껄.

이마에 손을 짚고는 눈을 뜰 수가 없었어요. 맞아요. 완벽하게 언
니와 오빠의 이야기였어요. 그 할아버지는 제가 그동안 알아본 탈북자
중에 가장 최측근 지인이었고요!

- 아휴…. 근데 큰놈이 나중에는 자본주의에 빠져서리…. 말도 마. 집안이 그
냥 쑥대밭이 됐지.

- 저 혹시 그럼 그 아들이란 사람은?

- 나중에 보위부로 끌려가고 학교고 뭐고 역적이 된 거지. 형님이 맨 술만 먹
길래 물어도 대답을 안 해. 어디 얘기 샐까 봐 그런 거지 뭐. 나도 못 믿구. 어쨌거
나 아주 속을 썩이는데 그즈음에 형수님도 돌아가시고 뭐. 아주 개판 됐다고 들
었어.

- 그 후에는요? 그 후에는…. 어떻게 됐는지 아세요?

- 근데 말이야.

- 네.

- 사실 내가 그 전에 먼저 탈북을 했어.

- 그전에요?

- 그래. 뭐 그것두 내가 좋아서 탈북한 것도 아니야. 술김에 동무들하고 이런
저런 얘기하는데, 그 누구야, 김경희.

- 김일성 딸 말이죠?

- 그래. 김정은이한테는 고모지 고모.

- 네네.

- 아, 그 여자 얘기를 좀 했거든. 술김에. 장성택이하고 결혼 전에 또 누구 만

나는 사람이 있었다, 뭐 이런 거였어. 사회과학출판사에 내 지인이 기잔데, 학교 다닐 적에 봤다더구만. 그런데 그 얘기했기로서니 우리 집도 풍비박산이 난 거야. 갑자기 새벽에 쳐들어 와서는 짐을 싸래. 당장 평양에서 나가라는 거야. 아니, 갈 데가 어딨어? 당에서 쫓아내는 데로 쫓기다 보니까 도착한 곳이 탄광이지. 저어기 평안남도에 있는 안주탄광이라고 아주 유명해. 거기로 가서 뭘 해 먹고 살아? 거기서 어머니 돌아가시고, 누나 죽고, 하나뿐인 어린 아들도 죽고. 안해? 안해하고는 진작 이혼했구. 뭐 나만 남는데 자살하려고 콱 목매달려다가 '아, 안 되갔다. 이대로 죽기엔 억울하다' 해서리 도망가기루 한 거지. 근데 고향엘 어떻게 가나? 나 하나 때문에 사돈에 팔촌까지 줄줄이 엮여 들어갔는데 무슨 낯짝으로 가? 거기서 나는 천하에 나쁜 새끼지. 뭐 갈 곳이 있나? 방법은 하나잖어. 탈북했지. 중국으로 넘어갔다, 이거야. 이야, 가기 전에 산에 올라서 고향산천 돌아보는데 그 지긋지긋한 삼수갑산아 눈물 머금고 이제는 안녕이다 했지.

- 그럼 그 형님이라는 분의 가족과는 영영 연락이 끊긴 건가요?

- 그때까지만 해도 끊겼지.

- 그때… 까지만 해도요?

- 거 여자들만 인신매매로 팔려 가는 게 아니라, 탈북했으면 남자들도 머슴으로 팔려가거든? 나도 몇 번 팔려가서 고생 뒤지게 하고 안 되겠다 싶어서 브로커한테 부탁해서 가짜 공민증을 만들었어. 중국인 공민증 말이야.

- 네.

- 그런데 그것두 발각돼서리 또 끌려가다가 탈출하고. 뭐 계속 반복하다가 결국 개 두들겨 맞듯 처맞고 또 팔려가서 궁벽한 시골 촌구석에서 머슴살이한 거지. 그때 거기가 어디냐면 길림성이야 길림성.

- 길림성이요?

- 그래. 연길. 거 하루 한나절씩 중국인 농가에 가서 일해주고 품삯을 받는데, 뭐 그 새끼들이 주는 새끼들인가? 북송이나 안 하면 다행이게? 어쨌거나 그날도 저녁까지 일하고 돌아가려던 참이었어. 근데 저어기 밭고랑 구석에 웬 보따리 큰 거 하나가 놓여 있지 뭐야? 저게 뭔가 하고 가보니 보따리가 아니라 사람이 쓰러져 있는 거야. 아, 놀래서 이걸 신고해 말아. 하자니 또 공안이 올 것 같고. 모른 척하기엔 또 께름칙해서 일단 내 집으로 데려왔단 말이지? 중국 놈이 뭐라 뭐라 지랄하는데 사정사정했지. 아이고, 옷에서는 꼬린내가 진동하고 얼굴은 어디서 으더 터졌는지 피범벅이 돼서 만신창이도 그런 만신창이가 없어요.

- 네.

- 그러고 다음 날 환한 대낮에 점심 먹으러 들어와서 보니까 정신을 차렸더라고. 간밤엔 깜깜해서 잘 몰랐는데 이러고 환한 데서 보니까 아, 이게 누구야?? 함덕이 형님 아들 아니야?

- 네?! 함, 함덕이라면…. 그럼 그 아들이 한학….

- 학수! 학수지 뭐야?!

끼이이익!!!

그 순간, 하마터면 스마트폰을 떨어뜨릴 뻔했어요. 버스가 급정거하면서 창문에 얼굴을 가볍게 부딪쳤죠. 하지만 아무래도 상관없었어요. 똑똑히 들었다고요. 한.학.수. 사촌오빠의 이름을 말이에요! 심장이 어찌나 뛰던지 뛰어나올 것 같았어요.

- 야, 이게 누구야. 너 어떻게 된 일이냐. 니 아바지하고 여동생은 어쩌고. 평양은 어쩌고 이국만리에 와서 이 꼴이 됐냐 자초지종을 물으니까 다 말하더라

x

x

고. 이러저러해서 보위부까지 끌려갔다. 가서 고문을 아주 죽기 전까지만 받고, 정치범 수용소로 가기 전날에 탈출했다는 거야. 그래도 탈출하기 전에 가족 얼굴은 봐야겠으니까 비 억수로 쏟아지던 새벽 네 시쯤 되어서 집엘 찾아갔대. 근데 집밖에 보니까 웬 찦차가 섰고, 그 앞에서 수상한 남자들이 저들끼리 쑥덕대더래. 그러기에 '아, 나 때문에 감시가 붙었나 보다!' 해서 어쩔 수 없이 만나보지도 못하고 나왔지. 그 길로 중국으로 혼자 탈북하려는데 길을 알아야지. 맨 공부만 한 놈이 세상 물정을 뭘 알아. 그냥 해 뜨고 지는 거 보고 저기가 동쪽이고 저기가 서쪽이다 한 거지. 무작정 북쪽만 보고 걸었다는 거야. 껄껄. 낮에는 풀숲에 숨어 있다가 밤에는 걷고 또 걷고. 쓰레기통 뒤져서 허기 채우구. 그렇게 석 달 열흘 걸어서 왔는데 중국 땅에 와서두 그게 중국 땅인지 조선 땅인지도 모르고 길림성까지 온 거지. 껄껄.

- 맞아요… 맞아요…. 저, 할아버지. 제가 찾는 사람 맞아요. 한학수. 동생은 설화, 한설화. 맞구요!

- 맞다고? 그럼 잘 됐구만!

- 할아버지. 그 오빠, 학수 오빠 지금 어딨나요? 같이 탈북했나요? 아니면 중국에 있나요? 제발 알려주세요.

- 아, 당연히 탈북했지.

그런데, 그런 사람은 알아본 결과 없는 거로 결론이 났잖아요? 어떤 게 진실이지??

- 그 말은….

- 나랑 같이 한국에 왔다, 이 말이야.

어느새 뜨거운 눈물이 두 뺨을 타고 흘렀어요. 차창 밖을 보니 저만치서 하나원 건물이 보이기 시작했죠. 운동장에서 뛰어노는 새터민들이 어렴풋이 보이더군요. 다음 정거장이면 내려요.

- 무사한 거죠? 지금 한국에 잘 있죠?

- 뭐 탈북하면서도 별일 다 겪었지 뭐요. 도망치기 전에 그 중국놈한테 설움당한 게 있으니 추수해서 쌓아놓은 콩더미에 죄다 불 지르고 나왔지. '엿이나 먹어라' 하고. 그러고 둘이 도망쳐서 어찌어찌해서 북경까지 갔는데. 그것도 학수가 그리로 가자서 간 거야. 거 가면 뭐 살길 있냐니까 한국대사관이 있다. 그 안은 무조건, 그 뭐냐 그? 국제법인가 뭔가 해서 대사관 안에만 들어가면 중국 공안들도 어떻게 못 한다는 거야. 여하튼 몇 날 며칠 그 주변 맴맴 돌면서 때를 봐서 철문 넘어 안에 들어갔지. 그때 우리 말고두 탈북자 여덟 명이나 더 있었어. 그 사람들도 들어오는데 성공해서리 다 품에서 태극기 꺼내고 만세 부르더라고. 나도 '이야! 이제 살았다!' 하고 숨 돌리고 있는데 학수가 자꾸만 손목 잡고 '더 들어 가자요, 가자요!' 하는 거야. '야, 인마 이제 우리 살았다면서 또 가긴 어딜 가냐' 하니까, 저 안에 직원사무실까지 가야 한다는 거야. 아니 안에만 들어오면 된다더니 뭐 할 수 있나? 유학물 먹은 놈이 하자는 대로 붙들려 갔지. 기란데 말이야. 직원사무실에 숨어서 창문으로 보니까 갑자기 공안들이 거 대사관 안에까지 쳐들어오더니 바로 철문 앞에서 태극기 흔들어 재끼던 탈북자들 여덟 명 싹 다 잡아갔어. 싹 다. 그게 국제법으룬 그럼 안 되는데 뭐 나라가 힘이 약하니 별 수 있나. 수상한 놈들이 잠입해서 즈덜이 인도했다 하며 명분 붙이고 잡아가면 끝이라지 뭐야. 뭐 그 사람들이래 다 북송됐겠지…. 아휴… 말두 마. 좌우지간 탈북하면서 그 녀석하고 나하고 의지 참 많이 했다, 이 말이야. 여하튼 무사히 잘 왔으니 다행이지. 한국에 와서 정착하는데, 정부에서 지원을 해주더라고. 나는

지금 영구임대 아빠트에 살고 있소.

- 그럼 거기가 현재 강동구인 거죠?

- 그렇지.

아…. 그제야 단둥 출장 때부터 줄기차게 전화 왔던 그 번호란 걸 깨달았어요. 왜 진작 받지 못했을까….

- 그럼 학수 오빠는요?

- 그놈도 따로 아빠트를 배정받았는데, 처음엔 나는 서울이고 그놈은 충청도로 갔지 뭐야.

- 네? 어째서요?

- 아, 내가 살고 싶은 데서 살 수야 있나. 그러면 서울이 미어터지지. 다 나라에서 알아서 하는 거야.

- 아, 네.

- 가서 이놈이 여기 한국 생활에 적응을 못 하니까 맨 술만 퍼먹고, 어디서 맞고 다니고. 일도 안 해요. 노가다라도 고맙소 해야 하는데 딴엔 인텔리였다고 그것도 못 하겠대. 배가 부른 거지. 아휴, 몇 년 동안은 아주 사람 꼴이 말도 아니었다고. 정착지원금도 같은 아빠트에 사는 남한사람한테 사기 맞고. 한심스러 한심스러. 아, 한밤중에는 무슨 사고를 쳤는지 병원 응급실에서 전화가 왔어. 보호자 찾는다고. 그 길로 아산으로 당장 내려갔어. 가서 대뜸 그랬지. '이 자식아, 너 왜 그러고 사느냐' 하니까 북한에 두고 온 지 아버지랑 여동생 찾으려고 보니까 아버지도 갑자기 죽었다고 하고, 여동생은 쥐도 새도 모르게 없어져서 그게 다지 때문이라는 거야. 그래서 죽겠다고 차도에 뛰어들었다는 거야. 그렇게 인사불성이 돼서 울고불고 난리를 치길래 냅다 뺨을 후려갈겼지. 아, 나도 속이 참 쓰

려서. 함덕이 형님이 나한테나 우리 어머니한테 참 잘했거든. 친했다고. 내가 김경희 뒷얘기하고 다녀서 끌려갈 때도 어떻게든 나 꺼내겠다고 애쓰던 양반이야, 그 양반이. 그래서 뭐 달리 방법이 있나? 내 학수한테 그랬어. '야, 너도 천지간에 피붙이 하나 없이 이렇게 망나니로 살고, 나도 나이 먹어서 자식도 없고 혈혈단신이니까 너랑 나랑 부자 연을 맺고 살자' 했지. 그러니까 가만 생각에 잠기더니 고개를 끄덕끄덕하더라고. 그래서 그놈이 내 수양아들이 됐어. 그게 벌써 20년도 더 됐네.

　- 잘됐어요! 정말 잘됐네요. 할아버지! 지금은 같이 사는 건가요? 제가 언제고 찾아갈 수 있어요!

　- 아참. 근데 이놈이 북한에 있을 때 인재 중의 인재였단 말이야? 국방종합대학에서도 1등으로 들어가고 거기서도 공부도 잘해서 핵 과학자 교수들이 아주 예뻐했어. 그런 놈이 탈북했으니 당연히 거기서도 비상이 걸린 거지. 한동안 나랑 같이 사는데 아주 늦은 밤만 되면 수상한 인기척이 들리고, 어딜 가도 께름칙하더라고. 지금이야 모르지만, 그때는 암살조 파견이다 뭐다 해서 말이 많았거든. 아, 북한 황장엽 그 양반도 탈북해서 잔뜩 곤두섰을 때니까 그때가. 여하튼 녀석이 매일같이 악몽 꾸고, 밖에 나가기 무서워하길래 참 측은했어. 근데 하루는 대학 입학원서 접수하기 전날 말하더라고. '아버지, 나 이제부터 한학수 아닙니다' 그래서 '뭔 소리냐' 하니까. 이제부터 지는 내 아들로 살겠다는 거야. '야, 그럼 너가 이제 내 아들이지 아니냐' 하니까. 이름을 바꾸겠다는 거야. 내가 탄광으로 쫓겨날 때 거기서 다섯 살배기 외아들 하나가 굶어 죽었거든. 그놈 이름이 영호였어. 그래서 학수가 지 이름을 영호로 바꿨지. 한영호. 아주 개명을 해버렸다는 얘기야. 나중엔 이사도 가고, 그 이름으로 좋은 대학도 갔어. 남한에서 제일

좋은 대학이 어디야, 서울대잖아. 아, 그뿐이야? 아주 머리 하난 타고나서 여기서도 매일 1등만 하고 취직도 잘했지. 지금은 기자야, 기자. 알지 기자가 뭐 하는지? 거 아무나 못 된다고. 아주 지금은 회사에서 높은 사람 됐지. 아! 교회에서 사람들 올 시간이구만. 내가 다리를 다친 뒤로 가끔 찾아와 준다우. 이봐요, 처자. 여하튼 내 이름은 림용각이오. 거 손전화에 우리 집 번호 나오지? 다시 전화하시오. 내 기다릴 테니.

Пхёньян

Seoul

에필로그

1950년 10월. 함경남도 함흥.

가없이 펼쳐진 억새풀숲. 바람에 몸을 맡겨 하염없이 늘어진 사이
로 사박사박 기척이 들려온다. 불규칙하게 엇갈리는 소리가 두 사람의
것이다.

"어째 자꾸 따라오우까?! 따라 나오지 말라 했지비!"

학생모에 흰 띠를 두른 용석. 진작부터 뒤에서 바스락거리는 낌새
를 알고 있었다. 집에서부터 따라오던 귀찮은 존재. 자꾸 물리쳐도 따
라붙는 것이 찰거머리 같이 느껴졌다. 움찔하더니 뒷걸음질 치는 색

시. 뒤로 비스듬히 기운 모습이 인차 해산을 앞두고 있어 용석의 눈에
는 그것이 퍼그나 우스웠다. 따라올 거 없다는 데도 그 부른 배를 하고
기어이 따라오기는. 눈치가 없으면 코치라도 있어야지, 고집만 세니
마음이 영 갈 턱이 있나. 그 속을 아는지 모르는지 내내 눈치 보던 색
시가 용기 내서 입을 열었다.

"용석씨….."

"……."

"금방… 돌아오우까…?"

아들 귀한 양반 가문. 대를 이어야 한다며 함흥고보 3학년인 열아
홉 살에 서둘러 치른 정략결혼. 두 살 연상의 색시와 갑자기 들어선 자
식은 어린 용석에게 여간 부담스러운 존재가 아닐 수 없었다. 더구나
낮 놓고 기역 자도 모르는 이 까막눈 색시 때문에 이화학당에 다니는
애인 혜심과 헤어진 걸 생각하면 더 부아가 치밀었다. 언젠가 심훈 선
생의 상록수에 대해 넌지시 말이라도 떠보면, 그저 지는 글 몇 줄 읽기
보다 고기 함지 이는 게 더 편하단다. 허니 말 다 했지. 아만 안 들어
섰어도 콱 그냥. 요즘 세상이 어떤 세상인데 아버지들끼리 기생집에서
술잔 기울이며 '너랑 나 사돈 하자' 하는가? 이래서 국가든 가정이든
일개인으로 보든 사람에게는 무릇 계몽이 필요하다. 그런 계몽 사업을
함께하기에 색시는 한없이 모자란 여자다. 이런 여자를 청주한씨 공안
공파 30대손의 종부라고 챙겨주다니. 아버지에게 인사도 여쭙지 않고

나와 버린 건 그 반발심에서 비롯된 것이다.

"가보기도 전에 어째 아오?"

"그럼…. 아 이름이라도 지어 주고 가기요."

"없는 살림에 거 밥만 축낼 애물단지 뭐 이쁘다구…."

"……."

"아바이나 잘 모시고 있기요."

"디금 아니믄…."

"내 어데 죽으러 감매?!"

버럭 화를 내자 글썽이는 색시. 툭하면 그 주눅 드는 모양새도 보기 싫었다. 색시는 잠시 머뭇거리다 다시 입을 열었다.

"복숭아 태몽을 꿨으니끼니 딸일 텐데…."

"고추 달고 태어나도 모자랄 마당에 무슨. 누가 반긴다구. 행여라도 아바이 듣는 데서 그런 소리 마오."

"기래도 첫 자식 아임매?"

서방 말하는데 끝까지 말대답하기는. 일부러 못들은 체했다.

끼이익———.

그때, [쳐부수자 공산당!]이라는 플래카드가 대문짝만하게 붙여진 수송 트럭이 길가에 섰다. 뒤이어 한차례 흙먼지가 일더니 또다른 트

럭이 멈춰 섰다. 짐칸에는 또래의 학도의용군들이 꼬질꼬질한 얼굴을
하고 빽빽이.

"야! 빨리 안 타?!"

조수석에서 완장을 찬 사내가 소리쳤다. 경례를 하고 날렵하게 트
럭에 몸을 실었다. 색시가 저고리 앞섶을 만지며 머뭇거리는 걸 봤으
나 모른 체했다. 시동이 걸리자,

"저, 이것 가져가기요!"

색시는 이미 전날 밤에 끊어놓았는지 내내 손에 쥐고 있던 속저고
리 고름을 건넸다.

"어데 부꾸러운 줄도 모르구!"

여자 속곳을 지니고 있으면 오던 총알도 돌아간다는 속설이 있다.
황급히 그것을 낚아챈 것은 색시를 위해서가 아니라 주변에서 킥킥대
며 웃는 또래 군인들 보기가 민망해서였다. 오랫동안 꼭 쥐고 있어 아
직 남아있는 온기가 용석의 손에도 전해졌지만, 아무렇게나 바지 뒷주
머니에 꾸겨 넣었다. 그것마저 권태로웠다. 차가 출발했다.

"금방 돌아오기요! 내 명태찌개 끓여놓고 기다릴 검매! 알았지요, 용석 씨!"

색시는 안간힘을 다해 뛰어오며 소리쳤다. 부른 배를 한 손으로 부여잡으며 어설프게 안간힘을 다해 뛰어오는 모습이 기어이 속을 후벼 팠다. 저러다 아 떨구면 어쩔려구. 몸가짐이라군 눈곱 만큼두 할 줄 모르는 무식한 여편네. 함께 실린 놈들이 워워 하며 웃어대고 손가락으로 휘파람까지 불어댔다. 흙먼지가 일면서 색시의 모습이 보였다가 안 보였다가. 짙은 색이었다가 환영 같았다가. 한참을 눈을 질끈 감던 용석이 벌떡 일어나 목이 터지라 소리쳤다.

"함덕이! 한! 함! 덕! 이거이 아 이름임매!! 알간?!"
"예에? 함덕이요??"
"기래! 함덕이! 함바집에 태어난 함덕이!"

간격은 점점 벌어졌다. 희미해지고 그렇게 아스라이 멀어져만 갔다. 억새풀만이 바람에 하염없이 휘날리던 그 날.

2021년 현재

남한의 이산가족 신청자 중

절반 이상의 가족들이 돌아가시고

생존자들의 평균 연령은 82세의 고령이다.

부록 〈소설 속 북한 용어〉

11호 병원 정확한 명칭은 '조선인민군 제11호 중앙병원' 북한의 군병원

1호 사진 북한의 지도자와 함께 찍은 사진. 북한에서 '1호'란 지도자를 의미한다.

5과 처녀 아무나 일할 수 있는 것은 아니고, 중앙당 5과에서 청년들을 선발할 때는 토대와 용모를 본다. 모두가 특각이나 김씨 일가 지척에서 일하는 것은 아니고 농장에서 일하거나 훈련을 받는 등 다양하다.

가냚은 가냘픈

간호원 간호사

감정제대 의가사 제대

개간나 비속어로 '개'+'간나'('계집아이'의 방언)

건늠길 횡단보도

고난의 행군 90년대 중후반 북한이 겪은 경제적 어려움.

고용희 북한 김정은 위원장의 모친으로 만수대예술단에서 무용수로 활동했음.

교통 안전원 교통정리를 하는 북한의 경찰

교화소 형량을 선고받은 자들이 머무는 교도소

과학원 평양에 소재한 북한 최고의 과학연구기관, 각 분야의 과학 인재들이 모여 각종 기술을 연구하고 개발한다.

곽밥 도시락

국경경비대 국경선을 지키고 경비하는 군대 조직

국방종합대학 핵 과학자를 양성하는 명문 대학으로 재학생과 졸업생에게는 온갖 특권을 준다. 최근에는 이름 앞에 북한 지도자의 이름을 따 '김정은국방종합대학'이라 부른다.

국수분틀 면발을 뽑아내는 틀

군관 장교

금성2고중 지금의 금성학원. 북한 최고의 예술인 양성 교육기관. 대표 졸업생으로는 북한판 홍길동 역할의 배우인 리영호, 삼지연관현악단의 가수 김주향, 두 차례나 남한을 방문했던 리진혁 그리고 김정은 위원장의 부인인 리설주가 있다. 2005년 인천 아시아육상경기대회에 온 북한 측 '청년학생협력단'의 대부분이 이 학교 출신이라고 한다.

기사장 기술 책임자. 소설에서 말하는 옥류관 기사장은 셰프, 요리사를 의미한다.

김일성종합대학 익히 알려진 북한의 명문대학

꽃제비 집 없이 떠돌아다니며 구걸하는 아이들을 지칭하나 성인도 아우르는 말이다.

남새겹빵 샌드위치

념 생각, 속에 품은 마음

농마국수 녹말국수

농태기 북한 술. 개인이 집에서 제조하는 밀주

단련대 수용소와 비슷한 개념으로 노동을 시킨다.

단묵 젤리

닭 알 구이 달걀구이

대드리판 크게 싸움.

대좌 북한의 영관급 군인으로 남한으로 치면 대령급

돌격대 주로 20~30대의 청년층으로 구성된 준군사집단이다. 건설돌격대와 생산돌격대 등이 있다.

동무 가장 보편적으로 쓰이는 호칭

동의학 동양의 의학. 한의학

동지 자신보다 직위가 높은 사람에게 쓰는 호칭

두부밥 북한에서는 꽤 유명한 길거리 음식으로 어려운 시절 자주 먹었다.

들모임 들에서 가지는 모임, 소풍

류달리 유달리

리경숙 유명한 노래 '반갑습니다'를 부른 북한의 가수

리유 이유

리춘히 아나운서. 북한 관련 자료화면에서 자주 보던 바로 그분

모란봉악단 김정은 위원장이 2012년 만든 악단. 걸그룹

무궤도전차 트롤리버스. 북한의 주요 교통시설

무더기비 무더기로 내리는 비. 즉, 폭우. 집중호우

방송원 아나운서

보위부 해외정보수집, 정치범 관리, 반탐활동 등을 주 업무를 하는 북한의 정보기관

보통강 평안남도 평원에서 시작하여 대동강으로 흘러드는 강. 지명으로도 평양에 보통강구역이 있다.

봉화진료소 북한의 최고의 병원시설로, 북한 지도자 일가와 중앙당 간부급 이상이 이용

붉은 융단 떼거리 레드벨벳을 북한식으로 부르는 표현

사랑사랑 내사랑 북한의 성춘향과 이도령을 주인공으로 한 영화. 신상옥 감독의 작품이다.

살결물 살결에 바르는 물. 즉, 스킨로션

삼수갑산 함경남도의 각각 북서쪽과 북동쪽에 위치한 험한 지역으로 실존하는 지명이다.

삼지연관현악단 2018년 봄. 남한을 찾은 북한의 공연단체로 모란봉악단, 은하수관현악단 등에서 실력이 출중한 멤버로 가려 뽑아 구성

생활제대 불명예제대. 이런 경우 지난 복무기간이 헛되이 된다.

생활총화 주기적으로 갖는 아(我)와 비아(非我)에 대한 반성의 시간. 상호 검열의 성격이 짙다.

선물집 북한 지도자가 모범이 되는 인민에게 준 집

선전대 공장, 군대, 광산 등에서 노동자들에게 예술선전을 하는 일종의 예술단체

설맞이 공연 새해에 진행되는 학생 소년들의 예술 공연. 금성학원 학생들이 주로 나간다.

성적증 성적표

세대주 남편, 신랑

세포총회 당원들이 모여 이루어지는 회의

소년궁전 청소년들을 위한 방과 후 교육기관. 도서관, 체육관, 예술 연습실 등이 갖춰져 있다. 이름에 '궁전'을 넣은 것은 예술 하는 어린아이들이 미래를 이끌어갈 귀한 인재들이라고 해서 붙였다고 한다.

소년단 어린이 단체. 의무로 가입해야 하며, 그 가입 시기가 다양하다.

소조 예술활동을 위해 이루어진 작은 조직

손풍금 아코디언

송수화기 전화기. 소설 속에서는 90년대에 쓰던 유선 전화기

시당 책임비서 시장급

아릿답다 아리땁다.

안전부 안보, 정보 수집을 주 업무로 하는 북한의 기관

안전원 경찰

안해 아내, 부인

애꾸러기 골칫덩이

어자어자 오냐오냐, 어리광을 받아주다.

렬사증 열사의 정신과 그 업을 기리기 위해 수여하는 증서

영예군인 전투 중이나 군 복무 중에 몸을 다친 군인. 상이군인

옥류관 평양 중구역 대동강변에 위치한 유명한 냉면 전문점

웰남 베트남의 북한식 표현

유일사상체계 북한 조선노동당건설의 기본원칙

인공기 북한의 국기

인물심사 면접

인민무력부 남한의 국방부에 해당

인민반장 거주하는 지역의 주민들을 관리하고 통제하는 역할을 한다.

인민학교 우리나라의 초등학교 과정. 2002년에 소학교로 이름이 바뀜.

인차 곧

인텔리 지식층

작전부 북한 노동당 산하의 대남공작부서

장마당 90년대부터 생기기 시작한 자급자족의 시장. 평성 장마당이 아주 크다.

장선희 북한의 영화배우. 신상옥 감독의 '사랑 사랑 내 사랑'에서 춘향 역

장성택 김일성의 사위, 김경희의 남편. 2013년 12월 사망

전사증 죽은 군인에게 발급되는 증서

전혜영 보천보전자악단의 단원. 대표곡에는 남한에도 알려진 '휘파람'이 있다.

접견 사전적 의미로는 손님을 공식적으로 만난다는 뜻이지만, 소설에서는 지도자를 대면한다는 의미로 쓰인다.

정찰국 인민무력부에 있는 대남공작기구. 남한의 군사정보 수집 및 정찰 임무 수행하는 기관

제부립차 덤프트럭

조국해방전쟁 북한에서 부르는 6·25전쟁

종간나 북한의 비속어. '종'+'간나'(여자아이를 낮잡아 부르는 말). 즉, 여자 노비

주체탑 주체사상을 선전하기 위해 세워진 기념비로 평양에 있다.

죽자니 청춘, 살자니 눈물일세 북한 영화 '민족과 운명'에 나온 대사

죽탕치다 몰골을 망가뜨리다.

지하족 천 신발. 노동화의 북한말

집결소 안전부에 있는 최고 예심기관

창가림 커튼

창전동 평양시 중구역에 소재. 소설 속 설화의 동네로 부촌(富村)에 속한다.

창전인민학교 창전동에 소재한 인민학교로 역시 부유층의 자제들이 주로 다닌다.

태양절 북한에서 기념하는 김일성의 생일. 4월 15일

특각 북한 지도자의 별장

퍼그나 퍽

평양제1고중 남산중학교의 전신으로 이과에 특화된 북한 유일무이한 수재 학교. 2002년 8월에 평양제1중학교로 이름이 바뀌었다.

피바다 가극단 만수대 예술단과 더불어 북한을 대표하는 예술단

헐한 만만한, 쉬운

혁명화 북한에서 직무상 과실이 있거나 사상적으로 문제가 있는 간부들이 지방 농장이나 공장, 탄광 등에서 잠시 강제 노역을 하며 사상 교육을 받는 처벌

현지지도 북한의 지도자가 직접 현장에 찾아가 정책을 지도

활랑거리다 심장이 매우 두근거리며 마구 뛴다.

회령 함경북도에 있는 시